不负时光
不负爱

安歌 ——— 著

又见炊烟起
初夏与水
酸酸甜甜是杨梅
苏州慢，平江水绿
恰如春风轻轻吹
......

 浙江工商大学 出版社
ZHEJIANG GONGSHANG UNIVERSITY PRESS

·杭州·

图书在版编目（CIP）数据

不负时光不负爱 / 安歌著. -- 杭州：浙江工商大
学出版社, 2024. 10. -- ISBN 978-7-5178-6243-7

Ⅰ. I267

中国国家版本馆CIP数据核字第 2024VN3310 号

不负时光不负爱

BU FU SHIGUANG BU FU AI

安歌 著

责任编辑	张晶晶
责任校对	李远东
封面设计	尚俊文化
责任印制	祝希茜
出版发行	浙江工商大学出版社
	（杭州市教工路 198 号　邮政编码 310012）
	（E-mail：zjgsupress@163.com）
	（网址：http://www.zjgsupress.com）
	电话：0571 - 88904980,88831806(传真)
排　　版	尚俊文化
印　　刷	浙江全能工艺美术印刷有限公司
开　　本	710mm×1000mm　1/16
印　　张	19.25
字　　数	291 千
版 印 次	2024 年 10 月第 1 版　2024 年 10 月第 1 次印刷
书　　号	ISBN 978-7-5178-6243-7
定　　价	79.00 元

无数心花发桃李

霞红女士我认识得比较早，因为我原来也在教育系统，但与她不是很熟悉，那时我在校企公司任职，她在秦山幼儿园做园长。后来我调到了教育局财基科，就与她有了工作上的联系，然对她的了解仅停留在工作能力强上。她走路跨步时十分有力，像个女强人，与她这本《不负时光不负爱》里所呈现的江南小女子味有点反差。

霞红的出生地"坝廊"在钱塘江的入海口，是典型的江南富庶地。江南是一个具有多重意义的词，这是一个自然地理上的概念，同时还是一个行政区划上的概念，而更多的是经济、文化上的一种概念。东南形胜，钱塘自古繁华，"坝廊"怎能不繁华？读了《不负时光不负爱》，就读到了"春来江水绿如蓝"的美景，品尝了山肴海错的美味，领略了豆蔻年华时"回首，却把青梅嗅"的俏皮，也读到了"醉里吴音相媚好"的田园。

霞红出生于20世纪70年代，比我略小，她那浸泡在美食里的童年是香喷喷的，这本是海盐这块神奇土地上该有的样子，也有她们家稍微优渥于普通家庭的缘故。童年金色的眼睛里望到的全是金色的世界，与我童年灰蒙蒙的世界很不同。我们虽然同处海盐，相距也就三五十里，但霞红心中埋下的全是幸福的种子和肥沃土地上居民的美食，这注定了她后来吃个早餐也能感受到有腔调的幸福。

这本集子属于叙事散文集，这类散文是数量最多的文体。所以在讨论文化精品扶持项目的时候，散文集一般不被专家看好，因为申报的数量太多了。而申报者又倾注了自己最细腻的情感，以为应该会引起别人的共情，申报时都志在必得，结果常常事与愿违。霞红的这本集子能被列为文化精品扶持项目，在众多的申报作品中脱颖而出，肯定有其独到之处。现如今，我怀疑是否还会有一定量的人能完整仔细地读完《白鹿原》《悲惨世界》等伟大的长篇小说。即便是短篇幅的散文，在自媒体的时代里，人们也缺乏耐心去阅读，至于领略文字的美语言的美，似乎也嫌累了。一叶一菩提，一人一世界。当你静心看一处风景时，发现其中景象万千，当你认真读完这本散文集时，会发现一个平凡的人竟有如此丰富的内心世界。

全书分四部分，内容各有侧重，但成长及成长后的环境是贯穿始终的主旋律，在这一环境下形成的内心世界是集子的灵魂。第一部分"我的村庄我的家"，虽是彼此独立的短文，但连续读来仿佛是一个中篇，其中所有的人物都是彼此关联的，他们共同绘就了生活的场景，述说了坝廊的平凡故事，犹如沈从文《边城》里的故事，看似很淡，却也充满了爱恨情仇，让人读过就忘不了放不下。《宋亭廊琐事》中的建英姑姑，作者虽然只用了寥寥数笔，但刻画得令人印象非常深刻，建英姑姑的形象、性格、心路跃然纸上，就如《边城》里的翠翠，虽然只有淡淡的叙述，没有浓墨重彩的刻意塑造，但就是让人忘不了。这样的小人物构成了村庄里的集体画像，从容不迫，不紧不慢。而事实上，20世纪70年代出生的霞红，童年里应该看到了社会的急剧变化，尤其是在秦山，定能看到中国第一座自己研发的核电站在整个建设过程中给秦山带来的种种激荡变化及改革开放初期"大炮一响黄金万两"的场景，一定看到了海盐南片上演的疯狂的石头的种种故事，但是她只关注她的美食。因而第二部分"每一口呼吸都是有滋味的"用更大的篇幅描述了童年的美食及美食里的童年，进而诠释了"世上最好的美味就是儿时妈妈的味道"，当然她的叙述中儿时奶奶的味道更重一些，这愈加反映出她童年的幸福。她俨然是一位烹饪大师，在《当咸肉遇见山毛笋》里，对食材的选择、烹饪手法、火候把控等的描写可谓情真意切，这种真实的烟火气，远在他乡的海盐人读后一定思乡心切。《美食印记：关于烧鸡公和火锅鱼》已不只停留于味觉的描述与抒情了，有了美食之外的人生感悟，"有人的地方不仅有江湖，还有美食""我们如此拒绝辣，却又迅速迷恋上它"。意犹未尽，她在第三部分"世间总有扑面而来的烟火气"里仍然写美食，但似乎终于长大，美食也不再局限于童年，她走得更远，关注得更多。江湖不是打打杀杀，而烟火也不是简单的味蕾感觉，更多的是人生感悟。从《吃货，让世界有了烟火味儿》到《去霞浦打个滚儿》，一路的品尝都在述说着她的心声："我是多么热爱生活。"第四部分"时光与爱不负你"中，她像是一个吃够了玩够了长大了的孩子，不再嬉皮笑脸，不再随意任性，突然严肃地述说了成长、父爱母爱、亲情乡情，也在不经意间回答了她为何如此快乐，因为她在充满爱意的环境中长大。

读完集子，我似乎闻到了坝廊浓浓的乡土气、宋亭廊独有的烟火气，以及那旷野里的泥土气，也有一丝淡淡的脂粉气，霞红述说了最美好的时光里的一些人和事。一个陌生的与你毫不相干的地方，那里一如你的成长地，也在演绎着爱恨情仇、男欢女爱；用最朴素的烹饪方式加工着高端的食材；沉默的汉子，在汗流浃背中，演绎着让人动容的故事；一个扎着羊角辫的小女孩，手里拿着冰棍蹦蹦跳跳快乐地成长着。陌生的地名于读者而言只是一个地名，但于作者而言就是一个美丽的姑娘、一个深沉的男人、一位劳作的母亲、一位沧桑的父亲。

林周良

2024年9月

目 录

每一口呼吸都是有滋味的

时光与爱不负你

我的村庄我的家

坝 廊

一

生在此地的老人，不一定分辨得清秦山镇、秦山街道，但一定晓得"坝廊"这两字。坝廊，多么亲切啊，它伴随着我的童年和成长。以至于无论在何处，只要听得这俩字，我的心里就莫名地充溢着暖意，顷刻间便可触摸到温情。

如今"坝廊"已然到耄耋之年，它历经风霜，饱浸过往。但曾经的坝廊亦是风华正茂、香气四溢的，彼时农人们在得闲或来贵客时，最大的得意便是拎着菜篮到"坝廊"。熟悉的人瞅见篮子便知道去向。

一个问："去坝廊？"

一个答："去坝廊！"

会心一笑，不言而喻。或许在长川坝人的心里，"坝廊"是美丽的姑娘，因而去坝廊，才如此值得欢欣。

我是"坝廊"人。小时候吃过早饭，奶奶就带我去供销社找我舅公。供销社的食品店门面朝北，舅公笑眯眯地坐在柜台里，亦朝北。溜过店门口的每一只老鼠，风吹过的每一片树叶都逃不过他的眼睛。舅公跟我奶奶长得极其相像，颀长的身材、白净的皮肤，性格也像，不喜欢多话。他的右手边触手可及的，是几个斜放的大玻璃罐子，那是我童年最觊觎的地盘，玻璃罐里有水果糖、奶油糖、话梅、橄榄。

舅公远远看见我们过去，就慢条斯理地从柜台后面站起身来，摸出两个橄榄隔着柜台递给我。

最欢迎我的食品部的另外两个阿姨，一见到我就从柜台后面冲出来，兴高采烈地抱起我，逗我唱歌，唱三首就奖励我一颗糖。于是我站在柜台上，张开嘴巴咿呀咿呀，可以唱上半天。

歌唱得累了，糖也把牙齿粘住了，奶奶抬头看看太阳，惊呼一声，哎呀，日头直了，于是赶紧拉着我回家。这条路我们几乎每天来回走，奶奶牵着我的手的样子成了一道美丽的风景线。邻人看见我，笑嘻嘻地打趣：小辫子，兜兜叫，长川坝街上日日到。

长大一些，更爱供销社对面的那个热气腾腾的点心棚，铁皮做的。有油条、油煎饼、牛舌头、拉拉耙……现在的大饼是在桶里烙出来的，而油煎饼是直接放到油锅里炸的。一整个油锅沸腾着，把路人垂涎欲滴的模样都诱了出来。圆圆扁扁的油煎饼上，很多大的小的泡泡肆无忌惮地鼓了起来，我总爱把这些泡泡先用手指抠了放入嘴里，热的香的脆的油的，太惬意了。也不知道为何现在没有了拉拉耙，那是多么有趣的美食啊：做法跟油炸大饼一样，可它在"大饼"的一侧，扯了几根长长的须出来，相互缠绕一番，看上去像一只手掌，长了很多手指，而这手指之间又是串联着的。为何叫"拉拉耙"呢？有次回家看到隔壁邻居们在秋收，晒谷用的那把耙子，一缕一缕梳理着稻谷，忽然大悟，大概这个"耙"就源自此吧。吃拉拉耙显然比吃扁圆的油煎饼更有趣，可以把那些"耙"扯下来先吃，尤其有伙伴在旁边瞪着圆溜溜的眼睛盯着的时候，光小指粗的一根"耙"就可以吮吸很久。

从百货商店和点心摊穿过去，供销社的两排店面遥遥相对，有肉店、布店、五金店……中间隔着宽敞的路面，农人们散养的鸡蛋鸭蛋，或者瓜果蔬菜，都拎在店门口卖。据说我奶奶的父亲和大哥很会做生意，以至于坝廊的系列店面，包括食品店曾经都是"万家"的。长大一些的我问依旧会灵巧拨打算盘的奶奶："哪些店是你家的呢？"奶奶只是笑笑，从不回答。

　　右侧肉铺卖肉的是我同学的爸爸，长得白胖胖的，说话的时候眼睛斜在头顶，在凭票计划买肉的年代，这眼睛的确斜得让人嫉妒。老师喊我们回答问题，若我们没有立即听清，老师必定要加一句："耳朵挂在生华肉店里是哇？"所以我们长川坝中心小学全体师生都晓得，卖肉的白胖子叫生华。后来，不仅老师说，同学之间也说，家长也说，直到现在，坝廊人说起耳朵不好使，还会自嘲：不行了，耳朵挂在生华肉店里了。后来供销社改革，生华的肉店好像慢慢歇菜了。

　　肉店旁边，是一家茶馆店、一个蛋糕摊。茶馆店里的老茶叶味浓郁得老远都可以闻到。茶店里熙熙攘攘，一群白胡子白头发的老头儿在老旧的八仙桌前喝茶，发出"呼喽喽"的喝茶声，喝完还咂咂嘴，仿佛喝的不是老茶，而是甘洌的剑南春。

　　我爷爷是医生，他从来不会去茶馆，既没有闲情也不乐意。我奶奶便也很嫌弃的样子，快步离开。她去蛋糕摊。

　　卖蛋糕的老人叫杨洪。有多老呢？小时候我觉得他大概五十多岁的样子，后来我读书回来，感觉他还是五十多岁。这个不重要，重要的是他做的蛋糕。一个梅花形状的模具，烤热，把搅拌好的面倒入模具，达到其容量的一半，舀点煮得细细甜甜的豆沙放进去，再覆上一层稠稠的面，最后撒上碎碎的白糖。然后底朝下地放在火上烤。几分钟后翻过来，蛋糕上面是黄澄澄的焦香，沿边一圈脆脆甜甜如冰糖一样半透明，那个香，迅速湮灭了隔壁的老茶叶味。坝廊人都叫它"杨洪蛋糕"。很多年以后我在县城的美食节上看见它，激动极了，大喊："买两块杨洪蛋糕。"当然这块蛋糕也有海盐人叫它"梅花糕"，但我认为，月河街的梅花糕才是"梅花糕"，白色的，上面有红的绿的椰丝。而这块焦黄的蛋糕，只有叫"杨洪蛋糕"才最贴切。

　　东面走到尽头，有一家馄饨店，我奶奶也爱那里。她常掏出小小的绣花皮夹，摸出纸币和粮票，轻声细语地说："来两碗小馄饨。"

　　猪油悠闲地浮在上面，与馄饨和葱末映照成一幅明亮亮的水彩画。奶奶捏着调羹，一边顺时针搅拌，一边吹着气。雾气在她的面前缠绕，初冬的太阳穿过窗棂，一半铺照在馄饨上，一半在她脸上。

长川坝中学在马路边上。中学的地势明显低于马路，从教室的窗户里望出去，是行人来来往往的脚，这些脚会带着它的主人到坝廊，又从坝廊回家。运气好的话，会看到主人手里拎着的菜篮，一把芹菜正探出绿莹莹的叶子。如果菜篮子上盖着薄薄的纱布，那必定是主人买了油煎饼、油条或者……肉包子。上完早自习的我，眼睛不断瞟向窗口，口水也开始泛滥，然后，一双脚停了下来。那人轻轻叩了叩教室玻璃，我冲到窗边，奶奶的肉包便递了进来。

那是多么幸福的时光啊，我吃一半的包子，放在抽屉里，等下一节课结束再吃掉另外一半，肉包子的香味便也延续了整整一堂课。

后来，中学搬到了马路对面，有偌大的操场。于是再也没有办法坐在教室里悄悄辨别马路上的脚步了，不过也没有关系，我毕业了。

刚工作的时候，最爱的是坝廊芬英面馆的大排面。面条被肉卤浸润着，光洁柔韧，汩汩地冒着香气的大排在芬英的筷下从锅里移到碗里，香气也瞬时从锅里钻进了鼻孔里。二话不说，先干一筷子。店里店外坐满了芬英大排面的忠实"粉丝"，又都是坝廊人，常常埋头吃完半碗面一抬头，发现后来的一个熟人正坐在桌对面笑嘻嘻地看着你。

这碗面有多好吃呢？那年我要进产房，转头关照我妈的重点是："去给我买碗大排面来。"我从产房出来，看见我妈问的第一句话是："我的大排面呢？"

现在的"坝廊"还好吗？我在下午的时候拐到了那里。之前的供销社职工宿舍没有了，取而代之的是一个小菜场，里面整整齐齐的石板案台，面孔都是陌生的。我给儿时的伙伴木白发消息：坝廊再无繁华了。少时的木白曾经住在供销社宿舍，如今在堪培拉大学做教育，他迅速回复：老街会住在我们的记忆里。他说，每次他回去，老街坊们都还认得他，老沪杭公路两侧的绿植也更繁茂了。

听到有人叫我，我就在我舅公曾经工作的店面里，笑眯眯地面北而立，他们是我舅公的儿子、媳妇。

忽然想，我至今不晓得曾外爷爷创办的食品店在哪个位置，是不是就是这爿店呢？曾经私有，后来我舅公在国有商店上班，现在又成了我表叔的个体私营店。

那么，坝廊其实是在以另一种方式延续？一直？

恰好一束阳光，穿过参差不齐的房顶不紧不慢地照了过来。我伸出手，试图牵住它，一半在手心，一半在手背，脉搏温暖，一切如旧。

二

坝廊是长川坝。志书有载：明万历五年（1577），县城南至潋浦一段，因河身淤积，南高北下，新河水无停蓄，荡田四千余亩连年荒歉。里人徐光治于明天启七年（1627）始起筑长川坝，以阻捺之。

这样看，长川坝初始是源于一道堤坝。或者也因为此，老人都喜欢称呼长川坝为"坝廊"。如此，简洁又亲切。

我便是坝廊人。出家门往南，再往东，过了桥就到坝廊了。

周末回家，搞完卫生出去溜达。沿途总遇见熟悉的邻居。他们笑嘻嘻地问："去坝廊？"我也笑嘻嘻地回答："去坝廊！"

天适时下起了下雨，蒙蒙的。之前生产队里的仓库场已经不见了，那是我小时候的乐园。夏末有雨的时候，队里的妇女都会聚拢来选棉花。品质好的或有瑕疵的，在她们的手中飞快地落入不同的大麻袋。待选的棉花堆得山一样高，我们乐此不疲地爬上棉花山，再"嗲"一下直直跳下来。晚上回家，感觉背上有东西在慢慢蠕动，一摸，一条粉红色的棉花虫；跳两下，裤管里又掉下两条来。

当然，更盼望的是过年。仓库场上一溜的石臼，还有磨得雪白的糯米粉，看架势就知道要打年糕了。

我妈热气腾腾地在其中，冬天里的她，额头沁满了密密麻麻的汗珠。邻居伯伯每抡起木槌砸一下年糕，她就迅速把年糕从臼底薅起来，等待下一槌。年糕滚烫滚烫的，我妈每薅起一次，就急忙用嘴巴使劲吹气。石臼边挤满了看热闹的人，更多的是孩子，眼里充满了期待，嘴巴跟着木槌的起落一张一合。终于，年糕从石臼里被快速捞起来丢入竹匾，婆婆大妈们用手将其压成一个个椭圆状，并在收尾的时候顺手捏下一块年糕头来递给我们。我们雀跃着接过，立马往嘴里塞，烫得眼睛都是湿润润的。

桥是三号桥，虽然我迄今都不晓得一号桥二号桥在哪里。

过了桥，左边是长川坝小学，长长的U字形平房。低段都是坝廊的学生，高段的时候有两个平行班，秦山村和杨柳村的学生加入进来。

这个印象开始慢慢模糊，隽永地刻在脑子里的是小学西面的露天操场，隔三岔五会有电影放。放电影的那天，我和妹妹像箭一般"跑"回家，扛着长凳去操场上占位置。

那时候，我不过七八岁，妹妹更小，我们各扛着长凳的一端，努力把它搬到操场中间。有时候路过胡老师家门口，她喊住我们，"来，帮胡老师也去占个位置"。那就比较麻烦了，我和妹妹得各搬一条长凳：有时候两只手托着，大力士一样憋着劲使劲走几步；有时候用肩膀横扛着，低着头拼命跑几步；有时候将两条长凳套在一起合扛；实在搬不动的时候，就坐在凳子上端粗气，然后挪动一端，再挪动另一端。总之，孩子的智慧和力气都用得淋漓尽致。

天快黑的时候，操场上密密麻麻的都是长凳，和翘首站在长凳上张望父母的孩子。少顷，父母匆忙赶来，老远就用悠扬的声音呼唤自家的孩子："建囡、伟囡、华囡……"夹杂着孩子们的应答声："阿爸、姆妈，我在这里！"声音此起彼伏，或细或粗，组成了一道美丽的风景。

其实我和妹妹基本看不懂也看不到电影放的是什么。我爸妈来了，紧紧把我们抱在胸前，一家人端坐着像拍全家福一样。我只看到一个个攒动的人头，只听到邻座嘎嘣嘎嘣嚼炒蚕豆的声音。

小学南侧是长川坝中学，全镇的孩子都在这里上初中。我背着书包，一路小跑赶去学校，教室里已然传来琅琅读书声，沈校长每次都站在校门口，仿佛专门为了守着我。他板着脸问："为什么迟到？"我轻声说："我家周家舍的。"过几天我又迟到，他依旧板着脸问："家里很远吗？"我继续轻声说："我家落塘的。"然而好景不长，国庆节我玩得满头大汗滚回家，家里在请客，沈校长在我家。他看了我一眼，哼了一声说：你周家舍的？还是落塘的？原来沈校长是我奶奶的侄子。

那以后我只能偶尔迟到，不然沈校长就会拿眼睛瞪我，也会恨铁不成钢地点着车棚里整齐的自行车说："你看，他们骑自行车的都没迟到。"我不敢回嘴，心里想：骑自行车的肯定要先到啊。那时候，我多么羡慕骑自行车的同学啊。偶尔早到，会在校门口看到他们叮铃叮铃地打着铃声进校园。学校的地势明显要低于马路，于是他们进学校的样子是俯冲的，一个个威风得像草原上的骑兵。

我多么想知道他们车筐中的饭盒里装了什么，吃完饭又做了些什么。但是不能，我离家这么近，得回家吃。

在我羡慕了他们很多年后，一次同学聚会，在上海工作的同学跟我说："晓得哇？当初我最羡慕的就是你这个坝廊人。"她充满回忆地说："冬天里，我们摸黑出门，踩着自行车，整张脸冻麻了整只手冻僵了，等我们蒸完饭，抖抖瑟瑟到教室，才看见你两手插在口袋里晃进来。"

好吧，在那么久的岁月里，我们曾经彼此羡慕。

沿着老沪杭公路左拐往北，是长川坝卫生院，一溜的平房。

长川坝的人到坝廊，往南都是喜笑颜开的，买肉、吊酒、剪布；往北都是愁眉苦脸的，捂着胃摁着肚子。大概只有我去卫生院是眉开眼笑的，因为我爷爷是医生，我是去找他的。

我爷爷创办卫生院的时候是1952年，我还不知道在哪里飞。后来他给我讲他的出诊故事：譬如在大风大雨的时候划船去抢救病人，结果一个旋涡把他卷入河里，他九死一生地爬上岸，还坚持去病人家治病；譬如在一个月黑风高的晚上，他出完诊回家，结果迷路了，误踩了棺材，脚下咯吱咯吱响，眼前磷火飞舞。

这些都是他晚上跟我讲的，白天的他总是被围得水泄不通。我踮起脚也看不见，只好不耐烦地在诊室门口嚷，"我竞赛获奖啦，教辅做完啦"。爷爷洞察我的内心，站起身来掏出皮夹。但也有很大的概率不成功，因为我发现围着的病人里，经常有我的老师，我伸出的手尴尬地缩回来，顺手挠了挠头，怏怏回了家。

彼时到坝廊的路，比如今的窄三倍。南边是田野，北边是一条渠道沟。夏天运气好的时候，放学会遇到渠道沟放水，满得差不多要跟路面平了。我们兴奋地冲到渠道沟旁，一手拉着树干，一手伸着水壶去灌水。有次我舀着水，脚下一滑，扑通掉进了沟渠里，并迅速顺着水流漂了出去。幸好有位老人路过，他赶紧追过去把我捞了出来。

这条路，我每天来回走四趟，闭着眼睛都可以知道在哪里要拐弯，很是无趣。幸而初中快读完的时候，路南开了个棉纺厂，我们放学，女工们也下班，她们挤在厂门口的样子像一群明星。我偷偷跟在她们后面，真好看啊，细腰丰臀，衣服合体，我对美的追求仿佛在瞬间被激发了。

再去坝廊的时候，我更多的是右拐。原先的铁皮点心铺搬到路西后，换了个花花绿绿的服装摊，好看的衣服用塑料衣架高高挂着。服装摊老板叫大江，江北人。大江的女儿跟我差不多大，涂着口红，这个摊归她管。我对江北人很感兴趣，因为我妈总说我是江北船上捡来的，我也对衣架上挂着的"击剑衫"很憧憬：红色尼龙料子，袖管上分别镶着五彩的尼龙条，拉链长得可以直接拉到嘴巴里。很多个傍晚我放学不回家，顺着大江的服装摊再往东，穿过老街，以及老街两边的店面，尽头是供销社的粮油站。

初夏的时候，我妈会出现在这个让我欢喜又讨厌的地方。坝廊的农作物，一半棉花一半水稻。秋收后，地翻垦成一垄垄的，在初冬种下油菜，等春末菜籽饱满了，父母就起个大早把它割倒。我和妹妹选平整的地面铺一块大布，油菜穗朝里，而后我们负责在上面"活蹦乱跳"，把菜籽踩出来。收完菜籽，脸就会晒得似喝醉酒一般。

菜籽装回家还得反复筛、晒，那些日子回家看见满地的菜籽就头疼。菜籽细细圆圆，踩上去稍不留神就会仰天一跤。好容易出手，可以换冰棍吃，自然还是欢喜的。

但我又很讨厌粮油站的人，明明平时是认识的，可那时候他们都面无表情，个个很厉害的样子。有时邻居的菜籽很饱满，也晒干了，可最后卖的品次和价格跟隔壁那家湿湿瘪瘪的一样。还有的，干脆被退回去，说等晒干了再来。于是每每我家的菜籽被抓了一把去检验，我的小心脏都会不齐整地怦怦直跳。

雨停了，我在沪杭公路边停下脚步。这条民国二十一年贯通沪杭的老公路，如今刻满了斑驳的印痕，风或轻或重地掠过它，它被逐渐拉远又弹回。曾让我有美好向往的点心铺和大江的服装摊，已在记忆深处慢慢淡去，生华卖肉的铺子也不复存在。

于是转身往回走，路过曾经的长川坝中学和小学，又到三号桥。有熟人在对面笑问："坝廊回来哩？"我也笑嘻嘻地答："回来哩！"

宋亭廊琐事

宋亭廊的老人在不停地逝去，而剩下的那些人正在不停地老去。

每次回宋亭廊，老远我就开始打开车窗，然后会在转弯处如期遇见一位老人，或是坐在正屋檐下，或是坐在围墙门檐下。她仿佛是静止的，眼睛很久才眨一下，身体很久才动一下。我很大声地问候："婆婆好。"等我的车子离她远去，才从后视镜里看到她正努力地扭过身体，朝我开去的方向微笑。我看到她咧着的嘴蠕动着在回应我。

有时候我不开车，走过她身边时我停下脚步，依旧很用劲地问候："婆婆好。"这回我看清了她脸上绽放着的好看的菊花，她说："亚囡，回来了？"

是的，我在等这一句。亚囡，是宋亭廊的老人给予我的独特的关爱。于是我变得很小，小到我只知道发辫上别着油菜花在田野里四处疯跑。

宋亭廊，我们都习惯叫它亭廊，是隶属长川坝的一个自然村落。它的历史大概要从明朝开始追溯了，清光绪《海盐志》卷六有载："天启七年，始筑长川坝。"而宋绍定《常棠澉水志》里又将宋亭廊记作"宋亭村"，但终因为来历、含义无从考证，只能依旧把宋亭廊归属于"坝廊"之下。

宋亭廊的人不完全姓宋，有姓朱的，也有姓高的。但姓姚的只有我们一家，这件事情让我在初懂事的时候很是诧异，左隔壁姓朱的和

◆

右隔壁姓朱的是同宗，前隔壁姓高的和后隔壁姓高的是同族，唯有我家貌似是孤零零存在的。我们是从哪里来的呢？我大舅婆告诉我，奶奶的母家万家是宋亭廊最大的家族，当初我爷爷来长川坝组建卫生院，与我奶奶结识，但我奶奶柔柔弱弱的，爷爷心疼她肩不能挑手不能提的样子嫁过去做媳妇难，于是在此地添置了家产，从此安家宋亭廊。好吧，我暂且相信了这个古老的爱情故事。

回忆起来，宋亭廊总有很多故事。譬如我小时候，在我家老屋后面，有两户姓宋的人家。我奶奶说，他们是堂兄弟。

堂兄金官公公曾经在舟山当海军，在那里认识了美丽的舟山婆婆，并成功娶回了家。舟山婆婆是我们宋亭廊最有味道的女人，长得白白净净，说话轻柔优雅，带着浓厚的舟山口音。

冬天闲暇的时候，老屋围墙下是一溜婆婆的大围裙，藏蓝色里兜着湛亮的铜脚炉，一缕细烟从圆孔里轻巧地溜出来，故意钻进我的鼻孔。我忍不住打喷嚏，惹笑了晒太阳的舟山阿婆，她正在用好听的声音，叙述自己的故事。她的故事讲完了，总会软乎乎地叮咛我："亚囡呀，寻男人一定要擦亮眼睛，不要随便听信男人的话，靠不住呀。"

旁边其他婆婆笑得东倒西歪："我们宋亭廊的男人都很实在的，是你自己把'两间漏屋'听成了'两间楼屋'，才屁颠颠地跟来了，这下亏得家都不认识了吧？"舟山婆婆懒得去回应，哼一声说："我给儿子们做饭去了。"她摘下帽子，露出后脑勺上乌黑整齐的发髻，文文静静地往家走去。另一个正乐得前俯后仰的婆婆也扯下头巾，蓝布头巾下，头发乱得好像老母鸡刚刚爬上去下了个蛋。

很多年以后，金官公公独自走了，留下舟山婆婆在三个儿子家吃轮饭。老去的舟山婆婆仿佛顿时瘦小了很多，我多嘴地问："舟山婆婆，你还想老家吗？"舟山婆婆的口音里依然有她家乡的浓郁气息，她举起摊开的手掌企图掰手指给我看："我来的时候十九岁，现在八十三岁，六十四年了，不想啦，这里就是我的家。"这样说的时候，舟山婆婆没有一丝犹豫，好像天天有人问她这个问题，可是她的十个手指头不够用，只好又默默地垂了下去。

堂弟是柄荣公公，长得人高马大的。寂静的黎明，有脚步声从屋脊踢踏踢踏由远而近地传来，中间夹杂着一声咳嗽。那声音响得仿佛是一个巨雷，或者是一个信号。于是，前面邻居家的灯亮了，左边右边邻居家的灯也亮了。广播里开始响起《东方红》的歌。

据说他曾经参加过抗美援朝的战斗，这让我从骨子里崇拜他，我多么想听他讲在朝鲜的故事，但他从来没有讲过。我甚至没有见过他的笑容，他的脸每天阴沉得要滴下水来。有一天，他家里挤满了人，他的独生儿子被厂里的机器搅掉了腿。他的老婆和儿媳妇哭得肝肠寸断，他没有哭。

邻居们猜测，柄荣公公留不住他儿媳妇了，毕竟他儿媳妇长得这么漂亮，不太可能留下来伺候一个瘸子。但是又很多年过去了，柄荣公公也不在了，他的儿媳妇依然留在他家，尽心尽力照顾着家。让人觉得走过最黑暗的那一段路，总还能看见曙光。

柄荣公公有个小女儿，比我大几岁，按辈分算，我得喊她姑姑。这个隔壁姑姑读书读得不多，没有同学，也没有要好的朋友。于是出嫁前跑到我家，请我做她的伴娘。那是我人生中第一次做伴娘，还是初中生的我兴奋得宛如要去春游，我求着母亲为我定制了新衣裳，在锣鼓和唢呐的嘈杂中，我瞬间感觉到了成长。但也很奇怪，从那天起，我再也没有见过她。如果非要记起她，也是她年轻时候的样子，圆圆黑黑的脸。

我家屋前有两对老夫妇，他们是亲家，对门住着。我怀疑他们还是宋亭廊迄今最长寿的长者。

左边那户的公公姓高，叫元法。我知道他曾是我们生产队的队长，工作时神气地吹着哨子指挥社员干活。在农村人眼里，这无疑是最大的官，或因此，邻居们都尊称元法公公为"元叔"。

元法公公个子颀长，眼神犀利，走在宋亭廊的小路上，身板一点也不佝偻。他的手永远牵着趣珍婆婆，两人笑眯眯地走着去买菜，也有时候买菜回来不急着回家，在家门口的小河滩边小坐，和邻居慢慢聊着天。我路过他们身边，总有无限的羡慕，我说："婆婆啊，我老了要向你学习，清清爽爽，惹人喜欢。"婆婆笑出声来，牙齿依旧洁白："真的呀？亚囡说话就是好听。"

元法公公也笑，他慢慢过来牵着趣珍婆婆的手，慢慢走回家，慢慢开围墙门。我忽然想起一句暖暖的话：从前很慢，慢得只够做一件事，爱一个人。

他们有两儿两女，最小的女儿如今也该有六十岁了。在我刚刚建立美感的岁月里，建英姑姑毋庸置疑成了我的"女神"。她有跟她父亲一样颀长的身材，头发烫成大波浪，松松地垂在肩下。她还心灵手巧，用钩针钩了很多有美丽图案的镂空围巾，今天穿红色，明天披黄色，在春天里像只翩然的花蝴蝶。

有一年，她每天下班后都会挎只竹编元宝篮喊我一起去割草。我很讨厌去田间割草，但是跟建英姑姑一起，我就非常愿意。那年的我突然变得勤快，不管割多少草，起码是愿意拎草篮了。但时间不长，到年底的时候，建英姑姑就嫁人了。再长大一些，知道那年建英姑姑其实心里很难受，她的男朋友跟她分手了。那年月，男女朋友分手是件很严重的事情，但我并没有在建英姑姑身上看到失望和颓废，她依旧那么时髦，哪怕去割草也要戴着艳丽的围巾，用一竹篮一竹篮的青草治愈了自己的伤口。

虽然她尽快把自己嫁出去了，或许也不尽如人意，但我还是读到了她脸上的不慌不忙。再后来，他儿子读研，做医生，生了对双胞胎。抱着一对孙子的建英姑姑，笑起来依旧明媚如春天。

元法公公的小儿子，娶了对门有发公公的小女儿。

有发公公年轻时在河北工作，退休后又在嘉兴定居，说起来是见过世面跑过码头的。所以有发公公活得很有趣。他看到我回去，笑眯眯走过来问我："你说吃荤菜好还是吃素菜好？"他又说："荤菜有激素素菜有农药。"我好奇："那你们吃什么？"他哈哈大笑："我们吃自己种的地蒲落苏。"我提议："那你退休金肯定花不掉，不如取现金出来，每天早上一张张贴墙壁上，晚上一张张取下来，锻炼手指还可以防止痴呆。"有发公公欣然表示同意，还补充，"我贴一次数一遍，撕一次再数一遍"。

他还悄悄告诉我，"听说人们都已经住月亮上去了，我钞票留着以后也去住几天"。他还很诚挚地邀请我："你也一起去。"

我哈哈笑着出门，又路过坐在檐下的婆婆。她一个人坐那已经很久了，久到她需要挪动身体才能转过头来。听到我的呼唤，婆婆满脸的菊花又绽放了，她说："亚囡，又要走啦？"

现在我早已不去追究有关我老家牛桥的那些事了。宋亭廊赋予我生命，陪伴我成长，它默默承载着生命的厚重，与世事的通透。我爱它亦早就胜于其他任何一个地方。

感谢岁月，总会给你留着这么一个角落，慷慨地让时光的痕迹深深浅浅地探出来。一块斑驳的墙壁，一个熟悉的拐弯，让我宁静，让我安然。

所以我打算返回了。接下来的生活，我都将和宋亭廊一起，并在这里慢慢老去。

因此宋亭廊的故事，也将延续下去。

灶·年

记忆中的年，总是从土灶里蹿起的橙色火苗开始的。

腊月二十四刚过，土灶便在我妈的吆喝下显示出它的功能。

先是用它蒸红薯，待晒干，我妈再拿回锅里油炸。但等红薯晒干是需要些时间的，这是段很难熬的时间。晒着晒着匾里的红薯就会少一个角。我妈明白我们的馋，便会在等待的间隙炒蚕豆给我们吃。

火燃得旺旺的，映着我的脸烫烫的，但为了第一时间解馋，我依然抢在灶下烧火。我妈的手那么灵活，左一把右一把地炒热盐，再放入蚕豆，这时烧火是技术活，她手不停地翻炒，嘴也不停地指挥，"火旺一点，不然豆子不爆"。"哦哦。"我赶紧放入一根早已晒枯的木棍，顿时，噼里啪啦，热闹的爆豆声响起，还不时会有调皮的豆子直接蹦到锅外，我着急忙慌地丢下火钳去捡豆子，我妈喊："小心烫小心烫。"可豆子已欢快地在我嘴里打滚了。

一会儿我妈又喊："火小一点，太烫啦。""哦哦。"可嘴里应着手里不动，眼睛盯着豆子，鼻子闻着香味——已经醉了。

炒完黄豆炸完红薯干，便是打年糕蒸团子。

真是欢喜，这对火没有很高的要求，只要旺旺的就可以。蒸汽在锅盖四周升腾，很快整个厨房都雾蒙蒙了，我妈在其中，微笑着，美丽得像个仙女。

每一锅年糕出笼，我妈都烫得嘴里直呼呼，但不忘捏个年糕头给我们蘸白糖吃。我和妹妹守在锅边，欢天喜地地接过，妹妹的大眼睛总不忘往我这边瞄，嘟囔："姐姐的年糕比我的大。"但不管是大还是小，终于都吃得连喉咙都粘在一起。

我照例是抢在灶下烧火。

奶奶看我猴急猴急抢着烧火的样子，笑道："真是夏天卖火烧，冬天买火烧。"

可奶奶不知道的是，我抢着烧火不仅是因为可以取暖，更不是勤快，而是灶下还有更多惬意的小秘密。

灶膛里照例匍匐着懒洋洋的猫，我用火钳去拨它，它只是半眯着眼睛懒洋洋地叫一声，却不肯挪动身体半寸。我便恶作剧，拿点着的柴火在灶膛口跃跃欲试，企图伸进去点燃它的毛发，这回懒猫终于怒了，"喵"的一声蹿出来，速度之快反倒差点吓我一个仰天跤。

这懒猫蹿到外面转悠不了几分钟又偷偷溜回来，躺在灶前引火的稻草里，依旧半眯着眼睛，时不时冷冷地瞅我一眼，好似看出了我的不怀好意。

我自然是不会这么让它安心睡觉的，我一会儿顺着摸它的毛，它便哼唧哼唧地把眼睛全闭上了。然后我会倒着摸它的毛，它猛然睁开眼睛，朝我恼怒地大叫一声，或者会忽然站起来，拔腿就跑。

奶奶看见了，便惊慌不已，警告我："你小心被咬掉手指。"

我其实很是害怕被咬掉手指，但又不肯放弃猫。于是依然乐此不疲，只是变得警觉，一旦猫有回头的迹象，赶紧缩回双手。犹如"金锁银锁，咔嚓一锁"的游戏，真的很好玩。

有时候猫被奶奶关在门外。我就琢磨着煨红薯。

掏出大大小小的红薯，不管三七二十一往灶膛里丢。手痒痒地一会儿去拨弄一下，一会儿去拨弄一下，最后把火都拨弄灭了，急得我妈直喊，"火旺一些火旺一些"。

待火旺了，脸又烫了，拨拉出煨的红薯，小红薯已经呈炭状，大红薯则外焦里软。但终究是件非常愉悦的事儿，几番以后摸索出经验。

先是往灶膛里塞上硬柴，火旺以后架起一个支架，选不大不小的红薯置上面烤，待柴火烧完以后也不急着把柴灰捞空，把红薯埋在柴灰里慢煨。这样煨出来的红薯果然好吃，剥了外面黑黑焦焦的壳，便露出橙红的肉，闻一闻，满鼻生香，咬一口，满嘴生香。

这果真是最美味的食物，我不停煨不停吃，最后，跟旁边的花猫分不出伯仲来：脸是花的，鼻子是花的，牙齿是花的，手更是无处可藏。

很多年以后，遇见海盐有拿油漆桶当炉子做的烤红薯，按捺不住买一个尝，皮软软的，肉水水的，哪里有曾经的那种香啊？

长大一些后，不玩煨红薯了，但依然喜欢年前厨房的灶前。

烧火了，就不用洗菜。烧火了，暖暖的灶火前，可以看喜欢的书。彼时，灶间原本放锅碗瓢盆的柜子成了我的书柜，各种杂志与书都塞在那里，待硬柴架起，便有一些时间可以看书了。

在灶前从《小螺号》《少年文艺》上看到了《牛虻》《薛丁山征西》。灶前塞一把柴，手指放嘴里舔舔，翻下一页，津津有味，若正巧在看《安徒生童话》，那就更美妙了，颇有在壁炉前读书的意境。

年前我家的厨房热腾腾的灶口红彤彤的时候，也是一家人最幸福的时刻，每人回家都会先往厨房里跑，脸上洋溢着笑容，唠几句家常，顺便抓起刚出炉的食物往嘴里塞。

那时候，若我妈想训我们，奶奶就会拦着，童养媳过年也不好骂的。于是蹭破衣服，摔破膝盖，满院子追公鸡拔毛，偷了大人的雨鞋去换糖。我妈的口头禅是："若不是要过年了，肯定揍你一顿！"

灶前橙红的火苗，便成了我一年中最大的期待。

亭廊香

亭廊是宋亭廊，宋亭廊在长川坝。

明初便于此设驿铺，名常（长）川铺，明天启七年（1627），此地为驿铺与盐运过路码头，渐有市肆，后以坝名演变为地名。至民国十九年（1930）4月，沪杭公路乍浦至闸口段客车正式通车，长川坝设汽车停靠站。如此，长川坝的繁华可见一斑。

长川坝集市呈T字形。南北向是延绵的沪杭公路，往西则是长丰路。沿着长丰路西行几百米，右手边便是"宋亭廊"，那里是我的家——本地人更习惯叫它"亭廊"。

幼时的我，颇以此为豪。因为离街面近，少不得经常吃些别村孩子垂涎的食品：油煎饼、牛舌头、包子、油条……尤其是夏天的早晨，眼睛还眯着呢，扑鼻的香味就从厨房汹涌而来，我们轻轻蠕动鼻翼，就可以知道从椽上高高挂下来的、盖着白纱布的长竹篮里是什么好东西了。油炸的味道显然更猛烈些，光是在村里的小道上靠墙根站着，远远地看着从坝廊回来的大人笑眯眯地拎着篮子，就可以判断出他们买的是油条还是牛舌头。肉包子的味道也是浓郁的，那时候的肉包子好像特别香，肉是香的，葱是香的，面粉是香的，糅合在一起是一种更让人口水直流、难以忘怀的香。

有时候都不用出门，只要稍稍竖起耳朵，就会听见"豆腐哩、卖豆腐哩"的吆喝声。然后听着声音慢慢靠近、再靠近，冲出门去大吼一声"买豆腐"。卖豆腐的人咿呀咿呀地挑着豆腐担子，晃晃悠悠地循声过来，掀开柔软的纱布，居然还可以看见腾腾热气。豆腐的香是别致的，有一点醇厚，又有一些通透，拿个碗小心翼翼地捧着，倒上丁点酱油，夹一筷子放在粥碗上，那又是另一种香，丰厚的，饱满的。豆腐担子的下面，自然还有油豆腐，豆子的原香夹杂着油炸的气息，在豆腐担上早已经急不可耐地跳脱出来。父母稍稍买一些放篮子里挂起来等晚上红烧，我又像馋猫一样仰头盯着团团转，一会儿就憋不住搬个凳子踩上去伸手摸一块。等到晚上父母回来摘下篮子一看，原本准备烧一大碗的只剩下小半碗的量了。

亭廊靠着坝廊，连接着集市，我的童年一年四季都是香的。

自然亭廊的小伙子们也从来都不愁娶媳妇，漂亮姑娘都争着嫁过来，谁不愿意早晨经常有新鲜出炉的油条大饼包子吃呢？这么稍稍走几步路，就把香喷喷热腾腾的早饭拎回家了。

读小学高段的时候，有天放学回家我嗅到了亭廊有种不一样的香。这是我从来没有嗅到过的香味，比油煎饼和牛舌头的味道更让人激动和振奋，让人忍不住要打喷嚏，又忍不住再吸一口气去探寻。

那年开始，亭廊人家不用的辅助间里，住满了来自四川、云南的异乡人。他们背井离乡来秦山核电站打工，带来劳动力的同时也带来了他们老家的乡土美食。做饭的时候女人们常拎个炉子在门外炒菜，诱人的刺啦刺啦声此起彼伏，她们什么菜都敢放一起爆炒，因而锅里通常是五彩斑斓的：绿色的茄子里有红色的辣椒，黄色的土豆丝里夹杂着红白相间的辣椒酱。还可以乱炖，土鸡里有豆腐和粉条，上面浮着一层亮闪闪的红油；鱼头鱼片可以是一大锅，往锅底一捞还有酸菜、莴笋和腐竹。总之只有你想不到的，没有他们炒不出来炖不出来的。

譬如一根普通的黄瓜，我们习惯去皮，切片，放盐拌匀，考究一点充其量也只淋点麻油上去，白白净净的一盘。他们不愿意，他们得放醋放酱油，放辣酱，放花生，放香菜，再将热油呲啦啦地浇上去，顿时就做成了花朵一般绽放的菜肴。

这个还不是重点，重点是香。同样的食材，因为放了佐料，滋生出了我完全没有体验过的香气。这个香是与众不同的，回肠荡气的，可以让你在踏进村子的第一脚开始被裹进去，接着沾染到你的衣裳和发丝。你觉得它就是浑然一体的，是异乡菜肴整体的香，当你闭上眼睛慢慢辨别的时候，还可以发现鱼肉、土豆、茄子、大蒜、黄瓜、豆腐等独立的香。每一味香都是立体的，旋转的，只管横冲直撞地往鼻腔里钻。

　　村口的马路上，开满了小吃店。朝南的有重庆火锅鱼、万州烤鱼，朝北的有成都烧鸡公和水煮肉片，太阳直直站立的时候，到处都是刺啦刺啦起油锅的声音和不断溅起来的香，让人挪不动脚步。

　　仿佛也是从那时候起，亭廊人都被沾染了"辣"气。炒菜时一言不合就拿干辣椒起锅，颇有无辣不欢的气势。柜子里各种佐料越备越齐，饭桌的色彩亦愈来愈缤纷，亭廊的香越来越丰厚。

　　整个村庄都沉浸在浓厚的烟火气里，与生活一起热气腾腾着。

老 屋

童年的记忆总是从那老屋木门的"嘎吱"声开始。

我出生在老屋里，但其实在那里也就生活到七岁，但那景那物却深深地潜入了我的脑海，再也无法将它从我的记忆里剥离。

那是个四合院，正屋是三间平房，东屋是父母、我和妹妹的卧室，卧室朝南是一张红色雕花大床，朝东一张铺。据说妹妹出生的时候我正在旁边，大喊一声"妖怪"便窜出屋外，从此很少再回房间住，而是赖在了奶奶床上。

靠着东屋卧室的南边，还有一个小院子，院子里种着二棵枇杷树，枇杷的滋味已经忘掉，只记得下雨的时候，喜欢攀着窗子，听雨下在枇杷叶上的声音，一滴接着一滴，滴答滴答。

枇杷叶上响起滴答声，我的奶奶和妈妈就扛着锄头回来了。很快，家里就香味弥漫，有时候仅仅是蒸几个红薯，或者几个玉米，但却让整个院子都香了。

南窗上有块玻璃是碎的，还缺了一个角，这是我爷爷的杰作。据说我小时候特别受人宠，家里姑姑和叔叔抢着抱，连我睡着了他们也要抢着抱在怀里。于是我养成了一离手就"哇哇"哭的毛病。爷爷便权威地说："别整天抱着孩子，哭哭有利于增加肺活量。"有天爷爷下班回家，恰好我在"锻炼肺活量"，哭得撕心裂肺。爷爷倾听了一会儿终于忍耐不住决定把我抱出来，一推门居然是锁住的，这回爷爷不冷静了，翻进种着枇杷树的小院，一拳把玻璃砸碎，下掉一整行的玻璃以后才跳进屋把我抱出来。

也是从那天起，爷爷再也不说增加肺活量的话了，还让奶奶从此告别田间农活专门抚养我。我的童年生活一直有奶奶相伴，也就是源于此。

老屋正屋中间是一个厅，放着织布机、纺纱机。下雨的时候，这里是最热闹的地方，奶奶、妈妈、姑姑都聚集在此，手头也没闲着，不织布纺纱的时候就织毛衣、纳鞋底。妈妈的手非常巧，一年四季几乎都没有停歇过，除了给我织整套的毛衣毛裤，还会做全家人的鞋子。

西面是爷爷奶奶的卧室。爷爷是个非常有威信的人，但为了大儿子成家，还是把东屋让了出来，爱孩子的心，天下父母都一样。卧室朝南是一张紫红的大床，朝西照例是一张铺，铺自从姑姑出阁以后就被我霸占了。

在那个小铺上，我尝尽美味，猪油腌核桃、酥饼、大白兔奶糖。那些美味都放在一个小小的坛子里，爷爷每次给我吃前总说："亚囡囡看着爷爷给你变魔术啊，变变变，好东西就出来了。"于是在看了好几次魔术以后，有次我对爷爷说，"今天囡囡给你变魔术啊，变变变"，跑到坛子那里摸出酥饼，把爷爷奶奶笑得直不起腰。

姑姑若回娘家，我们就挤在一张小铺上。世上姑姑都疼爱妈家的侄女，姑姑给我穿衣服，看见袜子破了，就记得下次给我带一双来，衣服脏了，就顺手洗了再回去。

爷爷奶奶的房间有扇南门，"吱呀"开门后，有一条窄窄的弄堂，直通向厨房。弄堂的上面，挂着一只喇叭。

凌晨时分，喇叭准时响起了"东方红，太阳升，中国出了个毛泽东……"门便"吱呀"一声开了，奶奶起床了。再"吱呀"一声，妈妈起床了。于是淘米声、锅盖声、鸡鸭扑腾声，奏起了一首美妙的清晨交响乐。

然后是一家人聚在八仙桌上吃早饭，米粥、咸菜，爷爷的面前放着几颗花生或者荷包蛋，但谁也不会伸手去夹。吃完了一个个出门，留下我和奶奶。

奶奶洗碗，嘱咐我不要顽皮，我"嗯嗯"答应着，一不留神就窜到厨房边的一间杂物间去了，那里堆放着谷子、红薯、萝卜以及很多农具。我喜欢在谷子上蹦跳，就像在现在的蹦床上，一跳又一跳，还乐滋滋唱起了歌曲："我家小弟弟，半夜笑嘻嘻……"

等到奶奶惊呼一声把我抱出来，身上的毛衣毛线裤已经沾满了谷子，像刺猬一般，取也取不下。等奶奶耐心把"刺猬"摘干净，广播差不多又要响了。

后来奶奶把储物间拿小锁锁了，我就窜到了叔叔的房间。叔叔睡在大门的门厅那边，小小的一张铺一张桌，我总去捣乱，不是弄乱叔叔的衣物就是撕了叔叔的书折纸飞机。

等犯了错误就小心翼翼等叔叔下班回家训斥。人多的时候叔叔不训我，只是恶狠狠地瞪我一眼，等没有人了，就给我头上来一个"毛栗子"。自己犯的错自己承担，挨了很多的"毛栗子"的我却从没有向爷爷告过状。

不敢惹叔叔不仅是知道自己犯了错误，还因为叔叔可以带我玩很多其他家人无法带我玩的东西。比如叔叔张网捕鱼，我就背个小篓在后面屁颠屁颠地跟着。比如叔叔摸螺蛳，允许我也在石阶上玩水。偶尔叔叔高兴了，会抱着我游到河的对岸，再游回来。

我在伙伴家玩得忘记回家了，总是叔叔找来，二话不说，扛了就走。叔叔喜欢反背着我，让我身子朝外，我还可以一路看风景，夏天的时候总是被太阳晒得满脸通红，但那种快乐，却让我一直记忆犹新。

老屋的外面，是几棵大槐树，一棵枣树。

据说爷爷在爸爸和叔叔出生后种上了这些树，合计着等儿子们长大可以用来打家具讨老婆。这个我不感兴趣。我感兴趣的是看了电影《鲤鱼精》以后，一直希冀着大槐树能开口说话，没人陪我玩的时候，一个人对着大槐树念念叨叨，但大槐树一直没理会我。

于是每天纠缠叔叔。被我缠得不耐烦了，叔叔说没见天没下雨吗，下雨了它才会说话。再于是等有天下暴雨，我一个人等在树下等槐树开口，结果还是没等到，我淋得落汤鸡一般，还被奶奶抓进去骂了一通。为了报复叔叔的欺骗，我还抓了两只毛毛虫放在叔叔的被窝里。

除了枇杷树、枣树，院子里还有一棵葡萄树，我大致记得葡萄架铺满了院子的近三分之一。葡萄架下是一口老井，一块水泥浇的洗衣板。

现在爸爸还总是怀念那葡萄的味道，无论怎么好吃的葡萄，爸爸总说没有老屋的葡萄好吃。我已经记不得那滋味，只记得在葡萄架下，我偷听过牛郎织女的聊天。

老屋还给我留了一个疤。那天姑姑和奶奶在家，让我表演个节目，那时我正跪在长凳上吃饭，听见指令，捧着饭碗就咿呀咿呀发嗲，姑姑提醒我坐好一点再唱，已经来不及，我头朝下摔去，太阳穴处正磕在碗口，血顿时泪泪往外冒。姑姑吓傻了，抱着我就往外跑，碰着妈妈回来，妈妈惊慌失措抢着抱了我到医院。

爷爷说要缝针，妈妈死活不让，眼泪噼啪噼啪掉在我脸上，这么小的孩子怎么受得住缝针的疼啊？后来爷爷拗不过妈妈，只好给我包扎好送回家。从此我头上就留下了一个"コ"形的印记。

爷爷说，这头上有疤痕的是咱家的孩子，再也认不错了。

可印在我心里的却是老屋的人，老屋的树，老屋的情感，老屋的所有回忆……

纳　凉

当火红的夕阳雀跃着隐入山的那一端时，炎热慢慢地散去，一天中最美好的时光便正式拉开帷幕了。

我和妹妹哼着各种不成调的曲儿，拎着铝皮水桶从井里往外吊水。

妹妹喜欢轻悠悠地把水桶放入井中，当水桶碰着水慢慢倾斜的时候，她伸手优美地一扬，水桶便乖乖地侧过去蓄满了水。然后她两只手有节律地交换着绳索，和着她的歌声，悠悠地就把水拎上来了，如舞蹈一般。我不会她那样吊水，不管手怎么扬，水桶就是不肯低下去饮水，只好早早就把水桶倒过去，托着桶底往下一放，听到水桶发出"扑通"的巨响。

水泼在滚烫的水泥地上，发出"滋啦滋啦"的声响，一桶水泼上去，刚转身，地又干了。我们有时候不厌其烦，一个拎水泼地皮，另一个赤着脚快乐地追逐，抢在井水落到地上前翘出一只脚高高地接着，冰凉的井水让人通体舒畅。但有时候又懒了，搬出椿凳，毫无架势地闲躺着，一个拎水，一个数数，五桶一轮换。

井水很快就浅了下去，趁井绳还能够到水，我们赶紧捧出大西瓜，用冰爽的井水浸在盆里。此时太阳已经下山，西边红彤彤的一大片，天却还亮着。

我和妹妹端出晚饭放在椿凳上，一人先洗澡，一人拿着蒲扇守着菜，唯恐猫狗偷吃。菜通常是茄子、地卜加一道番茄大头菜汤。地卜我不爱吃，妈买了些虾米，说放进去会鲜美些，等妹妹洗澡的时候，我就偷偷挑虾米吃，虾米很微小，小到辨不出滋味，塞不够牙缝。即便这样，妹妹洗完澡冲到椿凳旁，大眼睛滴溜溜一转，转身便指着我："你偷虾米吃了。"

收拾完碗筷，我和妹妹就迫不及待地抢椿凳，两个人都不依不饶，争着争着就开始张牙舞爪地动手。井边洗碗的妈转头呵斥，"一人睡一端"。

天上的繁星真是美啊，像宝石亮晶晶地嵌在深蓝色的天空里。一不留神，脚碰到了妹妹的头，妹妹喊，"妈，姐姐踩到我眼睛了"；我翻了个身，妹妹又喊，"妈，姐姐踢到我的心脏了"。我恼火了，就索性把她踹下凳去了，妹妹趁机扑在地上号啕大哭："妈，姐姐踹到了我的腰。"我妈就捏着抹布冲过来，不由分说地甩向我："你是要弄死你妹妹呀。"我也委屈地大哭："我没有，是她撒谎。"院子里乱成一团，正在洗澡的爸爸套了背心慌忙冲出来："好了好了，我来给你们铺竹榻。"

两条长凳，架一方竹榻，顿时就宽敞了。我妈夹在我和妹妹中间，捏着蒲扇，一会扇扇这边，一会扇扇那边。我妈温柔时，亦是世间难得的怡然。

夏夜的天空，总是那样清澈透明，月光温柔而静谧，如羞涩的姑娘披着薄纱。星星倒映在河面上，微风轻轻吹来，整个星空也似乎在荡漾，泛起鱼鳞般的波纹。树叶发出了"沙沙"的声音，好像在私语，又像在编织着夏夜的梦。草丛里各种不知名的虫儿，开始演奏一部时而悠扬时而激荡的乐曲。

但惬意的时间并不持久，我妈大约闲着了，用脚拨弄一下我，出了一道算术题。我还在为刚才的事情生气，不肯回应，我妈拨弄了两下见我没反应，马上就又变脸了，伸手掐我的腿说："让你装睡，一做数学题就装睡。"我抿着嘴，眼泪"噼里啪啦"往下掉。

爸爸赶紧挤了过来，指着天上的星星说："来，我们看星星。你瞧，北斗七星像不像一个大烟斗？那边，牛郎织女星，中间隔着的，像不像一条河？"

一颗星星，忽然脱离了轨道，孤傲地滑过天际。也有奇特的星星，一闪一闪的，从这端到那端。

我更喜欢爷爷在家的日子，吃过晚饭他就早早架了梯子带我爬上屋顶。高处的月光似乎更明媚一些，柔和地倾斜在我们身上。爷爷跟我谈条件："想听故事，就得给我挠背。"可爷爷的故事总那么长，我挠啊挠，手酸得挠不动，就伸出脚在他背上蹭。爷爷依然兴致盎然，从他的青年到老年，从孟姜女到笨女婿，这些故事翻来覆去伴随了我整个童年。直到有一天，我们又爬上屋顶，我正式宣布："从今天起，我给你讲故事，你给我挠背！"

彼时，家家户户都没有围墙，村里人摇着蒲扇很惬意地闲走，见我们在场上纳凉，便陆续围了过来。

我爸捧出井里泡着的西瓜，菜刀刚刚碰到西瓜，它就"噗"的一声裂了。好瓜！我和妹妹欢欣地呼喊着，已然忘却了刚才的不快，妹妹的眼睛不断斜向最大的那一块，但犹豫一下又狠心先递给我。

蒲扇"啪嗒啪嗒"地赶着蚊子，邻居的聊天漫无边际，男人说历史，唠庄稼，女人讲故事，唱越剧，偶尔相互斗嘴，笑声弥漫了整个村庄。我妈坐在竹榻的边缘，不时拿蒲扇给我们轻摇几下，又拿驱蚊油倒在手心，搓在我们腿上。

这个时候，我妈是不再记得拿数学题考我的。

场地一隅，那个小小的葡萄架，蜿蜒缠绵的葡萄藤在竹架上施展着绿莹莹的一片，缱绻而妖娆，嘴馋的邻居忍不住摘了一个放进嘴里，顿时酸得龇牙咧嘴，月光下像极了卓别林。

又一阵微风徐来，舒坦得让人只想往梦里钻。朦胧中听见有人打着哈欠说"回家了"，场上顷刻间归于宁静，连青蛙的叫声都愈来愈远了。

初夏与水

今年（2023年）的雨水比往年多了一些，不晓得在贪恋着江南的什么。

其实我是喜欢雨天的。沥沥的小雨，微冷而潮湿的气候，反复放着同一首歌，泡上一杯咖啡，心里便会无比宁静。而梅雨季总是会恰巧遇见暑期，那更好，锅里炖上香香的肉，手里捧着小说慢慢品读，世间弥漫着简单的快乐。

生在江南水乡，小桥流水，细雨绵绵。

小时候最喜欢下雨，撑一把田间拔秧的大油纸伞，摇摇晃晃走进雨里，听雨打在雨伞上的"噼啪噼啪"声，看雨水顺着伞骨子淌到地上，又溅起小小的水花。这样的时候是痴痴的，忘却了顽皮。

隔壁人家的公公在邻省上班，每到此季便会回家来。他喜欢在雨天坐在檐下看雨，看见我打伞沿着围墙溜过，便喊住我："来，吃糖。"我屁颠屁颠地跑过去拿，大伞在雨中直趔趄。糖落入我的手心前，他照例笑眯眯地问："墙角一棵菜，落雨就开花。是什么呢？"我伸手抢过糖，响亮地回答："伞。"

隔壁公公又喊住我："你这样穿鞋子出去，一会儿就脏兮兮的，你妈回来会打的。欸，你来穿我的木套。"他家檐下一溜的木套，高高的木鞋底，现在回想起来，有点像木屐，只是跟要高出些许。我兴高采烈地套了一双，却发现不会走路了，要么是木套太重，抬脚下脚没有轻重，要么是木套被淤泥留住，抬起脚重心不稳，一脚踩入水坑，立马把鞋子溅脏了，只得沮丧地拎起木套还回檐下。

过了几天下雨，又想起木套，兴冲冲地再跑去穿，慢慢地先在院子里打圈，天上的雨，檐下的雨，伞尖的雨，"滴滴答答"地唱着歌。木套在水泥地上敲打出质朴而古老的节奏，穿着木套的我仿佛增高了不少，可以望见屋瓦上的一簇簇青苔，在雨中闪着光亮。于是我在雾蒙蒙中欣喜狂笑，仿佛站到一个前所未有的高度，看到一个从没看到过的世界。

嗯，我想走出院门，小伙伴们已经在仓库门口集中了，我得去炫耀一番。然而刚踏上泥地，木套又不肯受我指挥了。我使劲想带着木套一起走，却用力过猛，仰天摔倒在地上。

那时大约最喜欢的就是雨具了，每每新买了雨鞋和雨伞，便开始巴巴地等着下雨。也是这般的梅雨季，父母做不了活，午间便安然去歇息。我躺在竹塌的边角上假寐，待到爸妈睡熟，赶紧穿上套鞋撑起雨伞溜跑了出去。

仓库是伙伴们集结的地方。仓库前的水泥地低了一截，黄梅季节里或大或小的雨水，在仓库门口积聚了一大洼，像个池塘。西侧有条小河，但此时已经与池塘连接在一起，分不清河和塘了。有蚯蚓和一些叫不出名字的小虫漂浮在水面上，顺着水波一起一伏。我妈是最痛恨我在小河里做一条鱼的，那就在池塘里扮青蛙吧，我蹦起来再落下，大喊一声"呱"，溅起水花朵朵，周围同伴的裤腿立马就湿透。

于是大家都开始假装青蛙，使劲跳起来又落下的时候，一场激烈的水仗也随之启幕，伙伴们用手撩，用脚甩，用伞舀，到处是黄乎乎的水花，但不妨碍它的美丽。到后来自然也是没有输赢的——每个人的伞都不见了，头发湿透，身上衣服裤子都固执地粘在身上不肯疏离。很多同伴是赤脚的，而我新买的蓝色套鞋里，一倒一脸盆的水，偶尔还真的有瘦削的小青蛙跳出来。

玩了一会儿，估摸着父母午睡要醒了，赶紧拖着雨伞溜回家。回家擦干头发，换掉湿的衣裤，躺在我妈旁边装睡。往往时间不长，几乎是刚刚入眠，老妈已经起来并且发现了塞在床脚边湿透的衣裤和雨鞋，拎起我便是狠狠一顿斥责。斥责归斥责，检讨书、保证书也可以写，但遇见下雨，不溜出去玩一会儿却也是不可能的。

过了黄梅季节，天变得湛蓝湛蓝的，短时间里仿佛再不能下雨了。我开始变得勤快，我妈说谁洗衣服，我高举着手喊："我！"

我把脏衣服丢进脚盆，用双手顶着，兴冲冲小跑到河埠头，没有撸起裤管就下了石阶。知了在树上高高低低地唱着歌，河里的小伙伴们正在扑棱扑棱，发出好听的声音，他们有的抱着门闩，有的把家里的门板也拆了下来，看到我，嘻嘻哈哈地朝我撩水。我假装不为所动，转过来在石阶上洗衣服，刚打完肥皂，伙伴们就哄地过来把衣服抢走了，他们扯着衣服或裤子，从河这端游到那端，回来扔给我，笑嘻嘻地说："快回去晾吧。"

有天我妈上班去了，她说会在深夜之前回家，嘱咐我不能到河边玩水。我老老实实地点着头，眼看我妈的身影消失在邻居家的墙角，迫不及待地卸下门闩就往河边冲。真是太兴奋了，但我没敢失去理智，先坐在石阶上，把自己全身打湿，然后把门闩豪气地往河里一丢，准备学着伙伴们的样子，一个漂亮的猛子扎下去。然而想象中"箭"一般的动作还没来得及做，我妈已准确而有力地抓住了我有节奏甩动的手臂。天空是晴朗的，她的脸上乌云密布。那个倒霉的下午，我妈厂里居然停电了，她都没走出村子就折回来了。

然后我妈就改问："谁来洗碗？"我依然积极举手说："我！"我妈说："不准去河边洗，就在院子里的小池塘边洗。"我欢快地拎着饭篮和碗，小跑到池塘边，夏天的欢乐是只要有水玩，哪怕在井台边也是可以的。当然，我没敢说出来，池塘跟井台比，总还是更好玩一些的。毕竟池塘里还有小鱼。

我先洗碗，把饭粒都倒进饭篮，然后拎着饭篮浸没在水里。不一会儿，一群身形修长的小鱼游了过来，有的直奔饭篮，用嘴轻轻触

我的村庄我的家

着饭篮的边缘，有的游近我，悄悄啄我的脚后跟，我的脚被啄得痒痒的，我忍不住哈哈笑了起来，这群鱼就立马灵活地逃了开去。我憋住笑，再小心地把饭篮探下去，馋嘴的小鱼们忍不住又游了过来，等到篮子里游了好几条进来，我默数了"一二三"，腾地快速拎起饭篮。也奇怪，明明看见很多鱼的，拎起来也就两三条。

洗一次碗，总得花上好几个小时，脚都泡得发白了，这才意犹未尽地回厨房。把小鱼养在洗衣盆里，想着我妈回来会表扬我，或者会油炸了这些小鱼。然而我妈回来，总是仿佛没有看见这些小鱼，因为我从没吃过一次炸鱼。

我不知道我妈为何不像别人的妈妈一样仁慈。她从来不允许我们去河边玩耍，更不允许我们下河去学游泳。很多年以后听说我爸水性极好，曾经横游过黄浦江，但在我的记忆里，并不曾有我爸游泳的场景。

唯一有过的一次游泳体验，是我小叔暑假从卫校回家，带我去摸蚌。他绕开了屋前我妈回家必经的小河，去了村后的一条大河。他抱着我从河西游到河东，再带我从河东游到河西，把我激动得哇哇叫。我至今还记得我紧紧搂住叔叔脖子的样子，也记得河水凉凉而柔润地掠过皮肤的感觉。只是以后叔叔再也不肯带我去游泳，大约也是受到了我妈的责备吧。

很多年很多年以后，接到我爸的电话，我妈在电话里号啕大哭。我外婆去河边，不小心把自己留在了那里。从此，我省略了对小河的诸多喜爱，留在记忆里的也只有这几个小片段了。

两棵树

老屋门口有两棵树：一棵榉树，一棵槐树。

我爷爷在一个春天种下它们，彼时，小叔还年幼，我爸大他十岁。爷爷指着这两棵树告诉他们，榉树是大哥的，槐树是弟弟的。

待到我出生，这两棵树已经开始茂盛。爷爷又指着榉树告诉我，等你长大，这棵树可以给你做一张床。

我完全不懂得这两棵树的作用，我只晓得，这两棵树可以带给我快乐。

小学的我，总是一番瘦弱的模样：丢沙包丢不过同伴，翻跟斗翻不过同伴，跳牛皮筋跳不过同伴，更多的时候，我喜欢在两棵树之间拴一根牛皮筋独自玩耍。尤其是在初夏，穿着薄薄的"的确良"碎花裙子，旋转的时候，裙子像伞一样好看地打开，颇为自得其乐。

东隔壁的伯伯叔叔扛着锄头走过，故作夸张地喊住我："你别跳啦，牛皮筋要把树拉弯了。你晓得你爷爷把这棵树给你是干吗的？做婚床的！他们嘻嘻哈哈地打趣我，你要招上门女婿的晓得哇？你再跳下去，你的婚床就弯啦！哈哈！"

婚床的含义我朦朦胧胧知道。我见过亲戚家的新房，床是紫酱红色，帐子被帐钩分别绾在两边，床上堆满了簇新的红艳艳碧绿绿的新被子。有新娘子正微颔着头端坐在床边。我的脸涨得通红，顾不得辩驳，一溜烟窜回屋里找奶奶告状去了。

当然，这并不影响我的自娱自乐精神。等听到他们的脚步走远，我又跑了出去。我在两棵树下，除了玩耍，还有等待。

当火红的云在西边油画一般地呈现，树下的我便会听到叮铃叮铃的自行车铃声。我快速从牛皮筋里突围出来，灵巧地奔了过去。爷爷赶忙刹住车，右脚往前从自行车杠上一撩，完美地落了地。爷爷的肩上风雨无阻地斜背着一个药箱，一个黑色的人造革皮包则被一个尼龙钩捆在后座上。夏天的傍晚，爷爷会从包里掏出一个金灿灿的黄金瓜给我，也有时候会是一瓶清凉的汽水。如果爷爷恰巧出诊回来，包里空空的，便笑嘻嘻地在我伸着讨要的手上轻轻拍打一下，我若不依不饶，爷爷便打开药箱，佯装取针筒，我立马顾不得撒娇，拔腿而跑。

再后来会听到两种叮铃叮铃的自行车铃声，由远而近地传到树下。我辨别出那更轻快的铃声是我小叔的。小叔是刚踏上岗位的医生，他的铃声里伴随着他悠扬的口哨，他从东边的小道上转过来，一点都没有减速的意思，到了家门口，才忽然一个急刹车。但他不急着下车，用脚踮着地，用不屑的眼神看着我跳牛皮筋。

看了一会儿，他评价："你跳得太差了！"

他神秘地跟我说："你看过《鲤鱼精》这部电影吗？没有？那我不跟你说了！"

后来小学操场上果然放映了《鲤鱼精》。小叔诚挚地提示我："看到了吗？槐树！下雨天跟槐树许愿，它就会满足你的要求，你得让槐树帮你把牛皮筋跳好。"

于是我每天期待着下雨，等了很久，才等来一场细雨。我在雨中虔诚地等候槐树显灵，把头发衣衫都淋湿了，还是没有等到槐树开口说话。小叔想了想，告诉我："一定是雨太小了，一般神仙都是要有大风大雨才会显形。"

再后来，果然来了一场大雨。我趁奶奶不注意，冲出去在槐树下学着祭祀时的样子磕头，祷告槐树保佑我跳牛皮筋可以跳到全班最好，保佑我考试能得一百分。我围着槐树绕了好几圈，终于发现树干上有三个明显的树疤，分明就是眼睛和嘴巴的样子。我兴奋得又是作揖又是祷告，直到奶奶寻来把我拖了回去。

这个事情最终被我爷爷知道，并以小叔被痛骂了一顿作为结束。而我在一个火红的傍晚，捉了两条树上掉下来的毛毛虫，偷偷塞进小叔的被窝作为"报酬"。

榉树很容易长毛毛虫，树干上密密麻麻地长着白色的毛毛虫蛋蛋，晚风轻轻吹的时候，毛毛虫就从树上掉下来，轻得几乎听不到声音。

盛夏的时候，毛毛虫多了起来。爷爷就开辟了另一处纳凉的地方：高高的门厅上有个水泥平顶，他早早吃过晚饭就带我爬了上去，两把藤编椅子，一大盘瓜果。我们在屋顶看来来往往的人。

两棵树与门厅间有一条非常宽敞的路，村里人都爱从我家门前过。他们路过的时候瞧见我爷爷在屋顶，就停下脚步大声喊："姚先生，我最近总是打嗝，咋回事儿？""姚先生，我近些日子起夜多，配点啥中药喝喝？"爷爷从藤椅上探出半个身子耐心去回答。有时候索性说："来，你爬上来我给你把个脉。"于是很多时候平顶上就挤满了人，有自己带椅子来的，也有直接脱了鞋子躺着的。月亮从云朵里露出脸，皎洁而宁静地听着大伙漫无边际地谈天说地。不远处的两棵树朦胧而有致，如同一幅精美的剪纸。

后来，我们造了新房子，我和妹妹跟着父母搬到了新房子里。这两棵树，依然留在原地。原地有老房子，老房子里住着我的爷爷奶奶。

再后来，爷爷奶奶去了很远很远的地方，老房子也被拆掉了，只有这两棵树，固执地留守在那里，很长一段时间，我都不敢去看它们。再后来，我尝试跟着我爸一起去转转，房子没有了，留下的地我们叫它"老地基"。但是它好像忽然变小了，我环顾四周，完全想不出这里曾经蕴藏着我们一大家子的温暖。我用脚丈量着它：这里曾是厨房，奶奶喜欢用煤球炉慢煮猪蹄炖毛豆，推开门，整个院落都香香的；这里曾是客厅，爷爷常在这里看书开药方，我闻到了淡淡的中药味，从某个角落溢了出来；进门的院落里，曾经种着葡萄、无花果，还有一些矮矮的中药材，现在只剩下了榉树和一棵桃树，没有了围墙，桃子再无人看管。

泪眼蒙眬中抬头，看见了爷爷留下的这两棵树，时光荏苒，它们长大了，也老去了，树干龟裂树叶葱茏。

南边的邻居跑来找我爸，树太高了，遇见刮风下雨，树干就敲打他家的屋顶，树叶落满他家的房脊。邻居说："可否卖了它们？"我爸说"好"，却又犹豫，这大概是爷爷留给我们的唯一念想了。

西边的邻居家造了新房，大约是悄悄往东挪了挪，风一吹，会有毛毛虫跑到他家的院子里。于是也跑来问："可否卖了它们？"

我爸依旧说"好"，也依旧不舍。那些时日，我爸常独自背着手凝望着它们，叹息："六十年了啊。"

但终于在夏风徐徐的时候，我发现老屋那边围满了人。老树已被连根拔起，树杈落了一地。我惊问："你们这是干什么？"我爸从人群里挤出来，低着眼睛，说："我把树卖了。""为什么？"我爸答："留着也没用了，还妨碍了邻居。"

那天，我爸很晚才回来，默默掏了两千元在桌上。他说："给你，卖榉树的钱。"我推辞："我不要，你留着。"我爸固执地把钱推到我面前："这树是你爷爷给你打床的。当时没用到它，如今还是归你。"

我等不及跑到檐下，眼泪终已经落了满脸。所有的回忆终将是要成为过去，我却分明看见我在树下兴高采烈地跳着牛皮筋，等待着我爷爷的归来。我看见了雨天里槐树干上三个亮晶晶的树疤，晴天里榉树旁的一张躺椅。

爷爷在摇着蒲扇给我讲故事，不远处，奶奶悄悄点燃了一圈蚊香。

小河的回想

一

江南水乡，桃红柳绿，流水淙淙。

小时候的家门口，有一条河，那是我童年的乐园。虽然没有能在那里学会游泳，但光是坐在石阶上把腿放在河水里扑腾，就是一桩美出天际的事。

其实都算不上河，是浜，只是我们习惯把它叫河。

清晨，当第一缕阳光洒下大地的时候，河边便开始熙攘起来，淘米的、洗菜的，鸭子、白鹅的"嘎嘎"叫和"杠杠"唱伴随着"沙拉沙拉"拍翅声与村里人的欢声笑语相应和，把我从睡梦中唤醒。我闭着眼睛继续假寐，懒懒地倾听，那种家的烟火味道，总能轻易让我迷醉。

很多年以后的一个深秋，回家，清晨也如这般，在鸭子与白鹅的高高低低的吟唱声中醒来，走去阳台，远远望见我妈站在曾经的河浜边跟隔壁婶婶欢笑地聊天，我高声唤着她们，眼睛顿时被浸湿。

只是此时，似乎无法再看到童年里的小河。

二

曾经的小河，是多么的晶莹澄澈，宛如一位亭亭的姑娘，细细长长地蜿蜒在那里。每当太阳落到丰山那端，三三两两的村里人便从田间归来，顾不得回家，便径自到石阶上坐下，掬一把凛冽的河水扑到脸上，满足地叹息。早归的村人已经捧着饭碗出来，蹲在河边一边吃一边与刚回的邻居有一搭没一搭地聊着天，有时是田间作物，有时是张家闺女李家小子。还有更早归的，已经吃过饭，便拎着椅子摇着蒲扇来了，蚊子也准点来到，于是又夹杂了蒲扇的拍打声，热闹非凡。

我是早早跟着奶奶吃过饭去乘凉的那批，趁奶奶不注意，便溜到小河的另一端，看落日下的垂柳，轻轻抚着水面，撩起一圈又一圈的波纹。

月亮已经悄悄升起，我在水边看月亮在河里跳舞，一起一伏。月亮里跳舞的是谁呢？嫦娥？吴刚？还是玉兔？彼时我的梦想是像小鸭一样游向河心，轻轻触摸那银白的玉盘。可往往我还没遐想完，奶奶就惊慌失措地开始呼唤我的名字，并一把拽了我回家去了。

稍长大一些，我发现小河竟没有船驶过，因为没有通向外界。于是我找到一个新名字：浜。我跟村里人说，这不是河，是浜。村里的叔叔伯伯们乐，这本来就不是河，是浜。可是，还是没有人叫它浜，还是习惯说"我去河滩边洗衣服了"或者"我去河滩边擦背去了"。

大概是这条浜太小了，小得连名字也没有。

上初中的时候，有同学跟我说，她家住在"菜花浜"，还有住在"肖家浜""莫家浜"的，估摸着她们家门口也都有一条浜。可我家门口的浜叫什么呢？我奶奶也不知道，她说："嗯，没有名字的，就叫河浜吧。"

即使它是没有名字的河浜，我依然那样欢喜。我渴望炎热的夏天，渴望有一天妈会允许我跟村里的孩子一样抱一根木门闩在小河里玩耍，但一直没有得到许可。有天趁妈妈午睡，抱了门闩飞奔出门，着急忙慌把门闩往下一丢就要下河，可惜石阶还没走完，就被追来的妈拎着耳朵赶回了家。

于是又盼望念卫校的小叔早日回家。小叔会在下河摸螺蛳与河蚌的时候带着我，虽然大多数只是让我在岸边捡他丢上来的战利品，但终有发善心的时候，抱着我，带我从河的这边游到那边，再从河的那边游到这边。

那时候，便是最开心的时候，我激动地抓着小叔乱喊乱叫，结果被罚上岸继续捡螺蛳。

也有夜深人静的时候，小叔说要去抓鱼，把电筒往我脖子上一挂，鱼篓紧紧拴在我腰上，偷偷带我去河边

四周的草虫开始叽叽叫，却又静谧清幽。小叔的渔网是自制的，两根竹竿之间绑着一张网，每次收网都会在水里打两下，发出清脆的水声。我的手电筒照向小河，照向天空，照向河边的柳树，我忽然感受到一种白天没有的孤寂，以至于后来再不肯跟我小叔去深夜的河边。

三

外婆家门口是真的有一条河，宽大而清澈。河面上还有一座弯弯的水泥桥，叫宋塘桥，五音不全的我常在清晨或者傍晚的时候倚着桥栏自豪地吼唱：姑娘好像花儿一样，小伙儿心胸多宽广……

小时候每到周六，只惦记着去外婆家。转过几个弯，远远地就看见外公倒背着手等候在那里。飞奔进家门，外公便端上热腾腾的红烧鸭块，我喜欢端着饭碗去桥洞里吃，很多的轮船排着队从那里过，同样的一碗饭，伴随着轮船经过时河面的荡漾和鸣笛声，仿佛拌了猪油一般美味。

最底层的桥洞最宽敞，靠北是一块平坦的水泥地，可以坐那里吃饭，桥洞南有两个水泥斜坡，吃过饭可以爬上斜坡再滑下来，再爬上去再滑下来。

也可以什么都不做，坐那里等船，长长的一串船，发出"呜呜"的汽笛声，真是悦耳。有时会不厌其烦地数船，有时只是微闭着眼睛，感受船驶过桥洞时候轻轻的荡漾。

也有时候脚痒痒，大着胆子试图爬到上一个桥洞里去。但外公总

会适时出现，大声吆喝："赶紧回家去，小心被船上人抱走。"有时候外公也会一本正经又神秘兮兮地跟我说："晓得哇？其实你是我从虾船上抱来的，人家开过，我给他吃饭，他就把你留下了。"

我自然不太信外公说的，但我却相信，每个村庄里的那条河，都是村庄的母亲与村庄的灵魂。就连梦里去外婆家，也从未落下过这条河。有时候水是清澈的，流动着的，桥梁像宫殿一般辉煌；有时候又是极其狭小而危险的，梦中的我抖抖索索地爬过桥，大声哭叫："外公救我。"

大些时，听说那一年我妈梳着两条闪亮的长辫子，在一群人的拥簇下，坐着船晃悠悠地从外婆家门口的这条河驶到了我家东面那条河，从此女儿成了媳妇。而我，便更觉得这河的温情与奇妙了。

因而想起来，觉得小时候特别喜欢去外婆家，除了外婆外公的疼爱，总还有这条小河的缘故。

但我妈不允许我一个人去外婆家，因为从我家到外婆家，除了这条河，还会路过"周家木桥"。那座桥是石桥，没有水泥栏杆，也没有桥墩，只有两条狭长的青石板架在那里，中间还有一条缝隙。趴在桥上从缝隙里向下望，是忽急忽缓的河水。

我从不肯轻易听我妈的话，周六放了学就从屋后的田野里直奔外婆家，路过周家木桥就沿着石阶下到河边洗个手，再在河边的大树下坐一会儿。村里的老人都认识我，笑眯眯地问："一个人去你外婆家呀？"我自豪地回答："对。"

有一年，我家养了条特别乖的小黄狗，我往外婆家跑，它就在后面跟着我，我若是在周家木桥停下来洗手，或者去树下聊天，它就围着我直打转。待把我送过宋塘桥，它就转身迅速回了家，我妈看见它甩着尾巴回家，就知道我已经安全抵达外婆家了。

四

年迈的外婆依旧闲不下来，她养了很多羊，每天的任务就是去河边摞水草给羊吃。再去外婆家，常见大门紧闭，于是沿着河岸线往东找，邻居们看见我，顺手指点，"哎，你外婆在那里摞水草呢"。

河岸的两端爬着水草，蔓延得都找不到石阶，曾经包容几十艘船只相继通过的气势也已不复存在。外婆见我走近，开心地与我一起回家，看见外婆蹒跚的脚步，每次都忍不住叮咛，"不要去摞水草啦"。我忽然产生一种恐惧，担心我外婆会淹没在水草里再也不见了。

多年后的一个冬天，河里原本已没有水草了，但我外婆却在暮色渐重的傍晚，一头栽进了河里，再没能直起身来。没有人见到当时的情景，便也无从知晓到底发生了什么，或许外婆是去清洗农具，或许是清洗她布满污垢的双手，也或许只是想在河边坐一会儿……

在我妈悲伤的痛哭声中，我摒弃了对河水所有的喜欢。

但我终究还是要去宋塘桥的，舅舅也逐渐年迈。

舅舅总是如我小时候那般，在我离别时送我至桥头。逝水流年，桥却还是那座桥，只是车来车往，偶再有行人匆匆走过，没有谁再会在桥头顿足，更没有谁会像我小时候那样扶着栏杆，倾听流水的歌唱，或者自我陶醉地吼叫了。

桥下的河水在清悠地微微荡漾，竟显得尤为澄净，让人完全想不到它曾经吞食过我的亲人。

宋亭廊家门口的浜也早已不是浜，似乎只是一个泥塘。池面上漂浮着几只红色塑料袋，漫无目的地仰视着渐枯的垂柳。我叔叔曾经捕鱼的地方，甚至还有中药的残渣，从河边延伸至路中。

再后来，浜的两边索性又都筑了路，成了东西两个微型停车场。

曾经魂牵梦绕的童年小河，如今很少再流淌回我的记忆里。村里与我这般大的玩伴，大都已经在城市安家，我不知道他们会不会在某个有阳光或者小雨的季节里，回想起小河的春夏秋冬，尤其是抱着门闩，在河里欢快得像只鸭子一样的情景。

小桥流水的江南雅致，终究是停滞在回忆中。

胡老师

胡老师是我的幼儿园老师，我们亭廊人。

我读幼儿园的时候，我们更习惯叫"幼儿班"，说幼儿班又不止一个班，而是一个大班，一个小班。胡老师教小班，并且一直教小班。

我读幼儿园的时候，板凳是自己从家里拎的，点心也是自家准备的，竹篮子里放着蒸熟的红薯和芋艿。

我读幼儿园的时候，放学的时候每个孩子都是自己回家的。除了刮大风，落大雨，家人没有办法去田间的时候，才会裹着蓑衣踩着木屐来把自家的孩子背回家。

于是我的幼儿园生涯便显得极有优越感。首先，我叫她胡老师，她却喊我奶奶为"姑姑"，虽然不是亲姑姑，但胡老师的眼神和动作极其亲昵，她不仅称姑姑，还会加个字，叫成"我姑姑"。因此，胡老师爱屋及乌，我也成了她的"亚囡"。

其次，我不爱吃红薯和毛芋艿。因而每到中午放学时间，我奶奶便等在门口，接我回家吃饭。但有时候她还得赶去给我爷爷做饭，我爷爷是方圆几十里最有名的中医，他的诊室里总是挤满了人，偶尔才能吃上一顿正点饭。我奶奶忧虑食堂的饭菜过了点就冷邦邦的伤脾胃，便急着在那个点赶去给我爷爷热菜热饭。胡老师就自告奋勇地把我带回家，让我中午在她吃。

偶尔晚上也会没人来接我，胡老师不肯放我单独回家，于是又让我跟她回家。她在她家正厅门口放只骨牌凳，再放把竹椅子，让我坐在那里等，她自己忙忙碌碌地做家务，喂鸡喂鸭喂狗。我很不喜欢去她家，老师家谁爱去啊？再说，去她家还是一条凳子一把椅子，跟幼儿园有啥差别？我就是想要出去跑一跑，但她看见了就赶紧喊我回去坐下。以前一直觉得胡老师那是客气，后来想想，大概她心里也蛮有负担的，怕我磕着碰着不好交代。

严格意义上说，胡老师不是好老师。她不懂教育学不懂心理学，她也不会弹琴不会唱歌，还经常板着脸。她的普通话非常不标准，但讲故事又偏偏喜欢用普通话讲，譬如"滑滑梯"，她一本正经地教我们"哇哇梯"，于是我们"哇啦哇啦"一起跟着念"哇哇梯"。很多年以后，我但凡看见滑滑梯，都忍不住要念出声来："哇哇梯。"

但用今天的教育眼光来看，胡老师又是好老师。虽然她看起来很严肃，但她的教育理念是活泼的，孩子们爱怎么玩就怎么玩，爱怎么跑就怎么跑，爱怎么跳就怎么跳，她站在旁边看着，一点也不干扰。有时候，她看着还会笑出声来，整个脸顿时舒展了；有时候她讲着故事，有孩子饿了，爬过去从竹篮里掏红薯出来啃，她也不阻止，还会接过来掰成一半，递给另一个没有带点心的孩子。当然，这些自由我是享受不到的，她把我拉在她身边坐着。

那个班级，她关注的还有她的外孙。但她的外孙实在太调皮了，她完全管不住，只好放权，转过身来不停表扬我，亚囡是最文静的。表扬久了，我就真的很"乖"了，好像我若是不乖不文静，就不是她喜欢的"亚囡"了。也因此，整个幼儿园阶段，我不会跳牛皮筋，不会扎手绢，嗯，除了动嘴皮子，啥也不会。

胡老师空的时候，教我唱童谣。对，很少听到她唱歌，但她会唱童谣。"我家小弟弟，半夜笑嘻嘻……"这首奇怪的童谣就是她教我的。在我三岁那年，县里来人，我们幼儿园就去台上表演节目，但是轮到唱歌的大姐姐到了舞台上，怎么也不愿意开口。胡老师就给我洗了把脸，扎了个冲天辫，把我抱到舞台上，让我来唱歌。当灯光打下来的时候，我张口就唱了这首歌，据说我还摇头晃脑、手舞足蹈地自得其乐，换来掌声一片。可惜那时候没有摄像机，连照片都没有留下，当然，也没有新闻报道。但是当口口相传到我爷爷那里的时候，我爷爷乐得值班都顾不得，当天就换班回了家，抱着我直喊"乖乖"。没有新媒体，我还是知道了我三岁那年发生的事情，而且连同我的隔壁邻居都知道，自然还是得感谢胡老师宣传得好。

记忆中都是胡老师年轻时候风风火火的样子。胡老师是什么时候老的呢？

有一年夏天，听说胡老师摔了一跤，胯骨碎了，我就买了牛奶跑去医院看她。她斜坐在病床上，看到我很是兴奋。她一会儿笑一会儿抹眼泪："亚囡，谢谢你来看我。"

她抹眼泪不是感动我去看她，而是她要诉说她的大女儿很多年没有叫她姆妈了。都是一个村的，我自然也认识她大女儿，但是家务事谁能说得清呢？我只好劝她："你是做姆妈的，关键时候退一步，心里爱么行动也要表示出来。"她不肯，在床上犟着头："没这个道理的。"说完大女儿，她又说她大儿子："他们俩是一伙的，合起来气我这个娘。"我给她转移话题，但怎么转她都要绕回来，而且越说越有精神，一点也不像胯骨碎了的人。我只好站起来告辞。她见我要走，努力着要翻下床送我，她小儿子赶紧跑过去拦住她，一脸无可奈何："老太太就是倔。"

我出门，想想胡老师嘴皮子再利索，终究是不能再站起来了，心里涌上一阵酸楚。曾经的胡老师，脚步也是利索的。

很多年前我结婚，长长的婚纱拖在地面，我挺着大肚子，看不清脚下，上楼梯的时候踩到裙摆，仰身就要翻下来，但胡老师一个箭步托住了我，闪电一样快。胡老师把我送到楼上，目不转睛地瞅着我，不停赞美，我的亚囡真好看。忽然意识到，原来自我到家，胡老师就跟随在我身边，她的目光也一直在我身上，所以才会那么快接住了我。

很多年以后，贝贝问我："胡老师是谁？"我认真地告诉她："说起来她还是你的救命恩人。"

胡老师不做老师很多年的时候，有天忽然搬到了我家。彼时我家正到处找阿姨，爷爷奶奶年纪大了，需要再多一个人来照料生活。阿姨不好找，住家阿姨更不好找，而且当时我家已经有阿姨在帮忙洗衣做饭了，再找个同住的阿姨难上加难。但胡老师来了，她说，我来照顾我姑姑姑父。

她还是那么亲昵，说"我姑姑姑父"。事实上，胡老师和我家的关系，说道起来有些冗长。胡老师本姓胡，后来被邢家收养，改姓邢，新中国成立后又回到胡家，并嫁给了我奶奶的堂伯母领养的孙子。但胡老师念旧情，这些年，姑姑姑父叫得亲昵，以至于我奶奶后来的日子，全靠胡老师照拂着。

2022年冬天我又去看她，她在吃饭。除了不能行走，哪哪都好。她精神抖擞："你看我小儿子，每天有肉给我吃，我是不是该知足了？"但她一会儿就又生气了，把手里的筷子重重一放："亚囡，那个人到现在都不来看我，你说我生了她养了她，是不是都不如陌生人的？"

2023年国庆，听说她已经下不来床了。我妈打电话来嘱咐："去看看胡老师，小时候都亏她领着你。"可是还没等我去探望，就听说胡老师已经起床了，状态也恢复了。原来她大女儿去探望她了，而且从此接过了照料的担子，"姆妈姆妈"叫得要把这几年空缺的都填满。我放下心来，想想胡老师肯定是吃着饭都要笑出声来了。

我琢磨着元旦再去看看胡老师幸福的样子，听她得意地跟我炫耀，"亚囡啊，我的福气真是交关好"。可是，胡老师却在某天忽然驾鹤西去了，仿佛等到了女儿唤姆妈，她再无所记挂了。

我去磕头，胡老师的相片放在桌上，照片里的她依然似笑非笑。我想不起小时候她牵着我的手迈过沟沟渠渠回家的样子，也想不起她带我去她出嫁的小女儿家做客的情形。我想起的是那年幼儿园改制，她自告奋勇来给我看门的模样。她高高挽着袖子，挥着手跟我说，你只管去忙，我替你守着大门。

她长得很娇小，比长大的我足足矮了一个头。可是她站在门口的样子，像巨大的门神。对了，胡老师有个好听的名字，叫彩娟。

农贸市场的念想

　　秦山老集镇老菜场，是老长川坝人留在记忆里最熟悉而温暖的地方。20世纪七八十年代时，老菜场是坝廊老沪杭公路东边的一溜地摊，没有固定的摊位，一边是卖包子油条的铁皮棚，另一边是供销社的百货部与肉摊。再往前，戴花头巾的妇女们拎着篮子蹲在路边卖家里种的时兴果蔬、鸡蛋。有时候卖了鸡蛋去买化肥，有时候是去百货部买油盐酱醋，钱都没来得及捂热，好似间接地以物换物。

　　农忙完或者快过年时，这里成了乡里最热闹的地方，熙熙攘攘中拎着竹篾编"杭州篮"的乡人，他们打着招呼，笑容挂满黝黑黝黑的脸庞。

　　20世纪90年代初时，农贸市场北上，搬到了乡政府西面，老沪杭公路从中间慢悠悠地穿过。不一样的是市场有了固定的摊位，盖着塑料顶棚，不用再担心下雨天淋湿衣衫。而长川坝菜场从此亦有了正式名称：秦山农贸市场。

　　农贸市场东面朝西的位置新建了一溜的店面，卖米卖油，还有几家小吃店，有面条、馄饨……还有饺子。饺子算是新产物，南方人是习惯吃小馄饨的，是"捞得牢捞根葱，捞不牢捞个空"的那种，那种柔软与润滑，不是厚实的饺子可以比拟的。光是吃饺子，自然是没有灵魂的，得有醋，有辣酱，因而我始终觉得饺子没有小馄饨独特的清秀。

　　但随着秦山核电的不断壮大，外来工人及其家属们不断涌入，长川坝的饮食也开始有了全新的改变。譬如烧鸡公、火锅鱼，都是越辣越嗨的那一种。

农贸市场每天如过年一般热闹。农民自家种的果蔬显然已经供不应求，蔬菜商便应运而生了，菜摊上开始摆放"花椒""小米椒"这般新品种。

北上的农贸市场的存在貌似并不长久，20世纪90年代中期，随着"长川坝乡"改为"秦山镇"，镇政府搬到新集镇，长丰路旁又开设了新的农贸市场。

那年新开的农贸市场真的让人耳目一新，宽阔而高大的市场、整齐的水泥案板，肉摊、鱼摊、蔬菜摊都井井有条，菜场里人声鼎沸，几乎全国各地的口音都在这里碰撞。

我不晓得我是什么时候喜欢农贸市场的，大约是跟年龄有关。总之我开始觉得农贸市场是一个地方的文化缩影，乡音乡土乡味，都浓缩在这方小小的天地里。

有年暑假，我和闺女去南昌溜达，未料到刚上动车，嘉兴拉响台风警报，高铁动车停运，归途搁浅。闺女和同学联系了一下，决定去湖南晃一圈，留我独自在南昌游荡。

意兴阑珊间，决定早起导航去最近的花园角农贸市场。

在这之前，我从来没有想过旅游和农贸市场有关。南昌的农贸市场摆设和我们这里差不多，丝瓜茄子木耳菜，自然也有些我叫不出名的蔬菜：或者类似藕，却只有手指头粗细；或者类似芹菜，却只有茎没有叶。我好奇地在农贸市场里徘徊了很久。南昌的农贸市场里卖得最多的是辣椒，我领略过南昌老三样的辣，但江西人吃辣跟山西人吃醋一样自然。

也或许我正是从那个时候开始喜欢农贸市场的，与他乡的风景一样，读懂了它，便也读懂了这块地方隐藏的内涵。

于是在周末早起的时候，我开始惦念上了农贸市场。晨曦微露时，城市喧闹的键盘被敲响，农贸市场已是人头攒动，热闹非凡。而那喧闹却并非街头的车水马龙，也非巷尾的人声鼎沸，而是充溢着烟火气

我的村庄我的家

息的生活场。

摊位上的蔬菜琳琅满目，红的番茄，绿的青椒，黄的土豆，紫的茄子，独立呈现又密密交织在一起低低私语，如一首由古至今传唱的民谣。

最好吃的美食也总是隐藏在农贸市场附近，我在南昌的农贸市场旁吃到一碗惊艳到眉毛都竖起的手工面。淡米色的面条，牛肉粒和花生做成的浇头，配一瓦罐的鸡汤。汤汁无须倒入面碗，吃一口面，舀一勺汤，在繁杂的农贸市场硬是吃出了米其林的优雅。

最早的长川坝菜场最东面，有家馄饨店，且只卖小馄饨。周末的早晨（其实也不算早），叫上一碗馄饨，慢慢吹开碗里盛开的葱花，轻轻啜吸到喷香的馄饨。到了新的农贸市场，最爱公路边芬英姑姑的红烧大排面，汤汁入面，大排酥而不烂。方桌店里摆不下，蜿蜒到了公路边。吸着面看着沪杭公路上摇摇晃晃的长途车驶过，也挺有意思的，汽油与尘土的气息时常扑面而来，但是有什么关系呢？大排面是最坚韧的盾牌。长丰路上的农贸市场则在我们单位附近，每天从家里晃出来，先去忠明的面店吃一碗葱油蛋面，馄饨也可以，虽然没有芬英姑姑的大排面和小时候的馄饨好吃，但如今回想起来，都已经足够完美了。

听说秦山的老农贸市场忽然开始热闹了，应该说又回归了菜市场的本质：没有顶棚，只有各种各样撑起来的伞，没有石桌，果蔬随随便便地堆在地上，卖相一般，青菜的叶子也没有那么肥美，甚至可以发现被虫子咬过的痕迹。但他们裸露出来的手臂上裹挟着新鲜泥土的气息，他们的筋脉如同田间的藤蔓，他们还原着最本真的生活底色与最地道的菜场味道。

菜农们搬着高矮不一的椅子坐在那里，没有生活的困顿，无须急着以物换物，只是单纯想把种多了的果蔬卖掉，用空闲时摸的鱼抓的蟹换点零花钱。菜市场的品质便也留在了最初最纯净的地方。

我爸说："县城的人都来长川坝买菜呢。"我原本并不信，但今天我遇见了来自县城的朋友学军和他的夫人，两人蹲着身子在选菜，脸上是明媚的烟火气。

宋亭廊的狗事

宋亭廊家里有两只狗，一只叫"好大"，另一只是"好大的妈"。

好大是公狗，长得超级俊朗：黄白相间的毛发，柔顺地依偎在它的每一寸皮囊上，显得清爽又悦目。其实这些都还不算什么，衬托好大英俊的关键是它那蓬松而卷曲的尾巴，这个尾巴恰到好处地长在好大的尾部，仿若一条老虎尾巴，于是好大瞬间就神气了起来，甩着尾巴连走路都是趾高气扬的。

说起来好大才两岁，前年初秋降临的。彼时它有三个弟弟妹妹，老二叫"没头脑"，一脸"萌嗒嗒"，瞪着无辜的眼神，看谁都像看到了亲妈，吱里唔里地撒娇。老三叫"不高兴"，每天皱着眉头，一派全世界的人都欠它一百万的样子。老四还没来得及取名字，我家正好在造房子，瓦匠师傅下工就把它顺走了。

过几天，院子里多了只跟好大差不多大的小黑狗，不晓得是从哪里跋山涉水爬过来的，见到好大的妈妈便以为是亲妈，唧唧哼哼一头粘了过去。家里有四只肉嘟嘟的小狗，是怎样的混乱呢？走着路，脚下一软，"叽"的一声尖叫，踩着了。准备生火做饭，"叽"的一声尖叫，灶口灰头灰脑地又爬出来一条。伸手抓柴火，轮到我"哇"的一声尖叫，手心里一把狗屎。去隔壁房间取东西，一脚跨进去又是"哇"的一声尖叫，踩到狗尿了。

我爸考虑了半天，趁去菜场买菜的时机，抓了小黑狗将它丢在菜

我的村庄我的家

场外的一角——没办法，不是亲生的嘛，然后赶紧逃回家。我爸跟我说的时候眷恋不舍，但依旧被我义正词严地批评：明知道它没有亲爹亲妈，还要再次抛弃它，人性实在太险恶。

过几天我爸又去菜场，墙角争食的狗群里忽然跳脱出一只黑狗，兴高采烈地朝我爸奔了过来，我爸一路骑，它一路追，就这么快跑慢跑地又找回组织了。

隔壁邻居也养了狗，是条大黑狗，还多管闲事得很。每次我家来客人，好大还没吭声呢，它就不肯了，嗷嗷叫着追到我家，非得跟它解释清楚"这是到我家来做客的"它才罢休。于是我们都尊称它为：居委会大妈。

"居委会大妈"很是尽责，除了它自己家，周边的邻居家它都顾全了，有事没事就在我们几家门口晃悠。如果有车子开过，它会停下来目视，确定了车子停哪家，它就赶紧跑过去查看，但凡下车的不是主人，它便会逼得你落荒而逃。

好大凭着俊美的外表在全村的狗中脱颖而出，成了宋亭廊的"狗神"。我每次回家，远远地才停好车，它便如嗅到气味一般，雄赳赳地甩着大尾巴，领着全村的狗一起跑来迎接我。这群狗起码得有15只，奔跑出来的场景跟拍大片似的。但我一点也没有当明星的喜悦，我认识我家的好大，但不等于认识宋亭廊的其他狗，其他狗认识好大，但不等于认识我。于是我惊慌地一路号叫一路狂奔回家，好大转身紧紧跟在我后面，它后面还是跟着那群狗，发出跟我一样的号叫声。

所以我每次回去，宋亭廊都要制造这么一阵兵荒马乱。后来，惶惶然滋生出犯错感——我不晓得那个时间段会惊扰了谁的清梦。

回家狠狠教训好大："你这个狂妄的东西，没家教！"贝贝可怜巴巴地冒出来阻止："别凶好大，它是没爸爸的孩子。"

这句话说了不久，有天贝贝在院子里惊呼："好大的爸爸来了。"出门一看，果然有只跟好大长得极为相像的狗，披着黄白相间的毛发，昂首又挺胸。但我发现好大的妈妈跟它已经没有爱情了，它们没有久别重逢的喜悦，甚至都没有好好聊天。

好大的妈是只很狐媚的狗，娇俏的身材，狭长而多情的眼睛。这个矫情的母亲，在跟它儿子的亲子关系中，显得尤为不称职，它从未因为是妈妈而忍让，遇见家里吃排骨，它常常显得比好大更为迫切。

但它实在太美了，因而仿佛从不缺少爱人，我总会发现它和邻居家的另一只公狗躲在沙发后面偷情，扫帚一扫，畚箕里又全是狗毛。我咬牙切齿地警告它，你要再这么不洁身自好，小心我炖了你。

然而矫情的它依旧矫情，万籁俱寂的夜里，它软绵绵地开口叫了第一声，于是全宋亭廊的狗都醒了，顿时此起彼伏地荡漾起一片狗叫声。但奇怪的是，这些凌乱的叫声并不让我惊慌，反倒让我滋生一份踏实，翻身再入梦。

有天午睡起来，发现有陌生人惊慌地骑着电瓶三轮车从家门口经过，车里有蠕动着的麻袋，同时发现好大的妈妈不见了。于是我赶紧追了出去，三轮车却早已没了踪影。

我失落落地回家，无比心疼，好大的妈妈真会被炖了吃吗？它多情的眼睛里会有眼泪吗？好大怎么办？

即便说了无数遍"我要炖了你"，可一想起它会变成一盘红烧或者白切的肉盛在桌子上，我的心里还是难过得要死。

我爸回家，见我们都充溢着忧伤，叹了口气说："以后家里再不要养狗了，不养了。"

晚上的红烧肉，大家谁也没吃，一股脑全给了好大。

又见炊烟起

周末回宋亭廊，在村庄拐弯处，意外看见了炊烟袅袅。一缕淡淡的白烟，正扭着纤细的腰，一步一摇地往上飘悠。风很淡很轻，吹得炊烟更加婷婷。

耳边传来幼时奶奶的呼唤："亚囡，回家吃饭哩。"

眼眶不由湿润了。

一直觉得尘世上最美的景观，便是乡村的炊烟。从小生活在乡村里，让我感到幸福的是每天放学路上望见的不远处缓缓而起的炊烟，如白纱如薄雾，轻悠悠地氤氲在村庄上方。彼时肚子正饿，夜色正微，瞅着村庄里的炊烟，想着家人灯下的等候，满足的笑容顿时沐浴了全身，不由脚步也加快了。

乡村的炊烟是号角。

清晨，天还没有大亮，屋前屋后就传来轻微的脚步声、咳嗽声，我奶奶就起身扯亮了电灯，穿上衣服悄悄出了房门。不一会，厨房里传来柴火的噼啪噼啪声，风箱的刺啦刺啦声，我赖在暖和的被窝里，闻见一股烟火的味道丝丝缕缕地从门缝里钻进来。打开床边的木窗，宋亭廊家家户户的烟囱里都已冒出了烟雾，由黑及白。广播开始嗞嗞作响，很快，就响起了《东方红》的歌曲。于是，鸡鸭的咕咕叫声，孩子的吵闹声，锅碗瓢盆声，奏响了新的一天。

春天的时候，柳树和杨树刚发芽，那爬满麦粒一样大小树芽的柳枝，像姑娘的辫子一般垂在空中，不停撩拨着我的心弦。中午放学回家的我一路玩得不亦乐乎，摘下枝条做花环做围巾，或者直接就是马鞭，如男孩子一般吆喝着冲进了村。蜜蜂嗡嗡地绕着我飞舞，我停下来，掏出兜里的玻璃小瓶，将树枝伸进围墙的小缝隙里，左右晃悠几下，然后赶紧用瓶口堵住缝隙，果然，有只蜜蜂"嗡"的一声蹿进瓶里。倘若我耐心地再往缝隙里瞅，隐约可见蜜蜂头顶的一缕白，再用树枝扒拉几下，便会飞出第二只蜜蜂。

当然还有蝴蝶，围着你翩翩起舞，有时候是一只，有时候是几只，甚至还有一群，让你目不暇接，爱不释手。

玩了一阵，我便去看人家的烟囱。不一会儿，家家户户的炊烟就开始一寸一寸地长大，在天空这蓝色的背景上，迅速洇开一溜溜的白，这白烟看上去非常纯净。慢慢地，炊烟会升到一米两米乃至三米高，在空气里滞留一到两分钟，然后突然消失得无影无踪。

此时家家户户檐前的广播里，适时响起了"我们的家乡，在希望的田野上……"歌声甜美得让人心旷神怡。

于是，闻到了米饭的香味。

我赶紧丢了手中的杨柳鞭，捧着蜜蜂瓶子往家里跑。奶奶已经准备出院子寻找我了，我绕过奶奶直往厨房奔，顾不得烫手，揭开锅盖抓起蒸笼上的食物狼吞虎咽。我奶奶是很会做小吃的，会蒸馒头会做蒸馄饨。也真是奇怪，那老屋我只住到七岁，后来盖了新房又翻盖了楼房，我却始终记得以前的厨房，木门咯吱咯吱响。

当然也有玩昏头的时候，看着炊烟慢慢被天空收走，也不记得回家。当灯火开始明亮的时候，奶奶的呼唤就伴随着夜色绵长地响起："亚囡，吃饭哩，亚囡，回屋里吃饭哩。"但她的呼声里从来不夹带一丝焦灼，轻轻悠悠地，像一首旷远的歌。我在伙伴家里，常常假装听不见，任凭奶奶的声音由远及近，笑嘻嘻地玩得更起劲了。伙伴的长辈便会一边高声替我应答一边呼唤我快跟奶奶回家，我不知道为啥会假装听不见，我分明是喜欢这样的呼唤——即使站在冰天雪地里，听到这样回家的召唤，也会觉得人世间很温暖。

也不只是我奶奶，村里还有一个伙伴春伟，他奶奶也会满村找他："春囡，回屋里吃饭哩。"两个奶奶的呼唤此起彼伏，填满了宋亭廊的夜，犹如一首动听的民谣。

那时候家家户户的大人在忙着田间劳作，同伴们也没有现在的孩子这般娇贵，几乎都是在田间和村庄里散养的，天黑了玩累了肚子饿了自然会回家。因而我和玩伴被奶奶呼喊寻找的时候，可以清晰地感受到这种独特的呼唤声是幸福而温暖的，且充满了烟火气。那种幸福与快乐也一直洋溢在我心头，直至今日。

奶奶忙着做饭时，会派我小叔来找我。小叔自然没有我奶奶有耐心，他直接把我从伙伴家的板凳上抓起来，粗鲁地反甩到背上。我便仰躺着在小叔晃悠悠的背上看炊烟跳舞，弯的直的，粗壮或者纤细。各种饭菜的香味，在炊烟的催促下，一丝不漏地钻进了我们的鼻子里。

我打着哈欠，眼睛慢慢地合拢，在进家门前就睡着了。

也有冬天的时候，脚下落了一层厚厚的雪，树枝上也挂着些雪末子，也许雪正在慢慢融化，但那时候天就会更冷。我喜欢这样的冬日，因为我妈空闲下来，中午会把我的饭菜送到我学校里。放午学的时候，门口呼啦涌进来一群家长，挟裹着浓郁的炊烟气息，并从他们的嘴巴和毛孔里喷发出来。我妈总跑在最前面，她从怀里掏出冒着诱人热气的陶瓷杯子，里面装着煎鸡蛋或者红烧鱼。我妈这时候总是特别温柔，她笑眯眯地看着我香喷喷地吃完，再把空杯子带回家。

有一年，是临近过年的冬日，我爸的脚被钉扎破了，只能在家休养，我就自己跑回家吃中饭。凛冽的西北风吹得人也站不稳，脸被风刮得生疼生疼，我就缩着脖子跳着走，或者倒着走。跑过新团里，再倒着过三号桥，仰头时忽然看见路边逐渐升腾的炊烟，一缕接着一缕从烟囱里挤出来，便觉得身上没那么僵硬了。

冬天的农家人最空闲，他们会在家炒蚕豆，做薯干，或者蒸煮些平日里根本没有时间侍弄的食物。于是这时候家家户户的炊烟也和平日不一样了。它们粗壮得像根白色的柱子，雄赳赳地立起在屋顶上，显示着主人家过年的喜悦。这时会有一抹像手指般粗细的烟，从烟体上剥离出去，慢慢洇成喜鹊尾巴或者松鼠尾巴一样的形状，而后那柱烟升高了，开始横向飞舞，它轻盈地在空气里飘着，袅袅地扭捏着。或许是有风的缘故，那烟突然四散了，有的向东，有的向西。有的巴掌大，有的脸盆大。有的像一截断了的草绳，绳头又散开，成丝丝缕缕状，一扭一扭地消失了。有的拧成细细的一抹，飘到半天的高度，清楚地贴在蓝天上，继续左躲右闪地向上飘扬。渐渐地风止了，就剩下一缕缕模糊的白烟，在蓝天的背后隐约可见。

这时候的炊烟，也是充溢着香气的。

看着闻着，入神了。顺手抓一把邻居家晒着的薯干塞进嘴巴。邻居家的大公鸡和鹅不肯了，一下便追了上来。公鸡挺着胸脯"咯咯"地叫，鹅伸着脖子"杠杠"地叫。吓得我抱头鼠窜，一路喊着爸爸快救我。老远看见爸爸坐在廊前晒太阳，胆子也大了，停下脚步转身对那俩家伙喊："嘿！嘿！"

那俩家伙也就停着，拍着翅膀双目炯炯地与我对峙，炊烟在它们身后轻轻停滞。

冬天，鸡鸭鹅都早早地归了棚子，但我是会偶尔晚回家的，因而也偶尔再有奶奶的呼唤在村里响起。

待到吃过晚饭，我就边趴在窗前看别人家的炊烟，边向奶奶汇报：奶奶，谁家也已经吃了饭；奶奶，谁家还在做饭，烟囱里还在冒烟呢。一直到天完全黑下来，差不多村里人的饭都已经做熟，不再往灶火里添柴。

烟囱里不再有烟冒出，整个宋亭廊就寂静了下来。

我和伙伴们在闲暇里玩耍的其中一个小乐趣，是在饭点的时候，爬上人家高高的柴垛，叉着腰比谁家的炊烟最粗壮最白净。

于是发现，中午的炊烟会比晚上的短暂，夏天的炊烟比冬天的炊烟稀薄。因为大人们都忙着田间劳作，中午经常会简单对付几口，而夏天炎热，可以不用热饭，很多人家早晨做了米饭，放在罩篮里吊在屋檐下，或者用个树杈挂在井里离水面不远的地方，可以吃一整天。至于小菜么，菜缸里摸把咸菜，瓜棚上摘个黄瓜，田地间摘几个落苏用盐捏捏，都是爽口的下饭菜。

村里炊烟最悠长的，肯定是家里来客人了。除了我家。

我爷爷喜欢吃美食，全村人都知道。他的一件中山装可以穿很多年，被香烟烫得都是洞洞了也舍不得丢，但唯有对吃，他有着无可比拟的热忱。所以我爷爷回家的日子，炊烟总是像士兵一样站得笔挺。

有个伙伴非常不满意我家的炊烟总是比她家的皮实，很不服气。有次她跳下柴垛就回了家，不一会儿，她家也冒起了滚热的炊烟，一浪接着一浪，我们跑去她家看，原来她在灶下热气腾腾地烧水，把家里所有的热水瓶和容器都装满了。

不久的后来，我也不喜欢和伙伴一起爬上柴垛看炊烟了，因为我妈去了橡胶厂上班。她常常把刚脱模的产品带回家，让我和妹妹帮着剪毛边，剪下来的一堆堆不成形的零碎橡胶，我妈不舍得丢，就在做饭的时候塞进灶膛当柴火用。

那是段不美好的经历，橡胶烧起来味道很刺鼻，常常把我熏得逃出厨房。抬头看烟囱里冒出来的炊烟，在一群洁白的炊烟里，我家的尤其黑得浓烈黑得夺目。

这遮掩不住的黑烟，与散发出来的异味，让我对以橡胶为柴火而感到羞愧。

很多年以后，偶尔听到王菲的歌曲《又见炊烟》，特别感动。优美的旋律悠扬的歌声：又见炊烟升起，暮色罩大地，想问阵阵炊烟，你要去哪里？夕阳有诗情，黄昏有画意……怀着无以言说的心情，按了重复键听了一遍又一遍，分明感到内心最柔软的地方在不断被触动。

念想之间，眼前的炊烟已经开始依稀，越来越淡，不再东一缕西一缕地飘在村子的上空，而是模糊到只剩下天空的蓝色，或者白色，却是天空上的白云。

如今宋亭廊的居民早已经不靠田地为生，煤气、电饭煲很早就普及了，很少能再看见袅袅炊烟，不似曾经，炊烟随着日出升起，饭后乡村农人都下田劳作。此后烟囱便一直歇着，凝望着青天白日，伴随着屋顶，一起寂静着。等到了中午，又会复活到青烟袅袅。然后又是歇息时间，到了晚上，再热闹起来。

如此淡朴而令人向往的田园生活！

关于北团村的生活记忆

那　海

中午的餐桌上有盘沙移。

沙移是爆炒的，有油爆的醇、沙移的鲜，让人躲不开的香从餐桌上袅袅飞入鼻腔。灰色的沙移夹杂着葱的青绿，又夺目得让人移不开眼睛。

女儿贝贝从楼上踢踏踢踏下来，看了一眼餐桌，欣喜地喊："炒泥螺。"

没错了，沙移就是泥螺。老长川坝人习惯叫"沙移"，有些地方叫它"吐铁"，学名则是"泥螺"。

长川坝地处杭州湾海域，我们若出门，步行二十多分钟，往东是海，往南还是海。

于是在春日农闲时，去海边捉沙移便成了一件顶要紧的事情。

我妈总惦记着捉沙移，是想着给家里加餐。沙移可是地道的海鲜，还是鲜活的海鲜。倘若去的时候运道好，除了沙移还可以抓到很多小螃蟹，我们喜欢叫它"傍养蟹"。

在海涂上忙碌一上午回家，桌上便有鲜美的海鲜餐了。

那时，是习惯去北团海涂捉沙移的。

我妈在出发前习惯掐着手指头数日子：初一月半午时平潮，初八、二十三，早平夜平，二十五、二十六潮涨吃夜粥。我妈跟我解释：初一和月半是需要在午时前完成捉沙移离开海涂的；而初八和二十三，可以从早晨捉到天黑；等到二十五、二十六则可以更晚一些。

原来潮汐和天文还有密切的连接，真是神奇。

出了家门，沿着一条叫"荡田里"的田间小道往南，便到了一个叫北团的地方。穿过北团的"大王桥"，是沪杭公路，迅速横穿过沪杭公路，便是大片的海涂，有着一望无际的蓝天与碧水。

这时候，我们总是欢呼着，一边脱鞋子挽裤腿，一边迫不及待地奔向海边。哪怕去海边并不是件奢侈的事，但每次去海边依然会有抑制不住的雀跃。

海涂上匍匐着数不清的沙移，跟天上的繁星一样密布。沙移的颜色跟海涂差不多，因此我们也经常会兴奋地抓起一把凸起的"沙移"，抓到手才发现只是湿润润的沙土。

光脚踏在海涂上的感觉真是很奇妙，凉凉的，滑滑的，又痒痒的，惹得我们总是忍不住咯咯笑。

沙移趴在海涂上的时候，喜欢把舌头吐得长长的，但当你抓起它，它就迅速藏起了舌头，就像乌龟一样把身体躲在了透明的壳里。

倘若你抓起它，它依然无惧地吐着舌头，那基本就是不能再吃了。

我们左手拎着水桶，右手捉沙移。很快，就有小半桶了。于是，我们开始三心二意，琢磨着抓螃蟹。

譬如看到海涂上有小洞，我们就用树枝使劲掘。有时候果然会发现螃蟹，对惊扰它的人龇牙咧嘴地挥舞着钳子，我们熟练地避开钳子，两个手指轻松捏住身体就把它抓了起来。有时候也不需要挖洞，它们就在海涂上成群结队地散步，发现有人走近，就加快脚步迅速开溜了。

当然，抓螃蟹只是副业。当太阳把海涂照得发烫，或者到了涨潮的时间，我们就及时撤退了，毕竟手里的海鲜还等着我们回去烹饪和品尝。

沙移有两种吃法，一种是直接醉了吃，一种便是爆炒。

有时候沙移抓得多，就一半醉着吃一半炒着吃。不同的口味，做法自然也有所不同：醉沙移是先洗，用清水洗净了再在沸水里煮上一会儿，然后过滤出来，加蒜泥、盐、酱油，最后放葱凉拌一下，吃起来冰冰爽爽的，成了夏日傍晚最好吃的佳肴。

爆炒则是将沙移连泥一起放锅里炒，等炒得泥水沸腾，就连锅端起来将沙移倒入大脸盆，再去井边细细冲洗。然后重新起油锅，放入葱姜蒜，将沙移爆炒到香气四溢，再重装入盆。

若说味道嘛，爆炒的沙移吃起来更香一点，但醉沙移会更入味些，这实在无法让人取舍。只是我们捉的沙移都很小，吃起来要有足够的耐心，有时候懒得一个个吃，直接舀一勺子放入嘴里连壳带肉地嚼，有时甚至还嚼到很多海泥，但没有关系，漱漱口，再舀一勺继续嚼，也是特别快乐的。

海盐经典菜系里有个名菜叫"沙移汤"，但不晓得好不好喝，我没试过。

吃沙移还有个要素：吃了沙移必须得避开"大太阳"。听说吃了沙移再去烈日下暴晒会得"沙移疯"，不知道是真是假，反正吃了沙移的那天中午，我都是会老老实实躺下来午睡的。

我依旧爱吃沙移，但已有很多年没有去海涂上捉过，醉沙移大多是在超市买的。有天忽然想起这个事，便沿着北团往南企图寻找童年海涂的痕迹。

但没有海涂了，连同我记忆中海涂边的枸杞地。恰巧遇见北团村的老人拎着竹篮走过，便打听此事，老人回答："呶，枸杞地就是这鱼塘了。""那毛灰山呢？我妈跟我说过，曾经在捉沙移的时候，向西南望，有座山，叫毛灰山。可是现在我看不到毛灰山，望去只有青山和长山。"

"毛灰山呀，现在已经基本看不出来喽。海岸线不断向南推进，大概早就连成了一片。"

你看，岁月总会在不知不觉中改变很多痕迹，譬如海涂上的沙移慢慢消失，海岸线偷偷南移。但珍藏于心的一份眷恋与欢喜，却会在很多往事淡忘后，愈加清晰地浮现出来，并且回味无穷。

那 河

小时候，最期待的是跟奶奶去澉浦城里走亲戚，

公交车沿着老沪杭公路蜿蜒向前晃悠，左边是一望无际的田野，尽头是海，右边是河。一座座桥架接着老公路和北团村、大王桥、北团桥……

桥下，是河。叫前新河。

据记载，前新河（现改名长澉河）于万历五年（1577）开挖，自长川坝起至澉浦东门处。也就是说，长川坝到澉浦有多远，这条前新河就有多长。

我喜欢坐在公交车的窗边，风从车窗外轻轻拂着我探出的额头，倘若再往前探一点，可以瞧见桥下的河水碧青碧青的，村里的人三三两两，在石阶上淘米洗衣聊天，悠闲而自在。我的发丝被风一根一根地吹起，心里别提有多欢腾了。

奶奶用力拽住我的衣襟，不让我再更多地探出头去，她轻声细气地给我讲前新河、上河和下河的故事。

因北团村地形较高，泥沙淤塞快，长川坝至澉浦蓄水困难，里人徐光启便于天启七年（1627）筑坝，分上河、下河，上河蓄水，水溢则开基闸将水泄入下河。

该坝是长川坝，北团的前新河成了上河水系，因此也叫上河。

我奶奶这么跟我说，自然是有情结的，我的曾外爷爷万浩庭先生曾在长川坝的上河滩边做买卖，家里有船出租，有建材、百货商店……货物到了坝上，从上河翻船到下河，再运输至乍浦、上海等地。

曾外爷爷的生意做得很大，奶奶的童年因此衣食无忧。她在出阁

前，常穿着旗袍在柜台里拨弄算盘，后来因为社会动荡，奶奶亦经历过浩劫，因而少女时期大概是她最美好的回忆了。

但于幼时的我，这些统统都不如沿着河一直往西南方向颠簸摇晃，惬意地驶过澉浦大桥，抵达澉浦古城有意思。

有一年的冬天，尚幼的我每天淌着鼻涕哭闹："我要找妈妈！带我去找妈妈！"可是我的妈妈一直不回家，奶奶抱着我耐心哄："你妈妈呀，开长山河去了。"

那年特别冷，我被冻得浑身哆嗦，但我不肯进屋，倔强地在檐下一遍又一遍地朝着远方小狗一样地嘶吼："妈妈！妈妈！"

有天上午，我在雨声的滴答中醒来，忽然从门口卷进来一股冷风，有人头顶着蓑衣冲了进来，我高兴地喊："妈妈！"奶奶赶忙迎过去，果然是妈妈回来了。

我妈一边瑟瑟发抖地脱下溅满泥水的蓑衣，一边喘着粗气跟奶奶说："天下雨，工地不开工，我回来看看孩子们，沿着前新河一直跑一直跑，过了北团的大王桥再往北跑就到家了。"

童年总是很奇特的，我不晓得长山河在哪里，但我记住了北团的大王桥，我妈妈跑过它就可以回家了。

长大后我去澉浦中学读书，从家里骑自行车，从北团桥走，再沿着前新河一直往西南方向骑，就到了澉浦大桥。每次骑行在老沪杭公路上，心里特别起劲。日渐模糊的记忆里，有我探出头看桥下的流水，而奶奶拽着我的印象片段。也仿佛看见那个冬天的凌晨，天下着雨，而我妈沿着前新河一路努力奔跑的样子。

我当时肯定没有预料到，后来我会在澉浦工作，每天沿着老沪杭公路去上班，左手边的海涂已日渐消失，右手边的前新河依然还在。春夏的时候，转头望去，是满目的青翠色，蝉在郁郁葱葱的树梢上旁若无人地唱歌，总给人无比的欢欣与希冀。

那　村

我读初中的时候，班里又来了几位新面孔，是北团村来的学生。据说北团是个大村庄，村里有自己的完小，同学们在自己村里读完小学，等到了初中再合并到长川坝中学。

初二的时候，同桌是姓肖的女孩子，每天顶着一头乱蓬蓬的头发，但她总是嗲声嗲气的，说她母亲是上海知青，被下放在北团村，而她迟早是要回上海去的。

有天她带了本杂志给我，是《东方少年》。我翻了翻，立刻爱上了里面的儿童故事，读了一遍又一遍。她说："我家还有，要是想看，放学跟我回家取。"她这样说的时候，头发还是乱蓬蓬的，眼睛还傲娇地往上斜了斜，可是又显得那么可爱。

于是那天放学后，我们沿着学校门口的机耕路一直往西，走到一个叫"卫家"的地方，然后一直往南，在"北团桥"北的村庄路口右转，是北团小学，北团小学西面斜对着的，便是肖的家。

肖的妈妈在家中的辅助房里开了个小商店，商店的门对着路口。我们从拥挤的店里绕进去，来到肖的房间里，果然看见有一叠《东方少年》挤在一堆课本里。但等我取了书从肖家里出来，天色已经暗黑。

我捧着书拼命往家跑，但是慌张中没有跑回原路，而是跑到了大王桥。想起那一年母亲说过，沿着大王桥前的小路往北跑，就会跑到家。我就沿着田野里一条较大的路奔跑，风从我的耳边吹过，树影忽明忽暗地从我身边掠过，我的心怦怦乱跳。我跑过了"荡田里"，那里有我家的三条棉花田，我又跑过了"义冢边"，那里有我家的一亩五分稻田。

说到大王桥，忽然记起来。其实我很小的时候是去过几次北团村的，还曾在那里留宿了一晚。但大人们总是喜欢说小地名，譬如莫家浜，譬如大河堰，因而我竟不晓得大王桥是属于北团村的。

我的村庄我的家

如今村史有记载，北团村的地域似一个"团"字：农户分布四边，中间一片沃土，中间一横是大河堰到大王桥的应急公路，中间一竖则是卫家到沪杭公路的北团大道。这样读"团"字，亦是别有一番新意。

我妈的姨妈嫁在大王桥，在那里生育了四男一女。

姨婆最小的儿子比我稍大几岁，有满满一箱子的"花书"，他到我家做客的时候跟我吹嘘过。于是有天我妈带我去姨婆家做客，我就屁颠屁颠地跟了去，但那次小表舅给我提了个要求，必须过一夜才可以把这些花书拿回家。

晚上我跟我姨婆睡，她的床是很老式的那种，床的里侧有两个柜子，堆满了衣物，黑黝黝的，还有一股难闻的蟑螂球味道。外侧有一个脚踏板，脱下来的鞋子被姨婆整整齐齐地码在那里，靠脚的那边，还放了个马桶，马桶里的味道顺势若有若无地飘散了出来。

陌生的环境陌生的味道让我惊恐，我没有办法入睡，也不敢跟姨婆说，只好靠着里侧枕着蟑螂球味的枕头一动不动地装睡，眼泪河流一样源源不断地流到了沾着姨婆头油味的枕巾上。

第二天中午表舅送我回家，我紧紧地抱着用一夜慌乱换来的花书，扯着表舅的衣襟在他自行车后面打瞌睡。表舅那时候刚刚初中毕业，在学木匠，身上一股木屑味，书上也是木屑味。

那次的花书里，有本《双枪老太婆》，简单几笔勾勒出来一个女英雄：头上包着白头巾，腰里拴着宽厚的黑皮带，手里握着的两把枪，一前一后无畏地指着敌人。我闻了又闻，觉得这两把枪也是木头做的。

如今从长川坝去北团可以沿着秦山大道走，义家边和荡田里的田地就在右手边，但是我已完全分不清我曾经在哪条田里种过棉花摘过瓜果。一眼望去，总之满帘都是绿油油的。

2020年初武原公路正式开通后，我更喜欢沿着很久前去肖家的路线走，先去卫家，再沿公路南行，大路平坦顺畅，油门一紧一松间，就到了北团村。之前的北团小学改建成村委办公地，肖家的小卖部已然没有了踪影，但在她家的东南斜对面，多了家"初心"咖啡店，精简的装修，让人有坐下来抚慰心情的冲动。

整个村庄一色的白墙黑瓦，有原居民建筑，也有现代设计的纪念馆，间或有流水从小桥下潺潺而过，村间小路整洁干净，屋前屋后鲜花盛开，一棵树不经意穿檐而起，给人别致的美感。北团已然没有了印象中的逼仄狭窄，而处处相得益彰。

那　人

说起来，与北团村还是挺有缘的。

小时候家里常来一位中年女客，齐耳的短发，还斜扎了一缕小辫。我确认这不是美女，背微微前倾不说，还满脸的坑坑洼洼，爷爷说那是得过"天花"的缘故，而我在背后偷偷叫她"麻子婆婆"。

麻子婆婆每次来我家都要过夜（长大后才晓得北团她家离我们长川坝最多不过三公里，不懂她为啥还要过夜）。这委实让我又爱又恨。爱的是麻子婆婆每次都不会空手来，挽着的布包里，总会装点水果糕点之类的。恨的是麻子婆婆总是喜欢抹得香香的，从兜里掏出来的糖果上沾满雪花膏的味道，厚厚盖住了应有的香甜，倘若着急尝一口，亦是雪花膏的味道更浓烈些。更惹我烦恼的是她但凡要过夜，就得挤到我的铺上来，我睡在她身旁辗转反侧，每一口呼吸都充溢着她的雪花膏和头油的味道，呛人得很。

后来，麻子婆婆逐渐来得少了，听说她在"丁山庙"做"仙家"。我们去卫家的路是必经丁山庙的，麻子婆婆家就在那附近。丁山庙建于明嘉靖间，起初奉杨四将军盖潮神，后更塑秦始皇像，祀为土地神。20世纪60年代在"文化大革命"中被毁，于2009年重建（南幢由北团村造）。

麻子婆婆带领北团村民出资，并担当了"仙家"的大任，据说吸引了善男信女从四面八方赶来烧香，甚是辉煌。人们有些疑难杂症也会找麻子婆婆诊断，据说麻子婆婆仙手一摸，手到病除。我爷爷听闻后，嗤之以鼻："迷信，都是骗人的把戏！她这么灵验，还要我们医生干吗？"

等麻子婆婆再来我家的时候，爷爷也常会斥责她："差不多就行了，性命攸关的事情别瞎做，你真以为你是神医？要相信科学的。""神奇"的麻子婆婆对我爷爷却是十分恭敬，她倚着门框直点头，也不辩驳。

有一天，许久未见的麻子婆婆又登门，我正在和我爸爸斗嘴，麻子婆婆还是喜欢倚靠着门框，看了一会儿，笑眯眯地说："这孩子聪明，一定是小时候我总摸她脑袋的缘故。"我爸跟她打趣："你大概只摸了她的嘴巴，的确能言善辩，可惜她的手你没摸到，笨拙得很。"麻子婆婆闻言依旧笑眯眯的，却忽然伸出手试图要来摸我，把我吓了一跳，迅速逃离了。（如今想想，倒是可以一试）

爷爷恰巧回家，看见麻子婆婆，不客气地问："你这个大忙人今天来做什么？"麻子婆婆说："最近肠胃不适，想请姚先生开两服中药调理。"爷爷哼了一声："你不是自己会治病吗？找我做什么？难不成你也晓得自己是坑蒙拐骗？"

麻子婆婆讪讪地笑着，跟着我爷爷讨要药方去了。

这是我最后一次见到麻子婆婆，不晓得后来她是否真的成仙了。

童年的我常被奶奶带到坝头上玩，我舅公在坝上的供销社上班，他喜欢把我放在高高的柜台上，我就坐在柜台上咿呀咿呀地唱儿歌，有个微胖的阿姨常过来逗我玩。阿姨喜欢穿碎花裙子，有着温柔的笑容，她的儿子毛毛也经常在供销社玩，于是毛毛成了我最早的童年玩伴。

毛毛家里也是北团村的。

高中毕业后毛毛就像长了翅膀，读完大学，读博士，后来留在遥远的堪培拉做科研工作。尽管许久未见，但在同学群里再次相逢后，很多久远的回忆又慢慢而清晰地回来了。

我们聊长川坝，聊供销社，聊老沪杭公路一路的怡人景色。在异国他乡的他特别想家，想着可以再到坝上走走，再回北团看看。他说："老街会一直在我们的记忆里。"他说："每次我回来，老街坊们都还认得我，老沪杭公路两侧的绿植也更繁茂了。"他说："那是属于家的召唤。"

有时我诱惑他："快回来，请你吃溇浦的红烧羊肉。"他笑："我不吃羊肉，还有啥好吃的吗？"我如数家珍："盐炒肉、盐齑菜、盐落苏……北团有海，你们的祖先从汉代起即以盐业为生，因此北团的特产除了盐还是盐。"他哈哈大笑："那新开的咖啡店里有盐咖不？"

写至此处时，他恰巧回到了阔别三年之久的家乡，我去他家接他，老远他就快步跑来，笑着对我说："哈哈，原来你在这里等我。"

他说的是纯正的本土话，一点都不陌生和别扭。

他还说，喔侬是北团人呀！

沈 荡

连续两周在周末选择去沈荡小憩。

握一杯"晴天见"的咖啡，晃晃悠悠，沿着河，从镇的最西面逛到最东面。秋天的云很高，你得努力仰头去追，树叶挂在树上，微微发黄，遇见稍微重一点的风，就会挣脱树权，悄然地飘落在你脚边，仿若与你熟识已久。

沈荡并没有我的亲戚，之前我也没有在沈荡生活过，但它就是会给予你一种久远的记忆，不紧不慢地从时光的隧道里穿越而来。

或许是来自很早之前读过的一本小说《许三观卖血记》，当朋友推荐我读这本书时，我并没有马上读，我觉得仅凭字面意思，应该不太会喜欢它的内容。也在扉页看到过余华的名字，亦未料他竟是海盐人，是著名作家。最初这本书我是从秦山文化站借阅的，在床头放了很长的一段时间，眼看就要到归还的期限了，才匆匆阅读，便是那次，在书中认识了"胜利饭店"，认识了胜利饭店里的"黄酒与炒猪肝"。

因此在一杯"晴天见"之前，我必定是已经在胜利饭店吃过了卤猪肝，或者雪菜炒猪肝。实话说，猪肝还是我妈炒得好吃，一盘韭芽炒猪肝通常是我家饭桌上最早"光盘"的。但沈荡与黄酒，沈荡与炒猪肝，就如冬日与围炉煮茶一般，缺了任何一个，都是不完美的。

若去沈荡三次，总得去一次沈荡酒厂。自然，也通常是陪朋友去的，于是也经常会厚脸皮地打扰庞总。但庞总从未显得不耐烦，倘若恰巧不在，他也会安排解说员陪同。从酒厂的历史文化，到满院的酒缸，到地窖里醇香的酒味。土陶的坛子除却酒的原香，更是落满了岁月的气息，坛子里装的是酒，却也更似满坛的故事。院子一隅，修缸的师傅正在陶醉地敲打出叮叮咚咚的声音，好像没有什么旋律，但倘若你细听，又分明是一段悠扬的乐曲。

张先生的高中生活是在沈荡度过的，他说，学校的北面是河，他便住在沿河的宿舍里。冬天的时候宿舍里尤其凛冽，把所有的衣物被子都裹身上，还是会瑟瑟发抖，所以只好去操场打球，打得热乎一些时，再扑回到书本上刷题。

我没有见过高中时的张先生，却在他的表述中认识了那些年的沈荡古镇与沈荡中学。沈荡的古朴与广阔，沈荡的晴朗与风雪。

三年之后，张先生背着行囊去省城继续求学，之后，好像也甚少回沈荡看看。他曾指着河对岸跟我说，他的高中在那里，但亦未有走近探寻的意愿，大约高中苦读的日子在他的回忆里并不太美好。但我依旧欢喜，这里毕竟孕育了我的梦想。

我若和张先生同去沈荡，免不得梳洗打扮一番，且满怀期待。我对诧异的他坏笑："万一遇见你的初恋，我总要显得更年轻美貌些才好。"张先生也笑："那些年，除了数理化，脑里根本装不了其他。"

农村孩子上大学"跳农门"的梦想，执拗得可爱。

蔡老师是在沈荡长大的城里人，他的笔下，落满了沈荡往事。他离开沈荡的时候，偷偷把家里的半枚钥匙藏在离家不远处的围墙缝隙里。蔡老师在沈荡的家只有四十多平方米，却是他曾经的全世界，欢声与笑语，在他日后的生活里一直萦绕在周围，触手可及。

很多年以后，蔡老师回古镇，便去了曾经的房子。一切似是而非，居住的人却已不在，恍然中，他想起了半枚钥匙，并从墙缝中细细寻了出来，与家中的另外半枚钥匙吻合。听上去有点像"王子与公主"的童话故事。但我确实相信，纯善的蔡老师，心里住着永远的沈荡爱情故事。

同样在沈荡寻到爱情的还有夏壹天，刚参加工作的壹天在沈荡税务所上班，在那里他认识了他的吴老师。壹天总是会想起那个傍晚，骑着自行车气喘吁吁赶来见面的她，后来在壹天的单身宿舍里，吴老师买来裤夹，把他的制服笔挺而有序地挂起，温馨的一幕，让壹天有了对家的渴望。原来爱情有时候还是一种温暖的触动。

《沈荡赋》被钱老师写得荡气回肠，之前我从来没有想过有一天会和如此有才华的人成为朋友。来自沈荡唐坊村的钱老师外形普通，我常笑话他更像一个农业专家，然而熟识之后，我总忍不住对张先生赞叹："我从未结识过这般有学识却谦逊的人，他的胸襟中装满了我们未知的才学，如此博大。"

春天，钱老师邀约我们去采枇杷；秋天，满树的柿子慢慢变黄，钱老师用蛇皮袋装了与我们分食。他家顶天立地的书柜中，总有我想厚着脸皮讨要的书籍。

而我最喜欢与钱老师喝酒，他喝了点酒，便会在每一句的话语前强调"我们读书人"。没错，他说的是"我们"，于是我闻言悄悄挺直了腰背，仿若瞬间也成了可以与钱老师一伙的"读书人"。

古镇被我晃悠得差不多了，握着的"晴天见"也快喝完了。我喜欢榛果口味的咖啡，那是深秋的沈荡味道，香醇而饱满。

河的对岸，沈荡中学依旧在，老房子的檐下，摆着两把咿呀作响的竹椅。我在河边伫立良久，瞅见风吹皱了河，又微微拂动每一片树叶，阳光深深浅浅地盖在身上。细嗅，是时光的味道，如此独特。

每一口呼吸都是

有滋味的

当咸肉遇见山毛笋

年前，照例将一些吃不完的猪肉腌制了，用细细的麻绳吊着，挂在廊前。肥实的一块猪肉，被盐浸透了以后，又经历了风与光的洗礼，慢慢地厚重起来，如同裹了一件大衣，显得灰灰的。又如同一位满腹心事的男子，在时光里不疾不徐地静谧着，带着几许期待。

忽然有一日，天际响起惊雷，又到万物生长的季节。山坡上的毛笋陡然被惊醒，不安稳地在地底下制造出窸窸窣窣的动静。再过些日子，毛笋探出毛茸茸的脑袋，充满惊奇地看着这个世界，忽然想起，有一场春天的约会它需要去奔赴。于是再也按捺不住，顺着沥沥的春雨，噌噌往上蹿，仿佛一夜之间，便长成肥嫩肥嫩的俏模样了。

毛笋的主人喜滋滋地看着它的成长，待它有一拳高，便在一个清早，或是在晨间露出的第一缕阳光中，或是在江南的杏花烟雨中，换上高帮套鞋和铁锹兴高采烈地上了山。

海盐的毛笋，只有吴家埭的最有味道。一般的毛笋，个头偏小偏干，吴家埭的毛笋不一样，它们丰满白皙，带着诱人的湿润。它的壳轻轻薄薄的，拿刀刃竖着轻轻一划，笋壳犹如层层叠叠的舞裙，轻轻地飘落了下来。

这个季节去菜场，蔬菜摊上的山毛笋定是一景。而菜场一角，也会有人卖笋，只是笋放在地上，小小的一堆。有经验的人会直奔地摊，轻声问："吴家埭的？"卖笋的便直起腰挺起胸膛骄傲地回答："自然是吴家埭的！"于是你情我愿，交钱取笋，两人脸上都洋溢着满意的笑容。

待毛笋放上案板，咸肉便也闪亮登场了。此刻咸肉被浸泡在水里，无比妥帖与淡然，"既见君子，云胡不喜"。原来穿过冬天的风雪，滤过春雷与细雨，只为如今的相聚。

不过还不着急，毛笋按纹理用滚刀切成小块后，还需开水汆过，这样的毛笋吃起来会因去掉了生涩而更甜美。

但咸肉显然有些迫不及待，经过一个冬季的成全，在春日的阳光下，咸肉的颜色变得深红。细闻，有股独特而含蓄的香，它仿佛已经等待得太久，迫不及待脱去冬衣。一阵刀光剑影，咸肉终于褪去外衣，露出高贵的酒红色，而旁边的肥肉，透明得几乎可以映出对面的人影。

终于，等到咸肉和山毛笋汇合的时候。先用大火，使其沸腾，再用小火，慢慢熬制。咸肉和毛笋紧紧拥抱，激动得浑身冒泡，于沸腾中满足地叹息，只为这一刻，再等待一季又何妨？

渐渐地，香气从锅里溢了出来，又悄无声息地铺满了整个屋子，咸肉的醇香与毛笋携着的山间气息融合在一起。质朴与灵性，竟能融合得如此天衣无缝，让人恍然明白咸肉这一季等待的价值。

待香气几乎要把屋顶掀翻，口水吞咽得要把喉结撑破，一大盆泛着油亮光泽的咸肉山毛笋就该正式摆上桌了。可是，这哪里是一盆菜？分明是一汪春光，毛笋依然白皙肥嫩，咸肉依旧洇着胭红，而汤，已经浓郁得如牛奶一般。

无须添加任何油烟等佐料，咸肉和毛笋自带的气场足以震撼整个餐桌。倒上一杯年前浸泡的黑枣酒，如果想豪放一番，那么大口咬笋大口吃肉，毛笋上浸润了咸肉的浓香，咸肉上裹着毛笋的清香，再仰头喝一大口酒，豪放如神仙，人生乐事，莫过于此。如果想细细品尝，那么先浅浅咬一口笋，细腻甜香，再轻轻咬一口肉，瘦的清爽肥的丰盈，再抿一口酒，微闭着眼睛让它慢慢流淌而下，会忍不住满足地叹息。人生过往，美不过此。

吃完了毛笋和咸肉，鲜美的浓汤依然静静待在那里，先不要急着倒掉，待第二天清晨，往汤里加一把面，或者丢几个馄饨，照样还是鲜得掉眉毛。

咸肉自然是有很多做法的，譬如蒸千张、炒蒜苗，甚至做成咸肉饭，无论怎么做，都只需薄薄几片。未能大张旗鼓，不甚尽兴。

毛笋也是有很多做法的，譬如笋炒肉、雪菜炒毛笋，或者红烧毛笋，但无论哪种做法，都显得单薄，且多了一份生涩。

只有当咸肉遇见毛笋，咸肉要切得厚厚的，毛笋要切得大大的，如此，才是天造地设，美得不可方物。犹如梁山伯遇见祝英台，罗密欧遇见朱丽叶，让人忍不住吟诵，邂逅、相遇，适我愿兮。

遇见对的，一切就都对了。

蛋酒头

话说我第一次吃蛋酒头，是我刚出生的时候。我猜那时候我妈在坐月子，自然有蛋酒头吃，我妈吃了肯定就等于是我吃了，别以为那时候我懵懵懂懂不知道吃的是啥，我相信我就是在那时辨别出了这世上独一无二的美味，并从此深深迷恋上了它。

蛋酒头可是江南的一道名点。我们之前常用的做法是：取若干个鸡蛋，打入碗中，不搅散、保持囫囵状，放适量黄酒、红糖，置于饭锅蒸架上，与米饭一起煮，待米饭煮熟后，蛋酒头也炖成了。

当然现在没有蒸架了，可以放在蒸锅里，蒸十五分钟刚刚好。蒸出来的蛋酒头有黄酒的淳，蛋的香，糖的润，整合在一起的香是原始的，夹杂着幸福而喜悦的气息。

我自婴儿时代间接尝到这独特的味道以后，有很长一段时间没有再品味到，等我稍微懂事的时候，发现这美味又在我家饭桌上出现了。

当然不是做给我吃的，是做给来我家做客的新娘子吃的。

那时候鸡蛋还很贵重，虽然鸡棚里的母鸡每天"咯咯咯"地下蛋，但都被我妈存起来卖钱了。因此平常过日子的时候，我妈只拿一个鸡蛋，打在碗里搅碎，放入水和葱花，放在饭锅蒸架上。等开饭的时候掀开锅盖，只见有薄薄的、水汪汪的一满碗，称水蒸蛋。

就这么一个鸡蛋，还须得在我们姐妹俩表现好的时候，我妈心情好的时候，我家鸡蛋有剩余的时候，只有这些条件全满足了，我和妹

每一口呼吸都是有滋味的

妹才能享受到这喷香的水蒸蛋。

好不容易等它姗姗上桌，我们瞪着碗，眼睛也舍不得多眨一下，做科学实验一般严谨地拿调羹在它正中间画一条分界线，这边是我的，那边是我妹妹的，谁也不能越界。

通常我吃饭比较慢，一小口一小口的，妹妹把她分内的蛋吃光了，就盯着剩下的那边，我怕她抢，赶紧把自己碗里的饭拨进蛋碗，搅拌一下大口吃。

毫无悬念，与此相伴的肯定有妹妹震耳欲聋的哭声！

可新娘子来的时候就不一样了，一下子五个鸡蛋，也不打碎，搁入黄酒、红糖一蒸，那香那甜那醉，吸口气都舍不得呼出来。等新娘子喝过点汽水之类的东西，我妈就小心翼翼地把蛋酒头端了出去，不仅新娘子有，连新郎官也有份。

来新客人的时候我和妹妹轮着烧火和端菜。平时我都抢着烧火，架上硬柴，不仅暖和，还可以看小说。但来新娘子就不一样，我抢着端菜，因为新娘子一般都讲客气，蛋酒头拨一个吃完就会推辞说饱了。我妈不肯，拿筷子把蛋酒头一个一个拨松了，嘱咐着"全吃了全吃了"。我在旁边急得心怦怦乱跳，生怕新娘子真的"全吃了"。

幸好大多新娘子还是懂事的，坚持说"吃饱了吃饱了"，还暗地里踢新郎官让他也说"够了够了"，站在一旁的我就眼疾手快地把蛋酒头从饭桌上撤了下来。

从我家摆年酒的堂屋到厨房，需要经过一条长长的弄堂，我在这弄堂里轻轻放慢脚步，快速捞起一个蛋酒头放进嘴里，来不及细细品味，三口两口就吞咽了下去，再赶紧喝一口香甜的汤，那滋味，那感觉，想想就过瘾。

新年来了新娘子，我就专心等着她第二年生孩子。新娘子生了婴孩，我妈就会拿汤篮去。她小心地数准鸡蛋的个数，盖上头巾，再拎点红糖、桂圆干之类的就准备出发了。我和妹妹哪能放过这么好的机会，哭着闹着都想跟去，妈拗不过，说只能带一个，带两个会被主人家嫌弃的。

于是石头剪刀布，赢的就欢天喜地地跟了去。

我不知道我妹妹屁颠屁颠地跟着去的理由是什么，我的很简单，还是为这蛋酒头。因为平时做客喝喜酒之时，都是没有这碗蛋酒头的。孩子跟去了，主人家一般会单独做一碗，大人四个，孩子两个。

蒸鸡蛋的时候，每次还要经历一番雷同的折腾。我妈去厨房拦着拿鸡蛋的主人，还很使劲的样子："小孩子就不要了，用不着的。"主人避开我妈的阻挡，利索地把鸡蛋噼里啪啦地敲进碗里，客气地说："要的要的，小孩子平时难得来的。"

我非常讨厌这个环节，推来挡去多耽误时间啊！我还担心主人家真的被我妈拦住了，那就没有我那份了。

女大当嫁的时候，家里鸡蛋足够吃了，我爸时不时还会来个拿手的肉丝跑蛋。只是我还是嗜爱蛋酒头，可惜好像蛋酒头代表着某种礼节或者节气，平常日子里家里是不会有人炖着吃的。

后来发现另一个可以吃蛋酒头的机会，那就是相亲。

农村有习俗，女方去男方家里相亲，男方若是看中了就会炖碗蛋酒头，女方若是同意那就把蛋酒头吃了，要是吃不下就把蛋酒头拨松，但若是不同意，那是不能碰蛋酒头的。

当年我正值芳龄，媒婆踏破门槛。妈拿前面人家教育：说相亲来了个女孩，男方家里正好在做糯米圆子，问那女孩要不要吃，女孩平日喜欢吃糯的，便说"要的"，于是男方盛了满满一碗圆子给女孩，女孩也不客气，接过就啊呜啊呜地开吃，到最后剩下两个实在吃不下，就留在碗底。结果么，我妈加重语气：男方就不要她了，嫌她是傻子。

妈的意思我懂，我的意思妈不懂。我相个啥亲啊？我就是奔着蛋酒头去的。

连续相亲两家，也连吃了两家，心思全在蛋酒头上，连对方做啥工作都没听清楚，长相么，一个稍微有点轮廓，一个压根没印象。

长得有点轮廓的那个隔天来我家，我说不行，你身上有股汽油味，我晕车的。长得没印象的那个隔天也来了，我下班回家，见一个男孩骑着赛车在家门口等着，我很诧异地问："你是谁？找谁呢？"

人家投诉到媒婆那里，再投诉到我妈那里。我妈非常生气："说你傻还真傻。以后不许出去相亲了，让人家到我家来。"

然后来了个兵哥哥，妈问我中意吗，我眉开眼笑地点头。妈炖了蛋酒头招待媒婆和兵哥哥，我乐呵呵地蹭吃了一碗，过几日兵哥哥又来，我悄悄跟我妈商量："这个啥都好，就是名字不好听，跟我同学爸爸叫的一样，老里老气的。要么我们再换一个相亲？"

可我妈已经彻底识破我的伎俩，从此没有了蛋酒头。

怀女儿的时候，我终于可以无限期待，无数碗的蛋酒头正排着队向我招手呢！

快要生的那几天，也要生产的伙伴每天在我面前担忧，怎么办呢？想想都害怕！我当然也怕，可一想到可以躲在被窝里不用起床就可以吃蛋酒头的美好，就觉得无比值得。

我天天跟我妈提要求："我一生下孩子，你就得在第一时间跑去给我炖一碗蛋酒头，再烧一碗大排面，你千万千万记在心里啊。"

那天终于来了，医生说："加油，马上要生了！"我趁自己没疼晕过去，喊："妈，蛋酒头、大排面不要忘记啊。"

下午姑姑、婶婶拎着大包小包赶来看我，问我想吃啥，我说："快去给我煮碗蛋酒头。"晚上妈给我煮夜宵，问我想吃啥，我说："来碗蛋酒头呗。"

生女儿的第二天赶上特大台风，家人都顾不上管我了，我说："没问题，有蛋酒头吃就行。"然而虽吃了无数香甜的蛋酒头，自己做还是第一回，凭经验放鸡蛋、红糖、黄酒，炖熟，也吃了，美滋滋地继续睡觉。

朦胧中感觉我妈在摸我的脸："怎么忽然就发烧了呀？怎么脸那么红啊？"我妈吓坏了，着急忙慌地叫我爷爷过来，老中医一看便明白几分，问："蛋酒头里黄酒放了多少？"我迷糊着说："就半瓶多，全倒进去了啊。"爷爷忍不住笑:"没事,这傻丫头是喝醉了。"

整整一个月的蛋酒头,没让我吃腻。整整一箱的黄酒,没让我学会喝酒。

又一年冬至到了,回家就嬉笑着问我妈:"有蛋酒头吃吗?"迫不及待地打开锅。我妈给每个人蒸了一碗,爸的是咸的,我们的是甜的,还放了桂圆肉,褐色的桂圆搭配鸡蛋的蛋黄、蛋白,无比诱人,热腾腾的酒香混着蛋的香气袅袅飞入我的心田。

我赞美:"妈,你真是世界上最伟大最完美的妈。"然后啊呜啊呜,几下就把蛋酒头吃了。

无比舒畅!

海涂瓜

炎炎夏季，骄阳似火。窗外歌声萦绕，从缝隙间一丝不漏地挤了进来，果然是高蝉多远韵，茂树有余音。

人便懒了，躺在沙发上想，若是此刻有一块冰镇西瓜吃，凉意中带着缕缕清凉，那一定是极好的。

事实上，最好吃的西瓜，不是冰镇过的。饭前从乡下的井里吊一桶清澈的水，置西瓜于其中，等饭后，洗刷完碗筷，一家人聚齐了，便从水桶里捞西瓜出来，明晃晃的菜刀刚靠近西瓜，就听闻"噗"的一声，瓜已经裂了。我爸总会在这时候喝彩一声："好瓜。"后来，每每听见这个声音，我们都会一起喝彩："好瓜。"好像若没有这声喝彩，西瓜的甜便会悄悄溜走一样。

我爸存西瓜的方式很有趣，他先拎一桶凉凉的井水出来，把西瓜放入水桶里，然后用绳子在水桶上打个结，用一根木棍挑着，架在井沿上，再慢慢把盛着西瓜的水桶放进井里。这样用井水浸过的西瓜，吃起来微凉，而不冰；略甜，却不腻，口感好得不得了。

那一年，我家种了一大片的西瓜。

那一年，邻居家也种了一大片的西瓜。

两大片西瓜连接在一起，成了一个西瓜的海洋。满眼翠绿的西瓜叶，颇有"瓜叶何田田"的意境。一个个圆滚滚的西瓜，安静地躲在碧绿的瓜叶下。

爸妈用竹竿和稻草搭了一个棚，架一个旧竹塌在里面，让我看瓜。那可太让人欢乐了，每天早早醒来，我就着急忙慌地捧着两本书拿一把破蒲扇来到瓜田里。这个太阳一照全是阳光、大雨一下全是雨珠的瓜棚在那时却是我的天堂，我用最舒服的姿势斜躺在竹榻上，摇着蒲扇懒懒地翻着和同学交换来的《少年文艺》《东方少年》。在那些日子通常是不吃饭的：渴了，西瓜；饿了，西瓜。寻一个最饱满的西瓜，往有石头的地方轻轻一磕，西瓜噗的一下就裂了，再用手一掰，红红的瓤，嵌着黑黑的子，鲜艳又明媚。光是闻一下就满嘴的甜了，赶紧对准圆心的那一点，直接凑过嘴去啊呜一口，那甜呛得我直咳嗽。

　　很多年后买了一条红色的衬衫，不晓得怎么配才妥帖，正看见一条黑裙子，红与黑配在一起，竟然美得天衣无缝。一瞬间我想起了田间磕开的那只西瓜，最美之物，果然是出于大自然的。

　　有时中午父母会来田间，看见我满头痱子满脸通红地熟睡在那里，左手牢牢捏着书右手狠狠地抱着已被勺子挖空的半个西瓜，他们笑："真是傻瓜。"满意的还有邻居大妈。她家看瓜的一早露个脸就一溜烟跑了，大约又去小河里抓泥鳅去了。

　　可惜我家只种了一年的西瓜。种瓜的初衷是卖瓜，可是我妈不会卖瓜，拉了西瓜到街上，自己却羞答答地躲得远远的，每天一车西瓜去，半车西瓜回。我妈不承认是她的销售出了问题，责怪是老爸的种子出了问题，瓜皮过于厚实，瓜瓤则不够甜。我妈追问我："你说，我家的西瓜甜不甜？"我说："甜，很甜！"

　　我妈叹气："再甜也没有海涂瓜甜。"

　　过了那一年，家里手头好像宽裕了不少。因为此后的夏天，有人来家附近卖瓜的时候，我妈总会豪气地说："买一百斤。"

　　太阳下山的时候，我和妹妹就开始从井里拎水，先把满院的水泥地冲得凉爽又干净，再把西瓜泡在桶里，等爸妈归来，这是一天中最满足的时刻。

每一口呼吸都是有滋味的

吃完西瓜，我妈把西瓜皮收集起来，切成细条，丢到鸡棚鸭棚里去。这样切的时候，我妈就感慨："海涂瓜就是好吃，看两个小馋鬼，恨不得连瓜皮都啃下去了。"

"海涂瓜？什么是海涂瓜？"

我妈笑："就是种在海边的西瓜呗！"

呀，那便是闰土看的瓜吗？深蓝的天空中挂着一轮金黄的圆月，下面海边的沙地里种着一望无际的碧绿西瓜，一个少年，项戴银圈，手捏钢叉，向一只猹尽力刺去。而旁边应该站着另一少年，身材瘦削，远远地看着，带着一丝同情，一丝羡慕，一丝思虑。

曾经最喜欢夏天，只是因为那是一年中瓜果丰收的季节。即便一年四季都有西瓜，但依然是夏天的西瓜最好吃，尤其是在井水里凉过的西瓜，带着一缕淡淡的夏风的味道。

我总会问卖瓜人："是海涂瓜吗？"有人说："现在好吃的西瓜是8424啦。"我可不喜欢这种带着代号的西瓜，我喜欢"海涂瓜"这三个字，挟裹着浓郁的家乡气息。

晨起，有住海边的同学气势十足地在群里吆喝："海涂瓜啦，自家种的海涂瓜啦！"

大伙儿都嚷着要团购。我只问："有照片吗？"

顷刻，图片传了上来。果然，望不到边的西瓜地，翠绿翠绿的叶子把土地满满覆盖了，隐隐露出的西瓜一如多年前，饱满而又安静。

我仿佛看到了那个清早，爸妈在晨曦中悄悄来到田地间摘西瓜。我妈说："早晨带着露珠的西瓜最好吃，晒到太阳后的瓜，不容易存放，味道也会变。"

也记得我妈那时的模样，像个小女孩，追问我："我家的西瓜甜不甜？"我说："很甜很甜。"其实我吃的都是明明家的西瓜，总是有长长的藤，蔓延到我家的田地里。

嘘！

邂逅葡萄

一切的美好总是从故事开始的。

听说七月初七，牛郎织女会在鹊桥相会。而你若是坐在葡萄架下，便会听见他们说的悄悄话。想想看，静静的葡萄架下，你迎着繁星遥望银河，柔情似水佳期如梦，该多么美妙？

小时候的家，有个令人羡慕的院子。院子一隅，置着一个竹子做的葡萄架，蜿蜒缠绵的葡萄藤，便这样绕在竹架上，缱绻而妖娆。夏天的时候，这里便展开了绿莹莹的一片，阳光透过来，被剪得斑斑驳驳。风轻轻吹过，一簇一簇的藤叶轻轻摇曳，让人顿时通体凉爽。而郁郁葱葱的绿意下，挂着一串串紫色的葡萄，饱满得像一个个气球，仿佛只要轻轻一碰，便会发出"啪"的爆炸声。

葡萄架下，搭着一块水泥板，清晨我妈在那里洗衣服，阳光透过层层的藤叶，落在她身上，一闪一闪的，晶莹闪亮。阳光在头顶，我妈像戴着美丽的桂冠；阳光在身上，我妈又好像穿着丝绸华衣。她一走开，水泥板就成了我的天堂：吃饭的时候，这是我的饭桌；午睡的时候，是我的石塌；晚上的时候，又成了我舞台，全家人围在一起，看我在石板上唱歌又跳舞。

那时我的小叔还很年轻。他曾悄悄告诉我，下雨天槐树会开口说话，于是每逢下雨我就往外跑，想跟槐树聊聊天，可是一直未能如愿。然后他又告诉我，七夕在葡萄架下可以偷听到牛郎织女说话，这次是真的。

于是我又早早地盼着七夕，从碧绿的葡萄开始，看它慢慢泛起紫韵，慢慢变得晶莹剔透，到终于可以搬把藤椅坐在葡萄架下窃听。我不让家人大声说话，怕惊扰了牛郎织女，甚至不让他们靠近葡萄架，担忧他们的脚步声太重。可是一整夜过去，除了蚊子的嗡嗡声和叫不出名字的虫子的声音，什么也没听见。

我小叔说，大约是我这一年不太乖，譬如抓了毛毛虫放在他被窝，譬如抓了蛤蟆后偷他的针筒给蛤蟆打针。

我很辛苦地坚持了整整一年，没有再进入小叔的房间捣乱，可惜依然没有听到牛郎织女的聊天。

当我决定更乖一点的时候，老屋拆了，童年就在那时候结束了。那年我七岁，我甚至都来不及记住那年葡萄的滋味。

以后的日子有两个篇章：一个是有关爸妈和妹妹的，我与他们搬进了新的四间瓦房，没有围墙，更没有葡萄架；另一个是有关爷爷奶奶的，他们在原来的地基上又建了三间瓦房，小小的院子，种满无花果、桃树……还有一个葡萄架。

我依然喜欢逗留在葡萄架下，满怀希冀地看着葡萄慢慢从"翡翠"变"玛瑙"。有些葡萄依然青翠，爷爷却将它摘了，他得意地说："这是另外一个品种，你尝尝看。"我不吃青色的葡萄，我始终觉得，葡萄只有紫色的，氤氲着一层淡淡水汽的紫色，才能衬得起这个美丽的名字。所以我也依然相信，所有的水果中，只有绽放着圣洁紫色的葡萄，才真的能接通星际的电话，可以让人听见牛郎织女互诉衷情。虽然我从来没有真的听见过。

爷爷喜欢从井里吊一大桶水，把摘下的葡萄浸在里面。等到吃过晚饭，便招呼大家围在一起吃葡萄，我爸总是吃几颗就放下了，说没有老屋的甜。我和妹妹每人拿着一小串坐在小竹椅上玩。一串葡萄上的颜色会不同，有的已经紫得渗出一缕黑，有的是暗暗的红，有的却依然保持一丝苍绿。大小也不一样，一串葡萄上面的总会大一些，像桂圆，下面的小小的，像公鸡的眼睛。有的饱满得仿佛吹弹得破，有的又如瘪了的皮球。我吃葡萄，喜欢先吃小小的，有些酸涩，最后留下的又大又甜，于是闻了又闻，终舍不得吃。我妹妹吃葡萄，先挑大的甜的吃，最后留下又小又瘪的，直接丢掉。

很多年以后，看心理学方面的书，上面说：先吃小的留大的，是悲观主义；先吃大的留小的，是乐观主义。我觉得真是这样，好像我妹妹要更乐观一些。但有一天，又看到一篇文章，上面说：先吃小的留大的，是乐观主义，因为先捡酸涩的吃，以后的一颗比一颗甜，而反过来，是越吃越酸涩。我又觉得很有道理，我好像比她看得更开些。有一天我俩吃着葡萄讨论这个问题，得出的共识是：年纪越大越淡定，跟吃葡萄无关。

有段时间打算学国画，想画山水，想画小鱼，最后觉得画葡萄方能展现我的水平，唰唰唰画了几个紫色透明的圆，用绿色添叶和藤，用黑色点葡萄的眼，可以一气呵成。末了若还有雅兴，在葡糖架下画俩嫩黄的小鸡。断断续续学了一年国画，除了几十张葡萄画，什么也没留下。

有一段时间特别喜欢吃葡萄。那年夏天，无葡萄不欢，每天都要拎一大串回家独享。夏天还没过完的时候，我的女儿就来了，黑黝黝的脸庞黑黝黝的眼珠。于是我偷偷后悔，放着嫩白的苹果不吃，非得吃葡萄，把自家娃吃成了葡萄色。

但还是期待夏天，可以有葡萄吃。于是顶着烈日跑去"海德农场"，偌大的葡萄园内碧云层叠，饱满的葡萄在其中恣意展现丰姿：青的是牛奶葡萄，红色的是玫瑰葡萄。而夏黑已经成熟，茂密的绿色枝叶下，一串一串的夏黑像紫珍珠般，挂满了葡萄架，恰如其名的黑紫果皮吹弹可破，紫衣外层包裹着一层薄薄的果粉，犹如美女的面纱，给葡萄平添了几分神秘感。阳光偶然从叶缝间掉落下来，轻轻地落在这些晶莹剔透的珍珠上，发出五光十色的光芒。

轻轻剥开一枚夏黑，一股馨香顿时弥漫开来，淡淡的甜香中夹杂

085

每一口呼吸都是有滋味的

着微微的酸意，明明迫不及待，却依然要优雅端庄。细细端详葡萄肉，透明的果肉发出诱人的光泽。置于口中，唇齿之间立即布满一种奇异的感受，仿佛是酸，又分明是甜，仿佛是甜，又分明是香。更像一股甘泉，充斥了整个身心，让人满足地叹息。

忽然想，或许传说在葡萄棚下能听到牛郎织女说悄悄话，除了因为葡萄的浪漫紫色，那略甜略酸的滋味，也恰如一份爱情，神秘中挟裹着甜美，让人回味与遐想。

因而又萌生在家里种一株葡萄的心愿，七夕的时候，我依然想听听传说里的牛郎织女会说些什么，毕竟，那么多年我再也没有抓过毛毛虫放入小叔的被窝里了。

桑　葚

初夏的雨夜里，我忽然开始思念桑葚。

立夏时分，桑葚总是如约而至。微风已经逐渐变暖，翠绿的桑叶挨肩叠背，深紫色的桑葚似乎在一夜间纷至沓来，那是童年时期最令人期待的美味。

记忆中的这个时节是忙碌的，要揉菜籽，揉完菜籽的田地里放满水，等耕地，耕完了得种早稻，好似总有干不完的活。这原本使我厌烦。清晨鸟儿还没起床，我妈就以一个木梳饼的诱惑喊我起床陪她去田间，她在田里忙活，我在田埂上给她照手电。晚上我的肚子唱了一百遍"空城计"，家的转角处还是没有我妈的身影。但是我妈说："等结束农忙，带你们去外婆家采桑葚。"

外婆家的南面，是一大片田野，往前走，真的有桑树林。远远的，桑葚便在清风的吹拂中露出了肥美的模样，紫得发亮的桑葚是已经熟透了的，采摘下来放进嘴巴，清甜而饱满，轻轻一咬，汁水便溢满了唇齿。一个时辰下来，嘴巴是紫的手是紫的，咧嘴一笑，牙齿和舌头也是紫的，我和妹妹互相龇牙咧嘴地瞅着这一片紫，满足得可以在田间打滚。也有红色的桑葚，带着些粉，那是没有熟透的，你如果想咬一口也无妨，但会被酸得五官都扭在一起。还有白色的桑葚，那是不能吃的，我妈说那是被毛毛虫吃过以后的颜色。

再长大一些的时候，农忙时也会去帮忙种田，瞅着永远抵达不了

每一口呼吸都是有滋味的

的尽头，在腰都快要断掉的时候，我想起了桑葚，就问我妈："种完这些田，我可以去采桑葚吗？"我妈回答："当然可以呀。"

第二天我便迫不及待地约村里的几个小伙伴去采桑葚。有个叫芳华的伙伴外婆家是官堂的，在水稻区。她说："我外婆家的桑树林大得像海，我们可以采到更甜更多的桑葚。"于是一群人拎着竹篮子浩浩荡荡地往官堂方向行进了。其实我们没有人知道官堂在哪，芳华也没有独自去过外婆家，但她凭着印象带着我们一直往北走，不知道走了多久，太阳从东边升到了头顶，我们终于到达了一片很大的桑树林，来不及欢呼，便一头扎了进去，等我们吃了些出来，发现篮子里只有可怜的几颗。显而易见，这片桑树林早已经被人家"扫荡"过。

我们颓废地准备踏上回家的路，在路边问了方向，却得到意外的惊喜：这片桑树林不是官堂的，要去官堂，还得往西走。我们几乎不用商量，便难得达成一致：继续往西走。

应该是走到了官堂，因为眼前的那一片桑树林，真的像海一样大。我们钻在里面，看不到彼此的身影，我们一边欣喜地摘着桑葚，一边互相叫着名字，怕走丢在桑树林里。

采桑葚最可怕的莫过于遇见毛毛虫了。桑树林里的毛毛虫仿佛和桑葚一样多，总是看到一颗诱人的桑葚，刚伸手出去，便发现旁边扭着一条硕大的毛毛虫，跟桑叶一样碧绿，满身的刺毛隐约可见。狂喜顿时变成了惊吓，只得悻悻地停下已握成爪状的手。

也有遇见蛇的时候，走着走着，听见哧溜的声音，再一看，不是伙伴的方向，眼前草皮却在或快或慢地蠕动，我们便知道遇见了什么，吓得连尖叫也不敢，一动不动地僵硬着，等草皮中的窸窸窣窣声向远处而去。

千辛万苦拎着满满一篮桑葚回家，太阳已经躲到山的那一端。满心以为会得到我妈的赞扬，却只得到了扬起的扫把，我妈一边打我，一边抑制不住地哭："你跑哪里去了？吓死我了。"

桑葚采得太多了，吃剩下的第二天大半都坏了，但我坚信我妈是喜欢吃桑葚的，就像我喜欢它一样。

过了一年，又到立夏。

那天不知道怎么回事，一早爸妈就吵架了，我妈坐在桌前掉眼泪。我不知道怎么安慰我妈，就想：去摘一篮桑葚吧。

妹妹也想我妈开心一点，就拎着篮子跟我一起去采桑葚了。我按记忆中的路线，先抵达我们去过的那片桑树林，但没有停留，再往西走，果然又看到一大片桑树林。

我和妹妹手牵手地钻进去边采边吃，我不停地嘱咐我妹妹小心毛毛虫，小心蛇。我觉得自己真的太懂事了，不仅能替妈妈着想，也会带妹妹了。因此回家的路上，我忍不住哼起了歌。

我爸已经在家了，我刚举起篮子炫耀："我们给妈妈采桑葚去了。"我爸就接过桑葚篮，直接丢了出去，并毫不留情地在我的屁股上赏了两巴掌："你不知道你妈妈今天心情不好？你不陪着你妈，还带走了妹妹？"我妈也不领情，紧跟着说："我才不要吃桑葚呢！"

这可真的是一次不愉快的经历，但好像也没有磨灭我采桑葚的积极性，年少的欢乐不容易被浇灭。第二年，第三年，我还是会期待桑葚成熟的季节，并以满腔的热情投入桑树林里。我妈有时候会赏脸吃几个，有时候不吃，这都没有关系，我喜欢桑葚，我喜欢采桑葚。

说起采桑葚的不愉快的经历，也的确还有那么一次。

那日的天空仿佛尤其清澈，我穿着白底小粉花的新衬衫去外婆家，一路蹦跳着从田间抄近道，首先遇见了桑树林。于是立马钻进去大快朵颐，等钻出来时，发现胸前有一块紫色，指甲大小——我竟把桑葚汁擦身上了。

我赶紧寻着一条沟渠，满满的水正奔涌前流，我把手沾湿了，去涂抹紫色的桑葚汁，但一点效果也没有。抬头看看四下无人，急忙把衬衣脱下来放到水中使劲揉搓。嗯，好像淡了点小了点。我把衬衫穿身上，低头一看，那紫色依然墨汁般地吸附在我胸前。我又脱下来使

每一口呼吸都是有滋味的

劲揉搓，感觉淡了些，再穿到身上低头一看，还是很醒目。我几乎已经看到我妈暴怒的样子，以及她扬起来的扫把。其实我也很心疼，这件新衬衫有蕾丝花边的大圆领，让班上的女生都羡慕呢。

我准备再脱下来洗一次的时候，远远地有人扛着锄头走来，大声吆喝："谁家的孩子在玩水？快走开！"

我魂不守舍地离开沟渠，去了外婆家，但还是心情沉重，饭也吃不下，觉也睡不好，第二天就早早回了家。后来，我妈好像并没有在短时间里发现这片桑葚汁，因为没有挨打的印象。

第一次跟张先生去他家，也是立夏时分。

他家的屋后，种着三棵老桑树，桑叶所剩不多，桑树上红的紫的桑葚夺目地挂在那里，美得像一幅油画。我顾不得矜持，伸手便摘了满满一掌，甜的酸的，小时候的味道扑鼻而来。

为了这三树桑葚，每到初夏，我便催促着张先生回去看看老母亲。张先生在屋前与老母聊天，我在屋后认真摘着桑葚，倒也成就了生活里平淡的满足感。

不久后，老屋搬迁，三棵老桑树也没有了。

小时候路边常见的桑树林，慢慢成了稀罕物，外婆家南边的桑树林不见了，印象中的桑树林也不见了。

有次与张先生去石泉，路过一片小桑树林，激动万分，赶紧停车奔了过去，却只有桑叶未见桑葚，连粉红的白色的桑葚也没有。路过的农人告诉我，现在的桑树都是改种的，是专门为了养蚕而种的，桑叶浓密肥沃却不长桑葚。

自然也有人专门种植结桑葚的桑树，结的桑葚色彩更饱满，一口咬去丰腴多汁，味道也愈加甜美，却也是改良的，桑葚成了名副其实的"桑果"。

即便如此，我也依然喜欢。

这个初夏，也不晓得在忙些什么，突如其来的一场雨后，忽然醒悟过来已过立夏，与桑葚的约会便华丽丽地错过了。

没有桑葚吃的初夏是不完美的，于是这个初夏便有了遗憾。我猜即便天晴了，桑果还在，味道也必定已经寡淡了。

这个夜里，细雨沥沥敲打在石板上，而我在思念桑葚的味道。是那份酸的甜的味道，也是紫的红的白的味道。

每一口呼吸都是有滋味的

冬天，吃一顿火锅去吧

很久以前，长川坝是没有火锅的。哦，应该是整个海盐都没有这玩意儿。

但是这个也不重要，总之我第一次吃火锅，是在广州。

那一年冬天，我跑去广州跟我妹妹过年。她从单位给我借了辆车出来。凭着不太娴熟的车技，我带着她摇摇晃晃地荡漾在广州街头。然后她忽然说："不如我们去吃火锅吧？"

接着她一边打电话问路，一边指挥我前行，最后我们居然精准地找到了火锅店，还是在江边的海鲜火锅。

忘记了那天究竟吃的是什么，只记得我们很是得意，涮着海鲜喝着啤酒，还不忘记吹牛："瞧我妈生的俩女儿多了不起，居然可以在广州开车，还可以在江边吃海鲜火锅。"

也不能说完全忘记了吃的是什么，火锅店里一溜的调料，XO酱、菌菇酱、牛肉辣酱、花生酱……还有蒜末、姜末、葱末等。想吃什么口味就自主调料，然后从沸腾的锅里捞出已经煮熟的食材，轻轻一蘸就可以入口，既保留了食材的新鲜，还可以根据调料吃出不同的味道来。实在是太有意思了。

后来，海盐也有火锅了，譬如要德火锅，曾在海盐红极一时。在老汽车站那边、百尺路上以及城北西路吃得比较多，还是自助的那种——五十八元左右一位，按人头计算，随便吃，管饱。

我们在冬天的瑟瑟冷风里一路抖进火锅店，又在肚子里装满热货的昂首中蹀出火锅店。到第二日再皱鼻一嗅，还可以闻到火锅独特的味道，沾满了毛衣与发丝。

家庭聚餐、朋友聚餐，在那些年总以风靡的火锅为首选，一桌人围坐着，点上麻辣与菌菇两种口味的鸳鸯锅。菜一盆一盆地往锅里倒，再一筷一筷地夹出来，顾不得吹走热气，尽可能把腾腾热气往嘴里塞，偶尔被烫得眼斜嘴歪的，也舍不得停嘴，再捞起一筷子，嘶哈两口，继续吃。等到酒足饭饱起身，鸳鸯锅已成了名副其实的鸳鸯，你中有我，我中有你，无分彼此。

海盐盐湖路上的全家福楼下之前开过一家九宫格火锅店，这个比较受我喜欢，虽然是同一个锅，但有九格，基本可以满足一个人一个格子。关键是，我觉得吃火锅实在不适合一大帮人吃，尤其是相互不甚相熟的朋友。两个小家闲聚，或者三五个好友就足够了。

无须等服务员上菜，无须评价菜的咸淡，精华皆在各自的调料里。几人轻松聊天，公筷轻轻而优雅地甩动，灯光柔和话语轻盈，烟雾在中间袅袅升腾，与最初的火锅概念已经不能同日而语。

勤俭路的颐高中心那里开过一家"老北京火锅"，我也是喜欢过的，小小的几个包间，挂着简单的帘子。火锅也是一大锅，但中间有个锥形铜柱，周围一圈是汤汁底料，底料也与重庆火锅不同，大都以清汤为主，夹杂了些许淡淡的中药味。

桌子不大，最多也是三五人吃，这点很对我胃口，我们三口加上我爸妈成了常客，正好一桌。

与之前走大路子的要德火锅相比，九宫格火锅和老北京火锅的格局明显要大一些，食材也好得多，黄喉清清爽爽，鸭血透明清丽，牛羊肉成色鲜亮地匍匐在盘子里的冰山上。

老北京的调料也明显有了更好的口味，简单地舀点酱料，加一点香菜末，再添一勺热汤，光是这样喝汤也是别有风味的。

冬天吃火锅真的是极好的，走进火锅店，就有一种特别的感觉，有雪的味道，也有年的气息，暖意从四面八方包围了过来。脱掉身上的大衣，仿若在家一般自在。

城北路与长安路的交叉口，有一家羊蝎子火锅店，虽然店面简陋，味道却不含糊。贝贝读高三那年的冬天，每周末都会在接她放学后先去吃一顿羊蝎子，然后送她去补习。有个周末她神情恹恹地从学校出来，宣布说："我不去上补习了，没啥意思。"我小心翼翼地问："那羊蝎子还吃吗？"她反问："为啥不吃？"当羊蝎子端上来的时候，她的脸色从暴风雨转成了阴天；吃到一半的时候，阴天变成了多云；等吃完羊蝎子，她已经多云转晴，催她爸说："快点，送我补习去！"爷俩走了，我一个人扑在火锅边笑，原来火锅还可以干预"天气"走向。

后来，海盐有了豆捞，虽然也是火锅，但显然更为高级，不是可以长期打卡的地儿。但人的味蕾经过加码，走上一个台阶，再下来就显得困难了。于是宁可少吃，也要寻觅更能满足自己味蕾的美味。

阳光码头也是喜欢过一些时日的，尤其在冬天的夜里，若有小姐妹邀约，总会首选它。一人一口小锅，鲜榨的果汁配着滚烫的锅里料，真是无比惬意，倘若外面有一些风雪，那就更有意境了。

算起来，我们很久没有出门吃火锅了。贝贝在外求学的日子，我和张先生总是能把日子过得极简，蔬菜水果占了饮食的大部分，吃肉的兴致在慢慢减弱。

贝贝从英国回来，解除隔离的第二天就嚷着要吃一顿热气腾腾的火锅以安抚她的中国胃。于是我们找了琦园商业街门口的辣府，但看着菜单，好像过了吃火锅的劲，对各类丸子也不甚感兴趣，因此除了羊肉片，只多点了些蔬菜。贝贝很是不满意，她嘟囔着："吃这么素，会胃寒的。"我忽然想起：要么周末我们在长川坝家里煮一个？

跟张先生刚在一起的前几年，年夜饭要吃两顿。先去他家吃上半顿，再跑我家吃下半顿，我爸妈在家等着，一遍遍地热菜。于是我聪明的老妈想了个办法：吃火锅。他们只管把菜备齐，等我们抵达，菜料下锅，大家边煮边吃边看春晚，倒也其乐无穷。

因此我跟我妈说："我们吃一顿有烟火气的火锅吧？"我妈便心领神会地说："明晚我买两斤筒骨回来。"

以筒骨熬汤，倒入蜀粹坊的牛油清汤为底料，待到香气四溢，再放入蘑菇、笋、木耳继续炖，沁人心肺的味道层次分明，很快就从若有若无升级到满屋浓香，细细辨别，丰富又独立。待到开吃，放入从超市买的新鲜牛羊肉片、活蹦乱跳的海白虾，鱼丸虾丸肉丸鱼豆腐是现做的，蔬菜是自家地里摘的，有菠菜、蒿菜、大白菜……

至于蘸料，我还是喜欢传统的川崎系列，再配上芝麻酱和牛肉酱。食材够鲜，调料够醇，味道自然也够好。

关键还有全家人一起吃火锅的幸福当佐料，我妈看贝贝，怎么看怎么欢喜，吃到嘴里的每一口都是热的，看在眼里的每一人都是暖的，贝贝在热气腾腾中咬着肉丸子，口齿不清地说："这才是火锅应该有的样子，我惦记它已经很久很久啦！"

美食印记：关于烧鸡公和火锅鱼

是什么时候开始吃到烧鸡公和火锅鱼的呢？

记忆恍然回到20世纪90年代末，或者更早。坐标，秦山——这个错不了。

20世纪80年代，秦山核电站选址秦山。当时秦山是小地名，实为长川坝乡秦山村，后长川坝乡更名为秦山镇，秦山就成了广义上的秦山。核电站很快开始投入建设，长川坝集镇因此集结了大量来自全国各地的核电技术人员及他们的家属。

长川坝不仅突然人声鼎沸，平日里连菜市场也变得热闹非凡，最热门与畅销的菜是我们平日并不太入眼的大葱大蒜、辣椒和嫩姜，以此为敲门砖，我们的传统味蕾也悄然改变着。

有人的地方不仅有江湖，还有美食。这些外来人员带来的不仅有技术，还有许多地方特色美味，譬如重庆烧鸡公，譬如巴蜀火锅鱼。以这些菜直接命名的店铺轻巧简单又满满当当地排在核电站大门口，往北一路延伸到秦联村，又伸展到西面的长川坝村，于是家门口的长丰路上朝北一溜雨后春笋般地冒出了香气四溢的川菜馆。

这可是我们长川坝人从来没有接触过的新鲜玩意儿：把大公鸡活蹦乱跳地养在店门口笼子里，待有客来，抓一只过秤，剁块整锅炖，听上去血腥又残忍。但将熟之时放入土豆、大葱、豆腐，一番操作后，瞬间爆发出来的食物的美好又立刻削减了这种罪恶感。中午时分，整条马路都充溢着火辣辣的香，使走过的人都会忍不住打一个响亮的喷嚏。

最初长丰路上棉纺厂西边的烧鸡公店是去得最多的，近中午时分打电话预订好，等下班逛过去，稍做等待，一锅烧鸡公端上了桌。明晃晃的一大锅，鸡是黄亮亮的，大葱是干干净净的白和绿，土豆和老豆腐埋伏在锅底伺机而出，整个房间顿时被迫不及待冒出来的香气占领了。烧鸡公的香与江南小炒的香不一样，它是主动而具有侵略性的，就这么一股脑把你给包围了，让你连逃避的勇气都没有。

吃烧鸡公的桌子是专门定做的，桌上挖了圆形的浅坑，下面放着燃气灶，烧鸡公连锅端上来的时候，燃气灶的火也被打着，烧鸡公被小火煨着，轻柔而欢快地沸腾着，一顿饭吃下来，整个人从头到尾都是暖的。并且，越是吃到后来，越是入味，尤其是豆腐，烫烫的，热热的，咬到嘴里的每一口都浸饱了肉汁，夹杂着豆腐原有的清香，别提有多妥帖了。

烧鸡公的口味有微辣、麻辣，其实对于我们来说，微辣就已经足够让我们吃得血管暴突了。第一次吃烧鸡公的体验因此并不完美，明明眼睛被诱惑得不行，看着满锅漂浮的红油和花椒又不敢下口，好不容易鼓足勇气咬一口，却被呛到嗓子，咳得满脸通红。朋友体贴地端来一碗白开水，让我涮一下再吃，然而涮过的鸡肉却缺少了应有的灵魂，肉块咬上去有些木然，再无滋味。而辣过之后的感觉，充满着神奇的力量，于是尽管每次吃烧鸡公都会被辣得龇牙咧嘴，也依旧忍不住再夹一箸送入口中，吃到后来，嘴唇常常又红又肿。

这种辣是我们之前未曾接触过的，我们如此拒绝辣，却又迅速迷恋上它，它挟裹着很多未知与新奇，总让我们忍不住再三试探。

每次从饭桌上站起来，腹中食物实打实地顶在嗓子口，喘口气都要更用力一些。再嗅身上的衣服，每一根毛线都散发着独特而浓郁的味道，感觉实在不雅，于是打着饱嗝发誓，以后再也不吃烧鸡公，它如此简单又粗暴。然而，总是忍不了多久又会思念它，想着它的斑斓

每一口呼吸都是有滋味的

色彩，想着它的独特香气。于是贱兮兮地又约："吃烧鸡公去不？"

烧鸡公吃多了，嘴巴也刁了，晓得秦山核电站路口的"多一点"烧鸡公是最正宗的，于是经常去打卡。也有朋友，不仅惦念着这里的烧鸡公，还常以白酒相佐，常常坐下去的时候还有几分文雅，待火辣辣的白酒与热辣辣的烧鸡公下肚，便遮掩不住内心的豪气。

那些年真是年轻，朋友也多。

火锅鱼是紧随烧鸡公而来的。如果烧鸡公吃得有些腻口，或者嫌弃肉吃多了会分不清腰臀，心里却依然还贪恋那一口辣味，那么火锅鱼便是极好的选择。

火锅鱼出场的方式虽没有烧鸡公大气，但却以小家碧玉的柔和迅速让你爱上：鱼切成薄片，妖娆地匍匐在锅的最上面，白得晃眼。夹一片小心入口，肥肥嫩嫩的，再细品，一股鲜辣从鱼的每一丝纤维里迸裂出来，很快充溢得满嘴都是火热的，只想赶紧喝一大口冰水。

盘底潜伏着的佐食，其实与烧鸡公的差不多，土豆、粉条、豆腐。当然，你若想再放点莴笋、菠菜之类的入锅，也是极好的。

但火锅鱼吃起来显然可以更斯文些，没有大口咬肉的狂放，只有若有所思的咀嚼。尤其是两三人的时候，无论是从分量还是从品相来看，显然火锅鱼更为适合。

最好吃的火锅鱼店是在"多一点"烧鸡公斜对面，开在一家毫不起眼的出租房里。简陋到极点的包间，美味到飞起的火锅鱼，三两朋友，雅俗皆可。嗯，太赞了。

如果吃到一半，又有新的朋友加入进来，也无须着急，再添一道"毛血旺"便是。毛血旺也是川菜，有油亮亮的毛肚、红彤彤的鸭血，筷子随便一伸，便极有可能夹到百叶，当然还有午餐肉、金针菇、黄豆芽，总之，在辣红色的海洋里找寻符合自己口味的菜品，然后精准夹起，放入口中，就会心满意足，倒真是别具一格。

海盐有家"小四川"，他家做的火锅鱼与秦山好吃到眉毛都飞掉的火锅鱼口味有的一拼。"小四川"之前开在老汽车站对面，小小的门面，只有三个包厢，想去他家吃鱼得预约，去晚了只能坐外间，外间也不大，三个小桌的样子，当然，再晚了只能站着吃了。

那年女儿读初三，我们送她住校，每到周末接她回家，晚餐是雷打不动的火锅鱼，还必须得是"小四川"家的。于是经常是他爸负责接她，我负责掐着点拎着锅子去店里打包，确保她在踏进门的第一时间吃到还滚烫着的火锅鱼。

女儿去了英国求学，有天跟我聊着天，忽然说，好想吃"小四川"的火锅鱼呀。虽然不是家乡菜，它却成了家乡的味道。

而我想起火锅鱼，从记忆中显现的则是高中同学伟。他是成都人，海盐几乎所有的川菜他都尝过，最后锁定"多一点"烧鸡公斜对面那家火锅鱼，也是每周必吃，聊聊工作，谈谈生活，毫无防备地卸下满身的疲惫。后来他因工作调走了，那家火锅鱼店也关了。

一起吃烧鸡公的那些朋友，如今大都已近半百，偶尔看他们在朋友圈里的生活百味，便想起他们青春时的呐喊，虽然透着狂妄，却也充满了自信。

正月螺蛳二月蚌

俗语述，"正月螺蛳二月蚌"，意思是吃螺蚌的最佳时间是在正月和二月的时候，此时的螺蛳和河蚌在深水淤泥中已经历了一个冬天的休眠，被春风和春雨从泥土中慢慢唤醒。此时它们的肠胃中没有杂物，而且也不是繁殖季，吃起来干干净净，也不会嗦到小螺蛳。

我曾经质疑过这句话，因为在印象中，在正月吃螺蛳的时候几乎没有，总是在天气慢慢变热，可以挽起裤腿下河去的时候，桌上才会出现一碗红烧螺蛳。

螺蛳是需要红烧的，这个仿佛没有异议。将油锅烧热，刺啦刺啦放入葱姜蒜，香气直冲入鼻的时候，倒入洗净的螺蛳，于是更大的"刺啦"声从锅里爆响，但是顾不上开小差，得立马拿铲刀翻炒，刺啦刺啦的声音又变成了哗啦哗啦，炒豆子一般，不过比炒豆子的声音更清脆一些，毕竟螺蛳壳遇见螺蛳壳的声音有奏乐的美感。

我爸总跟我说，螺蛳要多爆炒一会儿，炒熟的螺肉才好吃。我妈却嘱咐我，螺蛳不能炒太久，不然会嗦不出来。我觉得他们说的都有道理，所以我索性谁都不听，完全凭感觉去操作。所以炒出来的螺蛳，有时候嗦得爽快，有时候需要用牙签来助力。

当然这些都不重要，好吃就行。

一碗螺蛳，曾经是餐桌上最诱惑人的美食。

小时候用筷子夹螺蛳不太利索，总是夹到一半，螺蛳还没到张大的嘴巴里，就又重重掉回碗里，激起几朵绛红色的螺蛳汤花，溅在浅色衣服上，格外醒目，还不太好洗，于是螺肉还没吃到先挨我妈劈头盖脸一顿骂。

所以我特别喜欢用手抓，两个手指头捏住螺蛳的尾部，轻轻一吸，哎哟不行，只吸到螺蛳的卤，不过卤也很好吃，咸甜味，夹杂着葱姜蒜爆炒后的香，挟裹着螺肉的味道。品尝完螺蛳卤的味道，再重重一嗦，这下螺蛳就到了嘴巴里。不过这是最低级的吃法，有经验的吃法得在螺肉被吸出来的同时用舌头迅速探索，并抵住螺蛳肉的后半部分，再用牙齿轻轻咬断，将螺蛳装有杂质的部分或者小螺蛳的胃肠部分留在螺蛳壳内，这样留在嘴巴里的螺肉才是精华。

我妈实在是心灵手巧，她不仅可以把一碗普通的螺蛳做得鲜美无比，还能不花钱就让螺蛳登上我家的餐桌。

譬如虽然我们总说"摸螺蛳"，但事实上很多时候，螺蛳并不需要"摸"。早晨我妈出门前，把一个普通的桶用绳子吊在靠岸的河里，有时候甚至只是一个草帽，就这么随随便便丢在河里，晚上回家把桶或者帽子捞起来，总会有一些螺蛳吸附在上面，把它们撸在桶里养着，三五天的工夫，就是满满一碗螺蛳了。

如果等不及立马就要吃螺蛳，也简单。去菜场买两条鲫鱼，再称几两小河虾，洗净以后和螺蛳一起装在碗碟里，倒上黄酒和菜籽油，铺上葱姜蒜，撒上细盐，入锅清蒸。

这河鲜味道鲜美得瞬时可以把眉毛都掀掉了。

麻烦的是自己"摸"的螺蛳是需要剪屁股的，我很小就会剪螺蛳，螺蛳壳坚硬，每次都会把食指磨破，但为了吃到螺蛳，我从不敢抱怨，也算是很拼了。

这么一琢磨，我很少吃正月的螺蛳是有现实科学性的，毕竟此时的螺蛳买起来贵，自己抓的又不够多。至于与河虾鲫鱼一起清蒸也是后来的事，正月吃河虾挺奢侈的。

炒好的螺蛳须得用碗装才好吃，碗中螺蛳浸在卤里，吃起来特别入味，而且我发现嗦起来也容易很多，不会被憋得面红耳赤。如果重重嗦一口还是没能把螺肉嗦出来，也不必太慌张，用筷子抵住螺肉轻轻往里面一摁，再一嗦，只听"哧溜"一声，螺肉就会麻利地蹿到嘴里来了。还有一个方式与此正相反，先把螺蛳翻过来，对着螺蛳屁股轻轻一啜，再在螺蛳口一嗦，螺肉也会乖乖跑到你嘴里来。

这好像用了某个物理原理，我因此深深自责：物理学不好，吃螺蛳也费劲。

我还猜这是江南人特有的技艺，因为我遇见过一个西北朋友，他根本不会嗦螺蛳，对着一大盆爆炒螺蛳束手无策，我耐心教过几次，都无功而返，以后就懒得花这个力气了。想起来，江南人到底是心灵手巧，连嘴巴都要灵动几分。

吃蚌肉我相对不太喜欢，但我喜欢去摸蚌。

蚌也不算是"摸"的，是踩的。天热起来的时候，我小叔就会悄悄在我的腰上拴个竹篓，让我跟他去河边摸蚌。

这条河是真的河，河的此端到彼端有几十米的距离，时不时还有一串挂桨机从河里轰轰烈烈地开过，河水在挂桨机的后面努力荡漾，好像春天的杨柳遇见夏天的台风。小叔让我在岸边守着，他慢慢走进河里，河水抵达胸部的位置，小叔就开始横着走，时不时弯腰从脚底下掏出一个蚌，伸手在水里晃几下，丢到我脚边，我就负责把沾着河泥的蚌放进竹篓里。

来回走了一段，我小叔也会发慈悲："过来，我带你游泳，来回三圈。"

我立马屁颠屁颠地滚到他怀里，小叔一手搂着我，一手拨水，从这岸游到对岸，再游回来。我总是又兴奋又害怕，哇啦哇啦乱叫，这还不算，游到河中央时，我不争气地搂着小叔的脖子不肯撒手，像抱着救命的木桩。小叔就不耐烦了，把我往岸上一丢，凶巴巴地命令我继续捡蚌。

"摸"回家的蚌肉，由我奶奶负责烹饪。她用菜刀一个个耐心地把蚌劈开，用盐捏洗干净。蚌肉好像也是红烧居多，红烧河蚌，或者河蚌烧肉。

我吃蚌肉，喜欢选蚌肉的裙边吃，蚌肉不太爱吃。因为蚌肉要么韧得咬不动，咀嚼了半天还留在嘴巴里；要么一口咬去，发现里面黄腻腻的一块，蛋黄似的，我奶奶说这是蚌的肠子，洗干净了可以吃，但我不爱吃蛋黄，自然也不吃这类似蛋黄的玩意儿。

当然我更喜欢河蚌烧肉附带的福利。蚌肉可以不吃，红烧肉却万万不能放弃，猪肉与河蚌交错融合在一起，既有猪肉的香，亦沾染着蚌肉的鲜，真是相得益彰。

但大部分人都很喜欢吃蚌肉，赞美河蚌肉质丰腴，味道鲜美，尤其是上海人。如果在春天的餐桌上看见一碗蚌肉，保管他们的眼睛都亮了，除却爱吃的本质，上海人大概还觉得这才是春天应有的出场范儿。上海人是讲究仪式感的。

相比蚌肉，我更喜欢蚌壳。选择一款大小合适、模样俊俏的蚌壳，将其底部在磨刀石上来回用力擦动，过一会儿，蚌壳的底部就慢慢透亮了，又慢慢地出现了一个锋利的小洞，等小洞磨到差不多大小的时候，就成了一个锋利的"蚌壳刨子"，我用它刨黄瓜，刨桃子……还挺实用的。

一年春末的时候（我好像很少吃到二月的河蚌，每次去河里摸蚌，都已经是夏天的事儿了），我舅妈拎了一大桶河蚌来，嘱咐说如果红烧吃腻了，可以试试煲汤。

河蚌汤？我还没有尝试过呢，麻利地搜索了一下小红书，兴致勃勃地照着做法做了一大碗奶白色的河蚌汤，果然是汤汁鲜美，蚌肉肥美。不知道是我的口味变了，还是河蚌的确更适合煲汤，总之我喝了满满一碗河蚌汤，心满意足到天空都变得更蓝了。

好吃不过红烧肉

我妈总不会忘记青菜，即便在春节的餐桌上，每餐还都有我妈乐此不疲现炒的一大盘青菜，她笑眯眯地说："古话长梗菜饭，饭桌上没有肉可以，没有菜可真不行。"我妈说完，看着我们，一副希冀得到大家认可的样子。

我立马反驳："不，我没有青菜可以，没有肉可不行。"

"譬如鹌鹑蛋烧肉、盐齑菜烧肉、油豆腐烧肉、笋干烧肉……"我如数家珍地报着菜名。当然，单单是一碗烧得起膏的红烧肉，也是可以美上天的。

这么说着，我仿佛看见了一碗肥瘦恰当的红烧肉，亮晶晶地冒着热腾腾的蒸汽，喉咙忍不住响亮地"咕咚"了一声。

小时候的老屋里，经常会有红烧肉的香味，在祖父回家的日子，或者节后下雨的闲散间。

香味从猪肉一下锅就开始氤氲，刚开始还是若有若无的，好像春天的毛毛雨，要闭上眼睛去细细捕捉。但很快就浓郁了，像调皮的孩子做游戏，争先恐后地往鼻孔里钻。再然后，祖母掀开了木质的高锅盖，加入盐和酱油，这下好了，香味直接从厨房皮球一般滚了出来，还是无数个皮球，瞬间每个角落香了，整间屋子香了。

这还不算，香味又义无反顾地冲出家门，开始在村庄里横冲直撞，肉的原香，夹杂着黄酒、酱油和红糖的味道，哦，好像还有茴香的气息。这样的味道很快吸引了全村的孩子，大家不停地嗅着，探寻着美味的来源，走到我家门口的时候，我正在两棵树中间跳着牛皮筋。他们说："你家在烧红烧肉？"我答："嗯。"他们又说："闻起来很香。"我答："嗯。"他们一直站着，我也一直跳着。

通常这时候我祖父也该回家了，他背着药箱，自行车铃声打得丁零丁零响。祖父笑眯眯地邀请："一起到我家吃饭？"但聚集在我家门口的伙伴瞬间一哄而散，只有肉香还在自由地来回徘徊，夹杂着我祖母的召唤："洗手吃饭啦。"

那时候我每天盼着亲戚家摆喜酒，这样我就可以屁颠屁颠跟着大人们去吃酒席了。有时候外婆家有喜酒喝，舅舅也会来接我去，舅舅眉毛一挑，拍拍自行车后座，充满快乐地说："走，带你吃肉去。"

嗯，的确会有一大碗亮晶晶的红烧肉，充满诱惑地放在桌子的中间位置。但跟我祖母做的红烧肉不太一样，祖母做红烧肉，起锅时总喜欢加一把旺火，说是收汁，于是红烧肉盛进碗里，锅底只剩一层膏汁，而酒席上的肉碗里，肉卤却是轻薄油亮。我喜欢用它拌饭，半碗饭里添两勺满满的肉卤，拌匀，饭粒颗颗呈绛红色，又晶莹剔透。一大筷子赶进嘴里，顿时满足得眼睛眉毛都弯成了一条线，肉的香、米的润，与酱料的美好精准契合在一起，真是让人有说不出的欢喜。

酒席上的红烧肉通常是可以再加的，肉碗又加满的时候，舅舅夹上一块，把肥肉咬掉，瘦肉放入我碗中，轻声嘱咐："多吃点，大锅烧的红烧肉才好吃。"

转角处的锅正热气腾腾地焖着红烧肉，砖头简易地砌成圆弧状，硕大的铁锅架在上面，散发着按捺不住的香气。锅下的木头还在星星点点地燃烧着，时不时有炭灰随风飘出来，一片片的，像蝴蝶般自在地飞舞。油汁从锅边一滴滴地延伸到厅里的每一张八仙桌上，热热闹闹的。

但就是在这么简单的锅里，诞生了童年最美味的菜肴，让人吃过就再也忘不了。

每一口呼吸都是有滋味的

后来，摆酒席的八仙桌换成了圆桌，红烧肉换成了东坡肉，又换成了大蹄髈。菜肴越来越多，菜品越来越精致，好像除了我，大伙吃红烧肉的兴致都慢慢地淡了下去，有时候酒席散了，大蹄髈依旧完整而孤独地占据着餐桌的一角，悄然被客人们忽视和冷落着，自然也再也没有人会笑嘻嘻地捧着肉碗跟端菜的相帮说："再去添点肉来，谢谢，加满点哦。"

对的，除了我。说实话我去吃喜宴，一般是冲着红烧大蹄髈去的，一桌酒席，厨师做菜的水平不在一鱼一虾，而在蹄髈味道够不够香醇，起码得肉汁入味，酥而不烂。当然，我不太期待酒店，乡下土砖砌的土灶，稻草生的火，硬木柴煨的肉，这样做出来的红烧蹄髈，才有猪肉的原味，还和着柴土的清香。

不过现在的猪肉不晓得怎么了，再没有小时候做出来的味道了，那种香传百里的劲儿，仿佛随着岁月慢慢远去了。

家里渐渐地很少做红烧肉了，每次做一大盘，都会端上端下吃好几天，肥肉永远剩在碗里，瘦肉炖了几次就硬得咬不动了。因此衍生了很多个跟红烧肉有关的菜式：霉干菜烧肉、慈姑烧肉……总之只要能跟猪肉放在一起煮的，通通可以加入，"餐桌上有肉"仿佛只是一个形式。

一年冬天，窗外若有若无地飘起了雪。忽然很想做一碗好吃的红烧肉，于是去菜场买了膳博士的猪肉，回家按照小红书上的做法，起油锅，放香叶与茴香、冰糖爆炒，再放入猪肉煸至两面焦黄，入水，沸腾后小火慢炖。

在厨房精雕细琢了两个小时，红烧肉终于上桌，够酥够味也够有品相，一口气大半碗饭下肚，还是觉得差了点什么，细细品鉴后觉得还是肉卤少了些。但倘若肉卤多一点，佐料味就会浓点，不是想象中可以拌饭的汤汁味。

冯家饭店有道红烧肉，做得油而不腻，入口即化，好吃得不得了，但凡轮到我点菜，必点它解馋。遗憾的是，这道红烧肉是用铁板烹饪的，倘若想稍等片刻再去吃它，瘦肉就成了肉干，底部也已然焦黑了。当然，没有肉卤。

海盐县城的"五味村"也有一道看家的红烧肉菜式，将五花肉和龙井茶放在一起炒制。茶叶脆脆的，自带的清香挟裹着猪肉炸出来的油味；猪肉肥瘦相间，香甜适中，又沾染着茶叶独特的味道，的确也是一道绝味好菜。但这道菜的最后一道工序应该是在油锅里炸。盘底愈加洁净，半滴肉卤也没有。

偶尔有一天，逛去沈荡的胜利饭店，原本是冲着猪肝面而去，却被告知炒猪肝卖完了。想着既然来了，就点个招牌的红烧肉吧。有意思的是红烧肉不按盘卖，不按斤卖，却按块卖，一块十五元。

两大块红烧肉很快上桌，在卤汁里泛着浓油赤酱的诱人光泽，依稀还有稻草扎过的痕迹，装在盘子里，颤巍巍的，仿佛太阳轻轻一照就会融化了。小心夹一小块入口，肉香袭人，猪肉的香佐料的香稻草的香，夹杂着童年的味道，如电流通过，一股脑地袭击了我。

真的是很久没有吃到过这么正宗这么入味的红烧肉了，实在让人欣喜若狂。我先挑瘦肉吃，酥软可口，香醇浓郁，最好吃的自然是肉皮，筷子轻轻一拨就掉了下来，弹性十足的肉皮浸润了红烧肉全部的灵魂，夹杂一缕微微的柴木清香，让人回味无穷。

我吃红烧肉，从来不吃肥肉，只吃瘦肉和猪皮，这都是被我外公惯的毛病。幼时去外公家，鸡肉我吃鸡腿外公吃鸡头鸡爪，猪肉我吃瘦肉和猪皮，外公捡我夹下来的肥肉吃。外公把这叫"掀帽子"，还笑眯眯地教我怎么"掀"才能把瘦肉掀干净。

时光过去了那么久，我依旧记得我祖母柔和的声音，"洗手吃饭啦"；也依旧记得我外公教我"掀帽子"的表情，满足又快乐。

这些年走过不少地方，我品尝过很多地方美食，但对我来说，依旧是"好吃不过一碗红烧肉"。当然，猪肉是要土猪的，切大块，慢慢入味，丝丝入扣；而锅要用大铁锅，以稻草生火，柴火煨透。

于是一些美好的往事，都随着猪肉慢慢熟透，肉汁慢慢收紧，慢慢浮现在眼前……

每一口呼吸都是有滋味的

糖醋排骨

对事物的嗜好有时候是种"家族病"。我家的人都喜吃甜食，红烧蹄髈要甜一点才好吃，红烧鱼也要多放一勺红糖。出门去吃喜酒，若上来一盘甜食，譬如糖醋排骨，毫不犹豫一筷子夹下去的基本都是我们家的。

当然，现在我爸和他的弟弟们会在糖醋排骨的诱惑前友善地相互提醒："不能吃，血糖会高。"但他们说完后，又齐刷刷地看着做医生的小叔，我小叔犹豫了一下，瞬间迷失了职业感，安慰大家说："吃吧，回家多吃一粒'格列齐特'就行。"然后他带头夹了一大块，透明的汁水甜韧韧地被他连根拖起，跟着筷子移动的方向行云流水般地移动，又在一定高度时不落痕迹地断裂。一半回到盘子里，一半顺着我小叔张大的嘴落入他的唇齿间。然后，一双又一双的筷子夹住了盘子里泛着光泽的糖醋排骨。

如果糖醋排骨够味道，他们会再一次伸下筷子，嘴巴里不忘自嘲："没关系，一会多吃两粒'格列齐特'。"但很多时候，他们并不满意。我爸说："排骨炸老了。"我大叔说："口味偏酸。"我小叔说："番茄酱放得多，太明显。"于是他们的下一句话肯定是："我们妈以前做的那个糖醋排骨啊，那才叫地道。"

他们的妈自然是我奶奶。

我爷爷对甜食的要求有新高度：馄饨要豆沙的，汤圆要芝麻的；红烧蹄髈要烧得起膏，糖醋排骨自然更是要拉丝才行。因此我奶奶做这几样甜食的手艺便练得炉火纯青。

糖醋排骨因为程序相对简单而备受我家青睐，于是在餐桌上出现的频率自然也更高些。

排骨可以是普通的排骨，等舔完汁啃完肉后，剩下的骨头每一块都是不规整的，像火山爆发后的陨石，甚是有趣。

但在排骨成为糖醋排骨之前，须得先油炸。将排骨裹上面粉和少量的酱油腌制数小时后，奶奶开始起油锅，我立马自告奋勇成为勤劳的烧火姑娘，在灶火映红我脸颊的时候，排骨陆续进入沸腾的油锅，于是浓香忍不住开始迸发出来。这时候总是有包裹在排骨外面的面粉悄悄游离出来，兀自沉浮，并在炸得通体金黄的时候，被奶奶舀出来，放入灶台上的盘子里，招呼我去吃。那是多么美好的体验：脆脆的、香香的，面粉的香挟裹着排骨的味道，又融合着油香。于是嘴里、衣服上、家里都是抑制不住的香。幸福的、丰富的味道，游动在每一个角落，让我至今翕动鼻翼，都仿佛可以闻得到。

我不停地企图靠近油锅，想看看飞舞的排骨，以及还有没有面粉从排骨上掉下来让我品尝。但是平时温和的奶奶此时就会很凶，她呵斥我离油锅远一些，还恐吓如果油溅到我脸上，那我就会成为难看的"麻子"姑娘。

奶奶没办法，便捞上一块油炸排骨来，嘱咐我凉一些再吃。我嘴巴上说着好，手已经伸出去抓，烫得都捏不住。

炸完排骨炸花生，炸完花生熬板油。

排骨和花生被奶奶细细晾在小竹匾里，凉透后装入罐子藏起来，这要等到爷爷回来的时候才可以拿出来。不过板油熬下来的油渣我是可以随便吃的。这时候家里的香味满得怎么也藏不住，我一边兴奋雀跃，一边又担心邻居小伙伴会闻香而来。

奶奶炸的排骨不老不嫩，颜色金中带黄。排骨炸老了，颜色会黄中带褐，吃起来苦咧咧的；炸嫩了又黄得清淡，也没有了排骨味。所以

每一口呼吸都是有滋味的

炸排骨是手艺活，有讲究。

炸好排骨再做成糖醋口味，是另一门手艺。将红糖、白醋和生粉融化在清水里，慢慢搅拌至黏稠状，再倒入排骨不停翻炒，直至颜色慢慢氤红，色泽呈半透明态。入盆后在糖醋排骨上放几根细细的韭芽，我奶奶才松了一口气。

小心翼翼夹起一块排骨，细细长长的丝便跟了起来，纺纱一般。但我通常都先不吃排骨，性急的我总会被里面的骨头硌到牙齿。糖醋排骨里的卤比排骨显然更有意思，我感觉精华都融入其中，甜得很丰满，润得很温和，酸得很可口。拿勺子沿着盘边撸一圈，放在米饭上搅拌着吃，才是正确的"打开方式"，我可以一口气吃两碗，彻底打破平日的饭量纪录。

小时候跟家人一起去吃酒席，桌面上的八大碗中总会有糖醋排骨。猪肉、笋干、粉条都可以去添，唯有糖醋排骨一般不会有余，印象中糖醋排骨是我们浙南一带才有的珍贵美食。后来跟奶奶去上海做客，姨婆每次都会精心做一盘糖醋排骨来招待我们，以至于我又以为糖醋排骨是沪系特色菜。但长大后到苏州，发现糖醋排骨是苏州菜系里的招牌菜。再去川菜馆，居然也有糖醋排骨。

这就有趣了，苏浙沪一带的人喜吃酸甜的糖醋排骨我理解，川菜和闽菜里也有糖醋排骨，感觉口味会不正啊。我特地找寻了品尝，果然，川菜的糖醋排骨里会放葱姜蒜末，缺少了温润；闽南风味的糖醋排骨是煎的，而不是炸的，没有在油锅翻滚的过程，也没有裹上面粉生粉，夹一筷是一块，完全没有韧韧的丝状。

然而现在的家常糖醋排骨也慢慢靠近川式的了，起锅便以葱姜蒜打底，或者以番茄酱提色。做出来的效果要么黄得不真实，要么呈暗红色，都不如我回忆里的味道。

用我爸的话说：正宗的糖醋排骨，上面得有几丝韭芽，换芝麻也不行。

酱落苏

忽然很想吃酱落苏，前天想昨天想今天想。

有时候人会忽然之间对某种食物产生执念，或者是之前没有吃过的，凭意念觉得它必定不好吃，因而现在也不想吃。或者是曾经吃过的，但后来再也没有机会吃，自此念念于怀。或者是小时候吃过的，那时也没觉得它有多美味，可忽然某天就觉得它特别好吃，特别想吃。

就譬如酱落苏。

曾经夏天的饭桌上，怎么也少不了一碗酱落苏。有时候是买的，我爸去买小菜的时候，顺便就拎了一小塑料袋回来。然后接下来的一周里，它便成了餐桌上的大咖。我其实并不觉得酱落苏难吃。它挟着一丝咸，又裹着一丝甜。一只酱落苏可以愉快地唆使半碗饭进入我的肚腹里。可是一旦它成了主角，并且要在饭桌上持续待一段时间，那感觉就不妙了。

有时候我爸也吃腻了，从街上返回的时候，就假装忘记了它，不买回来。我妈不满意，她夏天的饭桌上少不了它。我妈就会去自家菜园里摘几个青落苏回来，竖切成几瓣，撒上盐，用手使劲揉搓，这样晚上就可以吃了。我妈洋洋得意，这是捏落苏，比酱落苏好吃。可是我不喜欢这个味道，带着浓郁的生茄子的味道，很怪异。

买的酱落苏个头比我家菜园里摘的落苏个头小多了。我以为，这是落苏的伢，所以更显脆嫩。想到伢，我觉得残忍，于是又几天不去碰它。

那些年，家里开了一个冶炼胆红素的小厂，需要到海盐各乡镇的畜牧站收取猪胆。待我放了暑假，这个任务就毋庸置疑地交给了我。

这是个很不爽的活计。早晨迎着初阳出发，拎着一只硕大的塑料桶，坐公共汽车先去澉浦再去六里然后回长川坝。这是我妈给我安排的路线，因为去晚了，猪胆会融化，在烈日的烘染下，会变得臭气冲天。

畜牧站每日的值班人员不同，态度也不一样。有时候猪胆会放在冰箱里，被冻得硬邦邦的，把它们丢到塑料桶里的时候咚咚响。有时候没有冷藏，值班人员就一整桶直接倒进我带去的桶里，绿幽幽又血淋淋的。

那天，澉浦和六里的猪胆都没有给我冷藏，值班人员哗哗地倒给我。一桶猪胆，发出难闻的臭味。我在路边寻了树叶，粗略地盖在桶上，然后拎着它上了公交车。

那天的车，挤得人贴着人。我没挤上上午的最后一班车，而是挤上了下午的第一趟车。我把桶放地上，还没直起腰。就有一个女的发出尖利的叫声："什么东西这么臭？"旁边有人附和："谁带了这么臭的东西上来？"他们循着味道，最后把眼光直直地停留了在我身上。

我低着头，羞愧得不敢抬头抬眼。眼角的一双"黑色高跟鞋"，对我表示了强烈的鄙视。我觉得自己那么卑微，又希望自己可以更渺小，跟蚂蚁一样。

肚子不明白我所处的境地，咕咕地发出了声音。我想着，如果回家，家里有一碗白米饭，一碗酱落苏，那是多么美妙的事情。很奇怪，那时候没有想到红烧肉，而是想到了酱落苏。

下车的时候，我跟在高跟鞋女子的后面。她抬起的后腿，踢到了我拎着的桶。不偏不倚，桶里流下几滴墨绿色的汁水，汁水不偏不倚停留在她的后鞋跟处。她大约又闻到了味道，回过头来，丢给我一个嫌弃的白眼。

我不生气，却莫名兴奋。腰背也直了。

回家，爸妈已经开工去了。吃饭桌子的罩子下面，果然有白米饭、酱落苏，居然还有大半碗的面拖蟹。

是的，这是我吃过的最好吃的午餐。我忘记了面拖蟹的味道，独独记住了酱落苏的味道。记得我还特意找了一本杂志，然后在白米饭里泡上开水，就着酱落苏，一边看一边吃，把那餐饭的结束延后了很久。

也就是那天，我跟父母宣布，我再也不去拎猪胆了。我再也不想拎着那么臭的东西招摇过街，或者挤上公交车。

当然，在我们的胆红素提炼厂关闭之前，我还是被迫去收了那么几次。但是都是冰冻好的。或许是我妈看准了值班人员才支配我去的，也或许是天气在慢慢转凉，总之我都可以悄声无息地拎回来。

但也是从那天起，我没有再吃酱落苏。或许只是想把那天下午的尴尬与白眼，都藏到岁月里，再不要打开。

而今日突如其来的味蕾需求，让我猝不及防。我想吃酱落苏的欲望隔了一天并没有消失，而是愈加强烈。

于是在清晨，我备好粥，跑去菜场寻觅酱落苏。路过车站，一辆公共汽车从我身边路过。我努力扬起头，试图寻找车里的一位小姑娘，十五六岁的样子。

每一口呼吸都是有滋味的

黄南瓜

刚入秋的时候，楼下的东间里，通常会有两堆瓜。

一堆是西瓜，窝在角落里，此时的西瓜口味已然没有曾经的爽口，有些沙沙的。一堆是黄南瓜，大摇大摆占据着中央位置。

它没有西瓜娇嫩，一个个皮糙肉厚，被随意叠成高高的一摞。金黄色的它们，并没有皇家的名贵，这样的季节里，仿佛没堆黄南瓜装饰自家的大厅，都不好意思说自己是农村人。

小时候，我是很讨厌吃黄南瓜的。早晨我妈喜欢在粥里丢上几块黄南瓜，说这样甜滋滋的，都不用小菜了。本来就不喜欢喝粥的我更不喜欢了，这样粥也不糯了，南瓜也不香了，有什么吃头？

我妈瞧我掀起锅盖又撇着嘴盖上的样子很是恼火，大声质问："你到底要吃什么？"妹妹不知从哪里进来，盛一碗南瓜粥，在我面前呼呼地吃，还笑嘻嘻地说今天的粥真甜。我妈看着我就更恼火了："不吃就饿死你。"

于是我流着眼泪跑去找爷爷奶奶。爷爷奶奶也在烧黄南瓜，不过没有放在粥里烧，而是把绿豆煮熟了以后再放入南瓜一起小火焖。爷爷说："绿豆养脾胃，南瓜护肝肾，绿豆性寒、南瓜性温，绿豆煮南瓜呀，可是好东西呢，你吃一大碗。"我真的不喜欢吃黄南瓜，可我懂得不能两头得罪。只好恹恹地拿碗去盛，小心地剔去绿豆和南瓜皮，然后把剩下的都搅和成羹，再偷偷放了些白糖，直接仰头倒进了嘴里，这样吃的时候，发现其实味道也不是不可以接受。

彼时上幼儿园，是自己带小凳子去的。我有一条漂亮的小板凳，黑得发亮的凳面，红得发光的凳脚。怕被人偷了，我便每天拎来拎去。伙伴们也每天拎东西去幼儿园，一只元宝篮，放着蒸熟的红薯，或者几块黄南瓜。他们的黄南瓜是放在蒸架上蒸熟的，有时候是直接放在米饭上蒸的，因为我发现总有几块南瓜上粘着米粒。

那时候的幼儿园，所有课程都是自由游戏，自由到什么程度呢？唱歌的时候可以拿一块南瓜吃，画画的时候可以拿一块南瓜吃，拍手的时候，嘴巴里还藏着南瓜。一天下来，牙齿是黄的，手指是黄的，连说话的时候吹出来的气都是黄色的。

回家，让我妈也给我蒸黄南瓜，一整个南瓜，只吃连着蒂的那一块，举着蒂，舔一口，酥酥的，我想象自己是一条狗，或者一只猫，舔一口，再舔一口，嗯，感觉南瓜并不那么惹人讨厌了。

刚工作的时候，某天来了位新老师。老园长笑着对她说："都长成大姑娘了呀？我记得你小时候特别喜欢吃南瓜，吃得两手都是黄的。"想起小时候的伙伴们，满身满脸的南瓜味道，想起自己像猫狗一样吃南瓜的样子，便蓦然间觉得这位新老师亲切了许多。

后来做了母亲，发现女儿也不喜欢吃黄南瓜。我妈对孙女，明显没有对我焦躁，她舀一勺南瓜小心吹去热气，循循善诱："当初奶奶小的时候啊，每天饿肚子，连树皮都炒着吃光了，那时候奶奶最想吃的就是一碗热乎乎的南瓜。"

女儿伸出小手拨开南瓜碗，"我要吃炒树皮"。母亲都是天生的营养家，黄南瓜的营养价值，炒树皮怎么可以比拟？

于是接下来漫漫的岁月里，原本不爱吃南瓜的我也会在此季琢磨着做各种南瓜点心。有时候是把南瓜去皮，与大米一起慢慢熬成粥，把南瓜和粥都搅拌成羹。但口味实在一般，不如直接把南瓜煮碎捣成羹的口感纯粹。

于是决定做南瓜馒头。南瓜蒸熟后，将其与面粉、鸡蛋、牛奶一起揉成面团，使之发酵，再切成小长方形，将其蒸熟。面粉与南瓜的香味融合在一起，我慢慢喜欢了。

自然还可以做南瓜粑粑。小时候的这个季节，双抢也结束了，我妈偶尔会做南瓜粑粑，将面粉与南瓜揉在一起，不用发酵，用手掌将其压成一个个圆以后就可以蒸了。我为了好看，用的是做月饼的模子，做出来一个个胖嘟嘟的。但记忆中的南瓜粑粑，总是清晰地印着我妈的手印。

如果我妈心情好，会把南瓜粑粑做得很薄，用手掌压扁，然后放在油锅里煎一下，那个味道，就很惹人喜欢了，香香的，糯糯的，周边那一圈儿，带着一丝脆。

萍这样心灵手巧的女子，会用水磨粉做南瓜团子。江南的南瓜团子与南瓜粑粑不同，它更立体，并且有馅。萍做的团子，似乎用了南瓜样的模型，入口绵滑温润，香气入肺，团子里面包裹着豆沙，细细柔柔，那真是我吃过的最好吃的南瓜团子了。

长大了的闺女依然不爱吃南瓜，但偶然在酒店吃到南瓜饼，竟然喜欢得不得了。我细细研究了一下，哈，不就是水磨粉做的南瓜粑粑再用油煎一下嘛。

再后来，吃到一道菜：八宝煨南瓜。取锋利小刀在瓜蒂处斜切一个六角形的口子，小心拿下瓜蒂，再用勺子挖去瓜瓤，然后放入浸泡过的赤豆、糯米、红枣、莲子、桂圆等，然后盖紧南瓜蒂头，用小火煨熟。沁香扑鼻，让人食而难忘，因为其口味偏甜，尤其受孩子和老人喜欢。

最近尝试的一道菜则比较洋气，芝士焗南瓜。将南瓜煮熟做成南瓜泥，倒入淡奶油，撒上奶酪丝，入烤箱烘烤，烤熟后拿勺子轻轻一舀，便拉出长长一条线，这端在嘴里，那端还在盘里静静等候。

周末回家，姑父做了一锅八宝南瓜端了来。去皮的黄南瓜里放着红枣、枸杞和桂圆等。我趁他不注意，悄悄拨走了那些佐料，只剩下南瓜，将其搅拌成羹，像小时候一般，仰头喝下。嗯，真好喝。不爱吃黄南瓜的我，给闺女折腾了那么多年的南瓜以后，竟真的爱上它了。

一碗馄饨

入秋要过的第一个节，便是中元节。

小时候贪玩的我，初始并不喜欢这个节日。天色尚早，奶奶就出门来寻，逮到玩兴正浓的我，慈爱的奶奶一反常态，拎了我就走，"要七月半哩，天黑了勿可以在外面玩"。若在河边寻着我，奶奶更是大惊失色："要七月半哩，咋还在河边玩？"

我嫌奶奶烦，哭着要去外婆家做客，奶奶凶道："要七月半哩，勿可以去做客人。"

但到了七月十三这天，我就欢喜了。全家人早早就起床，从菜场上拎了满满一篮子菜回来，鱼、虾，还有我喜欢的茭白和韭菜花。正屋奶奶的排场也已铺开。

我奶奶包馄饨，皮是要自己擀的。面粉在奶奶的手下演绎得美好而又精致，先和成绵柔的面团，又香又软的面团刚开始揉，我的馋虫就被勾了出来，伸手便想抠一块吃，奶奶瞅见，用沾满面粉的手狠狠打了一下我的手背，我只好换了手势，在面团上轻轻一摁，面团上就长一个香香的酒窝。

面团在奶奶手下变换着各种形状，揉着揉着奶奶明显吃力起来，有时候还会踮起脚来，然后换用擀面杖，用力往各个方向擀，直到面团像一张轻薄的纸，奶奶又温柔了，叠手帕般一层层轻轻叠，叠一层撒一层面粉，轻缓又细腻，仿佛呵护着最心爱的宝贝。我又着急了：

每一口呼吸都是有滋味的

"就这样么，好啦！"奶奶笑了，站在沾满面粉的白光光的八仙桌前，化成武林高手。刀光剑影中，一块块方正的面皮就成了。

先包糖馄饨，奶奶说那是"拜太太"必用的。后来我发现包"拜太太"的馄饨，都是拿红糖包一小碗，尽了心意即可。但彼时，奶奶做糖馄饨馅却是极其认真与虔诚：红糖里撒些白糖，再掺入自家种的芝麻。如同现在汤圆里的馅，闻着香气沁脾，吃着甜而鲜美。

然后做爷爷喜欢的豆沙馄饨。豆沙馅里拌着猪油，隔夜烧好闷在大锅中，早晨用饭勺的背面把豆沙碾成泥，猪油是块状的，如指甲大小，亦是事先用红糖腌好的。奶奶包馄饨，如同叠花一般，两翻一卷，豆沙和猪油就包裹在馄饨里了，个个大而饱满。很快蒸笼上就整整齐齐地排满了馄饨。

馄饨不是下锅煮，而是放在蒸笼上蒸的。待到出锅，雾气与香气，钻进了屋里的每一个角落。诱惑得我再也顾不得烫，抓起一个低头就咬，烫得眼泪都出来了，缓了半天才辨出滋味。果然是皮劲而不硬，馅甜而不腻。捧了馄饨到院子里，偷偷把猪油抠出来喂小狗，乐得小狗围着我直打转。

后来奶奶擀不动面了，我就再没吃到过蒸馄饨。之后到了七月十三，包完了糖馄饨，妈妈就开始包南瓜馄饨。南瓜是自家田里的，是青南瓜，妈妈将南瓜切成块，又用刨子细细刨成丝。南瓜丝被青绿的南瓜汁浸润着，包的时候总有一丝绿意从馄饨里悄悄地溢出来。

我不喜欢南瓜，嗷着嘴喊："我要吃肉馄饨。"奶奶隔天便带我去街上吃肉馄饨。

肉馄饨的包法与奶奶包的不一样，店主左手拿皮，右手拿筷从碗里捞肉，手随意一捏，丢到小竹匾里，很快就一小堆了，变魔术一般，快得我都没看清是怎么包的。店主长长的脸长长的辫子，一边灵活地包着馄饨，一边和奶奶热络地聊着天。看看量差不多了，就起身把小竹匾里的馄饨倒进了沸腾的锅，同时拿出一个大碗，舀一点猪油，撒一点盐，倒上开水，再从锅里捞了馄饨入碗。几分钟就搞定了。

小馄饨入口的感觉简直太美好了。猪油在滚烫的碗里泛着涟漪，润得馄饨如一条条精灵般的小鱼，呼的一声，来不及辨别滋味，就滑进了肚子里。呼噜、呼噜，滑进去半碗，舍不得一下子吃完，开始一小口一小口细细品味道，葱的香和着肉的鲜，小小的一坨，却在唇齿间留下了久久不能散去的香。

总是回家以后，不留神打个嗝，还能打出馄饨的香味来。妹妹在一旁闻到了，哭闹着去找妈妈，"奶奶又带姐姐去吃肉馄饨了"。妈妈一边给她擦眼泪，一边低声劝慰："店里卖的馄饨有啥好吃，捞的牢捞个葱，捞勿牢捞个空，不信你去闻闻，是不是葱的味道？"妹妹又来，让我张开嘴巴，她闻了半天，欢天喜地地说："是有葱的味道。"

即使只捞了葱吃，我还是喜欢。尤其是初冬的时候，我还在被窝呢，卖完晚稻的外婆就来了，隔着被子轻轻打我的屁股，"快起来啦，我们吃馄饨去"。

馄饨热气腾腾的，在微冷的季节里可以看见一股雾气，由浓及淡，再慢慢散去。为使馄饨凉得快一些，外婆不停地帮我搅动着馄饨，时而还用嘴呼呼地吹，油亮而又微透的馄饨又开始灵动了，在碗里如同一只只小船，不停打着旋。

我抢过调羹舀了一只就迫不及待地塞进了嘴里，微烫的馄饨使舌头有点麻麻的，但瞬间口腔又被肉香葱香馄饨皮香所充溢，这种暖香沿着嘴巴一直蔓延到了全身，很奇特，很美妙。

外婆总是只买一碗，耐心地看着我吃，然后从贴身的衣服里掏出一只袜子，再从袜子里挖出叠得整整齐齐的手帕，有时候手帕还会用牛皮筋扎起来，最后才从手帕中取出一张毛票，拿给我看："这是一角吧？"早晨的阳光暖暖地透了进来，外婆打开的袜子在空气中激起很多尘埃，我把馄饨推向她，外婆又推回来，假装不屑地说："我不吃，捞的牢捞个葱，捞勿牢捞个空，骗骗小鬼头的。"

七月十三，吃馄饨，原来吃的是回忆。

119

年的味道、妈的味道

与去年（2022年）一样，朋友圈里少了喧闹的远方，多了些许花草和美食。

可又与去年不一样，心里再没有惶恐与不安，而是多了一份安宁与静谧。甚至，我开始偷偷享受这独特的、祥和的新年。

我妈这些年都在广州替我妹妹带孩子，但若到了新年，必定要迫不及待地赶回来。在她心中，只要在家过年，哪怕是炒一碗自家田里的青菜，都能让她缓解一年的思乡之情。而我是懒散惯了的，我妈不在家的日子，我打发我爸，要么煮一大锅肉，要么去买熟食，而炒一桌子精致的小菜细细品尝，想起来竟十分难得。

于是我妈一到家，我就开始吞口水。我不停地追问："妈，今晚吃什么？有螃蟹炒年糕吗？有爆炒腰花吗？妈，要么再来一个盐齑菜烧鲫鱼？"

我和我妈在一起，志不同道不合，几乎每天要拌嘴。但做了一段时间的"网友"之后，我们会摁下重启键，刷新格式，又开始真切地演绎"情深义重"了。所以我妈就笑眯眯地说："好，好，都满足你。"

往年过年，要么在饭店摆几桌请客人吃，要么去客人订的饭店里吃。听菜名五彩缤纷，看菜品也眼花缭乱，可吃来吃去其实也就这么几个套餐里"钦定"的菜肴，仿佛都是一个滋味。因此，不用每天跑去吃饭店的过年菜，而由我妈每天做几样适宜的家常小菜，我的味蕾表示很欢欣。

我妈最拿手的菜，自然是爆炒腰花。我很少尾巴一样跟在我妈后面看她做饭，但我知道她在晨光熹微时便提了篮子去菜场，然后又早早开始着手准备，置它于清水中浸泡。等我背着手摇头晃脑溜达一圈回来，斑斓的爆炒腰花就热气腾腾地在餐桌上绽放了。腰花裹着酱汁，在红椒和绿椒间雍容华贵地呈现，轻轻咬上一口，微酥微脆又鲜嫩，醇厚滑润的香味从鼻翼一直延续到口腔，余香亦久久不散。

那年我奶奶卧病在床，惦念的除了前尘往事，大概就是我妈的这道爆炒腰花了。于是我妈隔三岔五地做了送过去，有次我奶奶吃过腰花，盘里还余了大半，我妈便忧心忡忡地嘱咐我们："得多去奶奶跟前陪伴了。"那些时光，虽然回想起来并不让人快乐，可是我妈精心给我奶奶做爆炒腰花的样子，一直温暖如初。

我爸不爱吃螃蟹，他嫌麻烦。所以若我妈在兴致勃勃地做螃蟹炒年糕，或者面拖蟹，那一定是我和女儿回家了。

江南产湖蟹，到了西北风吹起，菜场里的红塑料盆里爬满了肥美的螃蟹。待过年，更是家家户户离不了它。我做螃蟹，向来是选膀大腰粗的清蒸，偶尔来了兴致，也只会在蘸料上下功夫。而我妈会选实惠的，中码偏小的螃蟹。一切两半做面拖蟹，做好后，满满当当的一盆。这样的螃蟹适合舔着吃，裹着面的蟹在油锅里一炸，又浸润着蟹的鲜香，微微的咸，舔几口稠滑的面糊，再扒拉几口饭，让人不由心生感慨：真是人间值得啊。这时我们不急着吃蟹，先把面糊舀出来倒在米饭上，细细拌着吃。等吃了半饱，才抓起螃蟹慢慢品，直到舌头被刺破了才肯罢休。有时候是将一个湖蟹分切四份，用来炒年糕，在快盛盘的时候撒上几根韭黄。红的蟹壳白的蟹肉和年糕，以及黄的韭芽，盘底还有清透的芡粉汁，光是色泽就让人忍不住喉结先咕咚咕咚翻滚几下。我们顾不上盛饭，先把年糕挑出来吃，年糕历经油炸、爆炒，又沾染上湖蟹特有的鲜美，一口咬下去，是千姿百媚的香韧。

盐齑菜烧鲫鱼是我妈爱吃的菜。如果没有点菜，随我妈买菜，那么餐桌上通常会有它的。

每一口呼吸都是有滋味的

鲫鱼小小的，一盘里会有六七条那么多，中间或多或少地夹杂着盐齑菜。我最怕鱼刺，于是暴力地扭下鱼头吃，盐齑菜的咸鲜渗透在鱼头里，下饭的确很不错。鱼肚子上的肉早就被我妈挑了出来留给我女儿，剩下的小小的一段鱼尾巴，才是属于我妈的。等到满桌子的人散去了，我妈还坐在桌前，慢条斯理地夹起一条鱼尾巴有滋有味地品味。我妈边吃边感叹："这样慢慢吃鱼，真好啊。"

我读小学和初中时的中午，都是回家吃饭的。下课铃声响起，我就快马加鞭地跑回家，边跑边望着村里家家户户升起的炊烟想：我妈在做什么好吃的呢？

长大以后慢慢辨别，发现只有冬天里快过年的时候炊烟才会伴随着"嗞啦"的油煎声，譬如我家餐桌上，经常会出现一碗盐齑菜烧鲫鱼。

我卡下鱼头和鱼肚皮吃，也不晓得我妈是什么时候吃的饭。一碗鱼通常会吃上好几天，直到鱼冻卤也被我吃光，最后只剩下两三条我不要吃的鱼尾巴光秃秃地躺在碗里。

我妈说："小鲫鱼便宜，烧盐齑菜又鲜美。可着急忙慌地吃鱼尾巴又怕鱼刺卡嗓子，所以每天只能吃一点点解馋。现在终于可以坐下来慢慢把一盆盐齑菜鲫鱼尾巴吃光，真是太幸福了呀。"

这个年，我们享受着妈的味道。每天早早地，我妈就打电话过来问："今天吃什么呢？"我女儿在电话这端嚷嚷："亲亲[1]，你做的每一个菜都好吃。"嗯，不管是爆炒腰花，还是盐齑菜炒鲫鱼，哪怕一碗番茄蛋花汤，我妈都能做出她的味道，我尝一口，就能知道是不是她的手艺。

而她做的每一道菜，都有它的故事，像今天元宵节，我妈居然在家做起了鲜肉汤圆，亦如我妈在广州的每个节气或节日里，都会动手做家乡美食一般：立春炸春卷，清明做草头团子，端午腌咸鸭蛋裹粽子。我妈说："超市的速冻食品怎么有我做的有家乡味呢？"

而我是觉得，外面的美食再多，又怎能跟妈的味道相比呢？

---

①亲亲：方言。

红菱正当时

又是一年红菱成熟时。

倘若我祖母还在，必定会买上一堆红菱，在桌上垒成一座小山坡。祖母喜欢吃红菱，她用手指轻悠悠地捏遍每一只红菱，神情认真而专注，如同祖父给病人把脉。

祖母把挑出的嫩菱泡入脸盆，果不其然，一个个都水灵灵地浮了起来，祖母就很满意，把它们再捞回桌面，再慢慢剥到盘里。我路过桌前，祖母会喊住我，从白色的瓷盘里捏出剥好的菱肉给我，顺便往她自己嘴里也塞一只，微微露出一缕笑容。祖母挑出来的嫩菱肉吃起来脆脆的，汁水饱满，还有一丝丝的涩，但那种涩是清新的，有着菱独有的味道，也蕴含着秋荷与露珠的气息。

我却总不甘心，偷偷再逮个老菱，祖母也不追，扬着声喊："小心菱角刺破嘴巴。"老菱的角自然是锋利的，我龇牙咧嘴地把菱角咬掉，再把中间的壳咬成两瓣，抠出菱肉品尝。可惜老菱没有嫩菱爽口，甚至更涩一些，我无趣地吐掉，又折回去讨要嫩菱吃。

江南水乡，流水潺潺。夏末初秋时，菱塘里的叶腋间会开出一朵朵白色或者红白色的小花，小花慢慢向下弯曲，没入水中，长成的果实有个好听的名字叫"菱"。菱并不是都长得一模一样，有些没有菱角，呈淡青淡绿色，也有的长着坚硬的菱角，那是红菱。

当然我还吃过长着夸张菱角的南湖菱，菱壳坚硬得要用刀来劈

123

开。我买南湖菱不是为了吃，而是放在桌面当装饰品，从一网兜南湖菱里选出几个长相标致的排列好，仔细揣摩，感觉像是神秘的符号，或是开启一个民族的密码。

有一年，我把买的南湖菱从秋天珍藏到了初春，想要丢掉，又忍不住切开来看看里面坏了没有，结果发现，这些南湖菱居然没有坏，依旧留着菱的清香。

江南的红菱毫无疑问长在河塘中，夏季的池塘里都是大片的青绿色，但倘若红菱成熟，便氤氲成了一种诱人的红色，似胭脂红，又似桃红色，总之充满了诱惑。

据说这样的菱只有苏南和嘉兴有，因此也叫"苏州红"，我觉得这个名字太适合红菱了，只有苏州的糯软温玉，才配得起这么明媚的颜色。

祖母把嫩菱剥出来，等着晚上炒着吃。当祖父的自行车铃声在村口叮铃叮铃地响起时，祖母就开始起油锅，把菱肉炒得刺啦刺啦响，香气一下子从灶前飞舞出去，展示着各种招摇与诱惑。

炒嫩菱几乎不需要其他食材的辅佐，在起锅前加些许葱末就可以。但我祖母炒菜大都喜欢打些芡粉，放在其他菜里我是不喜欢的，唯有炒菱时放芡粉，我尤其喜欢，菱在透明的芡粉里，仿若在白云中一般，夹起一只菱，便会有缕缕白丝被轻轻牵起，入口更是香爽甜润，值得回味。

祖母精挑细选出来嫩菱，把剩下的老菱归置在竹篮里。等吃过晚饭，祖母开始煮老菱。

祖母煮老菱前，依旧喜欢把它们倒在水盆里，看老菱听话地扑哧扑哧沉到盆底，满脸得意地笑，如同孩子般。偶尔有个别不听话的浮了起来，祖母就不乐意了，她抓起一个放在齿间一咬，菱肉就跑了出来，祖母摊开手掌："谁要吃？"

不得不承认，吃过的老菱中，唯有祖母煮的菱最香。煮菱一靠技术二靠火候，祖母习惯在锅底倒薄薄一层水，再用小碗倒扣，将菱置碗中后大火烧，小火焖，菱几乎是被烤熟的。这样煮出来的菱干爽喷香，有点像栗子，但比栗子更饱满，说像蚕豆，又分明比蚕豆更细腻。当然还离不开祖母挑菱的技能，嫩菱生吃起来水津津，但煮着吃就不香了，祖母用她独有的方式择出嫩菱，因此煮出来的老菱吃起来个个喷香，这香味是独一无二的，夹杂着老红菱独特的美与秋天般干净又明朗的滋味。

那些年的中秋节，我们总是围坐在一起，吃着祖母煮的红菱等待雀跃而来的月亮。当时并没有觉得有多么幸福，而如今回想起来，却是满满的喜悦。

酸酸甜甜是杨梅

不晓得为啥，今年（2023年）总是心心念念惦记着杨梅。

其实我是最怕酸的了，平日里听见有关酸的水果，譬如桃子、葡萄……尤其是杨梅，光是看着它，喉咙里的口水马上就吞得咕咚咕咚作响。倘若再禁不起诱惑，看杨梅红得很绚丽，紫得有意境，忍不住咬一口，那可不得了，嘴巴马上咧开，眉毛顿时挑起，整个脸迅速变形成了歪瓜裂枣的样子。

当然有时候也会吃到不太酸的杨梅，那太令人欢欣了，欢快地吃掉十几个后，发现牙齿都像要漂浮起来了，刷牙的时候疼得龇牙咧嘴。

因而我轻易不太敢尝试酸的水果，当听见有人说"杨梅是我最喜欢的水果，没有之一"的时候，我觉得挺不可思议的。居然还有人喜欢吃让人"受罪"的水果，我猜测，会吃酸就像会吃酒一样，那是来自骨髓里的基因性的偏好。总之爱吃酸这件事实在令人羡慕又嫉妒。

最早吃杨梅是在南北湖，那时还是原生态的景区，舅舅在初夏的午后带我和舅妈去玩。雨后一片泥泞又被太阳晒干的泥路呈高低不平的姿态，我横坐在自行车前面的横杠上，感觉被颠得屁股都快裂成乌龟壳状了。

抵达几棵杨梅树下的时候，舅舅终于停下自行车，快乐地说："就在这里歇歇吧。"可我一点也不快乐，我的眼泪流到了鼻涕那里，又和鼻涕一起淌进嘴巴里。舅妈给我擦掉眼泪鼻涕，哄着我说："别哭别哭，让舅舅给你摘杨梅吃。"

红红的杨梅挂在高高的树梢，在阳光的照耀下闪闪发亮，甚是好看。我那时从没有吃过杨梅，瞬间就被杨梅的美给吸引了，原来还有这么好看的水果。

舅舅像只敏捷的猴子，呼一下就爬到了树上，又一会儿，手里捏着几颗杨梅跳了下来。舅舅往自己嘴巴里丢了一颗，腮帮子立即鼓了起来，他大口咬着，开心地笑着，仿佛吃到了什么琼浆玉液。我也赶紧接过一颗毛茸茸的杨梅往嘴巴里丢，可刚咬了一口，立马张开了嘴巴，眼睛也不由自主地眯了起来。

天哪，太酸了。

可是，还是觉得太诱惑了，那种特有的色彩，特别的气息，都让人欲罢不能。我再接过一颗，小口小口咬，一边酸得哧哧吸气，一边又忍不住再张口咬。

舅舅说，上面的杨梅晒太阳较多，会甜一些，我再去摘给你。可是稍微高一点的杨梅也还是酸，舅舅就取下舅妈垫在后座上的格子包袱平铺在地上，他使劲晃动杨梅树，再用肩膀去撞杨梅树干。果然，杨梅一个接一个地噼里啪啦地往下掉，落在地上，落在铺着的包袱上。

我和舅妈兴高采烈地捡落在地上的杨梅，包袱上的杨梅很快也有好几捧了。舅妈把包袱收起来拎着，我们便继续往前行。

具体玩了什么，我一点也不记得了。但是我还记得拎着一大堆杨梅回家后，舅舅把包袱摊在饭桌上，鼓励大家吃杨梅，大家稍微吃了几个，都捂着腮帮子说不能再吃了的场景。

舅妈就去买了两瓶白酒，把杨梅泡了进去。说等拉肚子的时候，吃个烧酒杨梅可以止泻。

这两瓶杨梅烧酒的其中一瓶在我家存放了很多年很多年，好像除了我妈，没有人敢碰它。烧酒是辣的，杨梅是酸的，融合在一起的酸辣，我丁点儿也不敢尝试。但听说，止泻真的很灵。

后来，知道杨梅要吃"家杨梅"，家杨梅要大一些，颜色里挟裹着

◦

每一口呼吸都是有滋味的

紫色的意韵，吃上去自然也甜了许多，一篮绛紫色的杨梅盛在竹编篮子里，再盖上绿绿的蕨叶，还是很让人惊艳的。因而我总会在杨梅季忍不住买上一些，放在餐桌上，以完美这个初夏。

再后来去溆浦上班，单位老师家有种杨梅树，知晓颜色更深一些的叫"碳梅"，口感更好的是"东魁"，虽然依旧吃得不多，但终于开始在初夏的时候期盼路边的那一篮篮杨梅。

有一年这个季节家里来客，我恰巧买了杨梅。她眼睛一亮，低呼，"有杨梅呀"，于是抓起一个放进嘴巴，是像我舅舅那样整个在口中咀嚼，嘴巴和眼睛都微微歪起，透着满足的明媚，真是好看。原来真的有人是真心喜爱杨梅的，那美那色那味。

细读杨梅的功效，发现它居然是减肥瘦身的佳品，同时还含有纤维素，有利于排毒养颜。怪不得，喜欢吃杨梅的女子长得都那么美。

忽然想起杨梅长在树梢上那明亮亮的模样，猜想大概这才是杨梅想要的样子。

恰巧读到宋代余尊舒的诗作《杨梅》，大意是：摘来像鹤顶一样红的杨梅还带着露水，这样的杨梅真是点睛之笔。要是让杨贵妃知道这个美味，那荔枝就不会千里迢迢地被运送到长安来了。

我于是想，杨贵妃倘若真爱上杨梅，那又会美成什么样子呢？

关于番茄与黄瓜的片段

风慢慢变得燥热的时候，厨房间的竹编篮子里便经常会出现两种果蔬：番茄与黄瓜。

它们总是同时出现，仿佛一场预谋。因此我们也习惯了它们的携手登场，初夏若没有橙红与青绿的搭配，想来会不完美。

记事起，家里后院的夏天必定有它们的气息，裹着泥土的清香，也散发着它们各自独特的芬芳。它们从秧到苗到抽枝到果实，我和妹妹老早就开始虎视眈眈地盯着，如将士忠诚地守卫疆土，一天要巡查很多遍。待到果实有了明确的痕迹，我们迫不及待地用布条做了记号，上面歪歪扭扭地写着我俩的名字。

属于它们的味道，总在夏天的夜晚一浪一浪地把我们淹没。说不清爱谁多一点，仿佛是番茄让我们更爱一些，它可以炒蛋，也可以加点自家腌制的榨菜块烧一大碗汤。当然番茄蛋花汤也是不错的选择，取两个蛋打成蛋花，倒进沸腾的锅里，好吃又下饭。

重要的是它还可以当水果解馋，随便从地里采一个红得摄心的番茄，顺手在裤腿上擦几下，就可以啊呜下口了，带着酸意的香甜顿时从鼻息间一直淌了下去。

有次喊同伴一起去上学，她正双手捧着"桃子"吃，满脸的满足与喜悦，一抹嫣红在她的指缝间若隐若现，让我心生羡慕。她直到快吃完了，才笑嘻嘻地解密，原来她吃的是番茄。

之后的很多次，我就这样去哄骗我妹妹，跟她说祖父给她的是番茄，而给我的是熟透的桃子。我双手捂着，偷偷露出一点红，让她屁颠屁颠地围着我打转，任凭我差遣。

也有一段时间，我是不爱吃番茄的。那些年，很多美食忽然涌入了我的生活，我喜欢去餐厅吃，各种精巧的食物，摆盘也美妙，款式多样的餐盘在灯光下发出晶莹的光泽。偶尔去小饭馆，有烧鸡公、酸菜鱼……也是极其丰厚的口味，与之相比，番茄就显得尤其寒酸，上不得台面了。

但后来出现了一种番茄，拇指大小，称圣女果。初一尝，与传统的番茄口感似曾相识又有不同。年底的时候，又发现另一种与圣女果相像却更精巧与甜润些的，曰千禧。

圣女果与千禧已然脱离了蔬菜的范畴，融入了水果的行列。倘若有客来访，买上一些洗净，置于精美的盘中，倒也妥帖。那抹嫣红润泽匀称，轻轻放入嘴中，得赶紧抿上嘴，否则牙齿一扣，饱满的汁水便会直接蹿了出去。

番茄仿佛还是属于世界的，我发现西餐盘里喜欢用番茄当点缀。譬如蔬菜沙拉里，红色的番茄与绿色的蔬菜叶子相得益彰，再配上杏色的调味酱，五彩斑斓的。牛排里也有小番茄的影子，小小的一颗，或者一串，放在褐色的牛排边上，让美食顿时顾盼生辉。

我有朋友做农庄，地里种满了果蔬。有天她打我电话，充满欣喜地喊，你在哪里？我给你送童年来。我在小区门口等她，她远远地便高举手里的竹篮，满脸初夏般的明媚。待她稍稍跑近，我果然闻到了她手里的童年气息，那是一篮子饱满的番茄，如鸡蛋大小，新鲜的番茄蒂散发着独特的清凉味道，如同曾经溢满院子的番茄清香，深深吸一口气，心里顿时长出很多快乐来。

于是餐桌上又开始出现番茄，番茄牛腩、番茄炒蛋、番茄蛋汤。然后我也重新爱上番茄蛋汤，去菜市场，想不好买什么的时候，就拎几个番茄回家。我做番茄蛋汤是极懒的，把番茄切块放水中煮开，倒油放盐，再煮开，然后直接把鸡蛋打碎放锅里，简单搅拌几下，鸡蛋都来不及散开，我就随便丢点细葱出锅了。我觉得这样煮出来的番茄蛋汤保留了番茄与鸡蛋的原味，女儿贝贝却非常不认可，她噘着嘴巴说："我要吃亲亲做的番茄蛋汤。"

我妈做番茄蛋汤，先是用油把番茄煎黄煎烂，打鸡蛋的时候也是先在碗里把鸡蛋打成羹，在煮沸的锅里画出一条美丽的弧线，蛋花先沉入锅，再浮起来的时候，已经凝聚成了蛋花，包裹在番茄的周围。于是夹起一块番茄，有蛋花密密匝匝围拢在周围；夹起一块蛋花，露出隐隐的一抹红。

前些日子去同学家，话聊到一半，她忽然想起来："我做了好东西，拿给你吃。"她端上来一盘白糖腌制的番茄，糖水已经慢慢洇出来，水滋滋的。她把水果叉递给我，自己津津有味地吃了起来。她说："特别好吃，是我老家的味道。"

我们好像同样爱着黄瓜，因为在夏天它几乎每天都会出现在饭桌上，虽然看上去没有番茄高级，但它的绿在炎热的夏天里，显然是极其让人舒坦的。

小时候的暑假，常住外婆家，大院子里种着一垄垄黄瓜藤，青翠的叶子里，悬挂着一根根挺拔的黄瓜，它们绿意盎然，又在晨露与夜色中悄然洇成淡淡的黄。到了吃饭时间，外婆去轻轻摘下一根来，刨了皮，滚刀切成小块，再舀一小勺盐，用力揉几下，便成了一道爽口的凉拌菜。

我不太喜欢吃盐拌黄瓜，因为外婆腌制的黄瓜总是很粗糙，一不小心会吃到未化的盐巴。便去黄瓜藤上找寻仅比手指长一些的黄瓜，带着嫩嫩的刺，顶上的花还未来得及褪去。在裤腿上随便蹭蹭，咬一大口，带着涩，却又是满嘴的清香，那是夏天独有的气息。

外婆看见了说："哎哟哟，这可还是黄瓜仔，没长开呢。"

外公笑眯眯地看我吃完，总结说："这孩子，嘴巴刁的。"

有年暑假，我带妹妹去同学家玩，她家正好在农忙。她说："你们

131

帮我家割半天稻子吧？中午让我爸给你们做好吃的。"

我和妹妹就傻乎乎地下地帮忙干活去了，到了中午时分，我们才汗流浃背地推着一大车稻谷回家。他爸爸顺手摘了几根黄瓜，放点盐，做了一钵头腌黄瓜，然后又取下罩篮，给我们每个人盛了一大碗冷饭。

没错，是冷饭配腌黄瓜，我曾经最不爱的两样。但我们四个孩子居然把一篮冷饭和一钵头腌黄瓜全吃光了，这是我吃过的最好吃的腌黄瓜。

如今我腌黄瓜，喜欢按照小红书上的菜谱：把黄瓜拍碎，放蒜泥、辣椒、酱油和醋，最后再淋上热油。

但我还在想着那个问题：同学家的那个好吃的盐拌黄瓜，到底是怎么做成的呢？

后来黄瓜有了改良，长熟的黄瓜也是翠绿翠绿的，只是更细长一些，长在地里的形状也千奇百怪，直的弯的扭着的，不过吃起来更具水润感。这种黄瓜还经常会出现在旅游景点，排得齐齐整整的绿黄瓜与金黄的玉米在一起，成了景区不可或缺的一部分。

也有水果店里的黄瓜，五六个一起挨在一个泡沫小盒里。这种黄瓜的口味和我小时候从外婆家院子里摘的那种带刺的黄瓜仔差不多，嚼起来带着嘎吱嘎吱的脆响。

美女们都爱吃黄瓜，据说黄瓜有养颜减肥的功效。但我喜欢吃黄瓜，只是喜欢那缕浓郁的夏季味道，夹杂着清凉而舒缓的气息。

早餐那点事

跟张先生在一起生活，我们最大的差异是对早餐的认识。

张先生是简约型，简约到粗糙。譬如一碗大米粥，他可以就着一包榨菜，两口三口就吞了下去。有时候甚至都不用坐下，站在厨房窗口，对着窗外熙熙攘攘的车辆，就可以把早餐干掉，仿佛窗外的景才是他的佳肴。如果顺便还给他准备了鸡蛋，他就直接把鸡蛋剥了壳往粥里一丢，简单粗暴地把早晨的美好时光破坏掉。

我非常不愿意这样。如果平日里上班紧张，我会用一片面包、一个鸡蛋再加一罐酸奶当作早餐。但凡能坐在餐桌边解决的，我绝不会站着吃掉它。我宁可来不及吃装兜里冷掉，也要等有时间坐到桌边时再拿出来吃。否则，干脆不吃了。

因而，我最喜欢的是周末时光。慢慢起床，踱进厨房，同样是面包鸡蛋，我会把两片面包放进吐司炉，趁空儿煎个鸡蛋。嗯，如果还有兴致，再来两片香肠，两片生菜叶子，抹点番茄或者蓝莓酱，做成满满当当的一盘早餐，热个牛奶，再慢慢踱到餐桌边品尝。这样的时候我会打开一个视频，或者听一段广播，生活得慢条斯理，让我的早晨丰满而美好。

事实上，周末的早餐大部分时候我会熬稠稠的大米粥，丢两三颗红枣进去。然后，在等待的空隙，我兴高采烈地准备下粥的小菜。那时候，心情是美丽而雀跃的。

每一口呼吸都是有滋味的

小菜是什么呢？必须要一碟花生米，撒上细细的盐；一碟皮蛋，倒些鲜酱油；一碟榨菜（萝卜干也行）；一碟腐乳。当然，如果还有一根刚炸的油条，脆脆的，咬在嘴里，那真是美出天际了。

然而总是很遗憾家门口的油条大饼摊都不见了。如果想吃油条，得去市中心，等放在塑料袋里拎回家，油条已经是软塌塌的了，咬一口要用力扯，好口感全被扯光了。有时候为了早餐能吃到好吃的油条，专门跑去早餐店，但是店里有了油条，却没有了微甜的大米粥和蘸油条用的鲜酱油。

是的，配大米粥的油条是一定要蘸酱油的。一口沾了酱油的油条裹着大米粥在嘴里翻滚的味道，是满口松脆的油条香，糯滑可口的米粥香，夹杂一缕缕的酱咸，真是人间极致的美味。

我没有离开过故土，不晓得对家乡的思念是怎样的感觉。但我想，如果有一天我离开故土，我除了对家人的思念，一定也会想念这满嘴浓香的。

有一段时间里，我喜欢喝小米粥。小米粥和大米粥不同，它需要稀稀的，稀得可以照得出人影。我会配上两个白馒头，或者两块方糕。如果是配馒头，北方风味显现，那么我索性再炒个土豆丝或者青菜。如果是配方糕，就显得南北交融了，方糕里有馅，无须再炒菜。

张先生很不喜欢方糕，他觉得咬上去黏黏的，里面的馅也不好吃。而我对方糕的记忆更多来自童年，祖母带我去海盐，在杨家弄口的一家点心铺里给我吃了两块肉馅的方糕。穿白色厨师服的服务员掀开蒸笼，热腾腾、白花花的方糕的香气顿时扑面而来，方糕下铺着松针，植物的清香混合着米糕的糯香，咬一口，还有肉糜的浓香。小小的我从来没有吃过那么好吃的糕点，被热气腾腾的香气包围着，幸福得不知所措。

后来的记忆里，祖父的早餐桌上很多次出现了方糕。当祖父递一块给我的时候，我便光顾着嘴巴的满足，忘记了问方糕是从哪里来的。

因此，买方糕的时候总会跟张先生争辩，没有方糕的早餐桌是有缺憾的!

我跟张先生对早餐的不合拍，总是以各种方式显现。

譬如我早早起床，洗手做羹，摆了满满半桌子。然后去洗漱更衣，等我满怀欣喜地走到早餐桌边的时候，他居然已经吃好了。没错，他把各种小菜往碗里一夹，呼呼往嘴里一倒，只剩下木愣愣的我了。

我曾循循诱导过张先生：陪你吃晚餐的人很多，但一定要珍惜陪你吃早餐的人，尤其是一起吃早餐的时光。他总是态度极好地认可，又总是在下一个早餐的时候忘记掉。当然有时候他也会想起来要等我一起吃早餐，但是等我坐下来不久，他就又把早餐解决掉了，剩下一张笑脸眯眯地瞅着我。

为了能跟张先生的早餐同步些，我决定早餐吃馄饨。南方人的早晨，一碗馄饨总是比一盘饺子来得妥帖。

我在前一晚准备好馄饨皮和肉糜，稍稍放一些葱末，轻轻巧巧地把馅赶到皮子上，再随便一捏就可以了。煮的时候在馄饨汤里舀点猪油进去，馄饨显得清澈而透明。吃馄饨的时候一口一只，灵动的馄饨像小鱼一样欢快地游进嘴巴里，这样的时候，肠胃和心情一样地满意。

但是我上班早，张先生上班晚，我精心准备的馄饨等他起来吃就已经糊掉了。周末的时候他又喜欢睡懒觉，早晨备好的馄饨通常是被他当午饭吃的。因此，总还是各吃各的。所以在很长的一段时间里，我早餐就不太想跟他一起吃，而更愿意随心一些。

下雨的周末，我会更欢喜。在沥沥的清脆中，打开音乐，选择空灵一点的歌曲，开始和面做饼。油在锅里热情地翻滚，饼吗，韭菜饼、土豆饼、鸡蛋饼都可以，摊成大大的一张，置于大大的盘子里，像太阳突然闯进了我的家。

雨天的厨房总适合更热气腾腾一些，所以有时候我也煮面。小红书教我的最简单的葱油干挑面，那种纯粹的香，游离到家的每一个角落，连我家的贝塔也会被香味唤醒，在阳台上叽叽歪歪地撒娇，等我放它进来。

每一口呼吸都是有滋味的

如果是有太阳的早晨，那么我还是选择喝粥，稠的米粥香的小菜，一段安安静静的小时光。如果心情还足够好，就出门去买油条回来，蘸点酱油，脆脆的，啊呜啊呜。

特别懒的时候，我歪在沙发上点外卖：胡司令小笼包。等慢吞吞洗刷好，包子也送到了。胡司令小笼包是最适合蘸玫瑰米醋的了，略酸，口感也是很惬意的。

我把包子吃光，然后跑回房间，对准张先生熟睡的脸，用力呼出一口气又一口气。张先生在迷糊中皱起眉头——他最不喜欢吃小笼包了。

泡　饭

　　小时候自然是吃过泡饭的，夏天的早晨和晚上都有可能，但不讲究。有时候是锅底隔夜的冷饭里舀勺井水，水开了泡饭也算做好了；有时候更简单，把冷饭盛在碗里，从热水瓶里倒点开水进去，搅拌几下，等冷饭全部被开水浸没，微微膨胀，再用筷子挡着碗沿滤掉开水。当然我妈经常不会滤掉开水，她喜欢直接呼噜呼噜倒进嘴里，连小菜也不用。

　　我肯定是不愿意这么清汤寡水吃泡饭的，我喜欢夏天，还因为夏天会有很多好吃的酱菜。譬如酱落苏，小小的一只，咸甜咸甜的；譬如酱瓜，切成一片一片的，爽爽脆脆。我奶奶会腌黄瓜，把黄瓜切成薄薄的片，放盐放味精放麻油，将两只碗合上，上下搡均匀。我妈自然也会腌黄瓜，她喜欢把黄瓜切成滚刀块，舀半勺粗盐，用筷子拌几下，吃的时候全凭运气，不小心就会吃到咸得要命的盐粒。但我妈的捏落苏做得很好吃，中午采新鲜的落苏切成条，用盐、酱油和白糖捏几下，晚上就可以吃了。如果隔一夜就更入味了，早晨吃泡饭的时候再一口泡饭一口捏落苏，那真真是惬意得很。

　　但记忆中我吃泡饭，大多不在早晨和晚上，而是在放学的时候。

　　明明太阳还高高地顶在半空，我们就已经饥肠辘辘了，放学铃声刚结束，我们便以神舟九号的速度跑回了家，搬起骨牌凳小心翼翼地取下罩篮，盛半碗冷饭倒入热开水。趁这个时间段，去橱柜里找酱菜，如果橱柜里找不到也没关系，菜缸里肯定有，春天有水花菜，冬天有盐齑菜。

　　我家条件稍好一点，桌子上会有玫瑰酱腐乳，还可能有油炸花生米。我爷爷不太忙的话，橱柜的罐子里还会藏几个皮蛋。总之寻菜的时候，冷饭已经被开水泡软，一颗颗晶莹剔透，独立而又饱满，像冬日里的爆米花。夹上四分之一块腐乳置于泡饭上，泡饭立刻被氤氲成玫瑰色，感觉也就更美味了。

但我爷爷不太赞成我们总吃泡饭，他是医生，觉得常吃泡饭会引发胃炎。我奶奶却嗤之以鼻，她说上海人最爱吃泡饭，难道上海人就一定会得胃炎吗？

我奶奶这么说自然是有依据的，她姐姐就生活在上海。儿时跟奶奶去上海小住，如今回忆起来，唯有灯下黄包车喇叭呱呱响的声音，以及清晨一碗热腾腾的泡饭，配着脆香的油条与糯甜的方糕，仿若就是昨天的事儿，模糊又清晰。

上海人吃泡饭，的确不似我妈吃泡饭这般含糊。除了弄堂口的油条与方糕，还有糟鱼、黄泥螺等咸鲜食品。之前觉得上海人自带一分矫情，但慢慢觉得，对泡饭的态度也正如对生活的态度，简单而不粗糙，因为上海人吃这些小菜，不仅看品类，还看产地和牌子。

电视剧《繁花》中，最能击中观众内心柔软的想来是宝总热衷的泡饭。宝总说："不就是两块腐乳吗？冒这么大的雨，何必呢？淮海路上随便找家店买就好了。"玲子脆爽爽嗲糯糯地回复："糟鱼嘛要吃七宝的，鸡爪嘛要吃川沙的，朱家角的酱菜还有崇明的糕。"嗯，这境界符合我的追求。

前些年我晚上若在外面吃饭，明明已吃得肚子滚圆，回家还非得拿小半碗剩饭用开水泡软，一筷子斜桥榨菜，一筷子太仓肉松，如果再有两根萧山萝卜干和新丰嫩姜，就着滚烫的泡饭下肚，再躺床上发会呆，那真是美出天际了。

有说，《繁花》里的宝总泡饭蕴含着江浙沪的风物密码，我倒觉得，那是时代与生活的底色。倘若现在让我妈再吃一碗泡饭，她必定不会在剩饭里倒了开水，随便站在灶台前粗糙地吃完。即便没有新鲜的油炸花生，她也会坐下来，一口泡饭一口榨菜或者酱腐乳的。

世间总有扑面而来的
烟火气

吃货，让世界有了烟火味儿

说来也奇怪，好吃也能遗传。当然，我们现在称好吃之人为"吃货"。

大概对我爷爷来说，人生无非两大事：治病救人和吃美食。印象中爷爷在春秋的季节，永远穿着一套蓝色的涤卡中山装。或许有两套，是一模一样的款式和颜色。爷爷从来不会把钱浪费在衣着上，做两套的最大可能就是他觉得可以省布料。

这款中山装他穿了很多年，衣襟处被掉下来的烟灰烫了很多个洞洞。但他舍不得换，若是给他买了新衣，他还不悦："花这钱干吗？不如买个蹄髈吃实惠。"

红烧蹄髈是我爷爷的最爱。他早早就嘱咐奶奶采粽叶、备稻草，天渐黑的时候开始以粽叶垫着蹄髈，用晒干的稻草小火慢炖。至夜深，灶膛里的火慢慢熄灭了，但依旧不能捞空灶膛，就这么细细煨着。肉的浓香夹杂着粽叶的清香从锅盖的缝隙里游出来，大摇大摆地摇曳在厨房的每个角落。爷爷不掀锅盖，看烟气听声音就可以辨别蹄髈的生熟程度。枕着香入眠，肚子里咕噜咕噜唱了一整夜歌，眼巴巴等着第二天爷爷吃过早饭，看他不急不慌地落酱水，置冰糖，继续用稻草慢火炖，等到快炖好了，换用硬柴大火收汁。如此炖出来的蹄髈，我们在下筷时，夹起一块红色亮晶晶的肉，下面的汁水便拉成一条条密密的丝。那种味道，酥而不烂，肥而不腻，似甜又咸，真是人间美好。

冬天若是有贵客来，除了蹄髈，毫无例外还会有嵌宝鸭。都是需要前一天准备好食材，用一个晚上来笃悠悠地煮的，若是两个一起煮，那香气可是要把厨房给掀翻了。我躺在床上怎么也睡不着，就眯着眼睛使劲嗅，辨别蹄髈和嵌宝鸭不同的香味。

爷爷还爱在各种节气节日做特色小吃，譬如在清明节做草头团子，在端午节裹粽子，在中秋节包馄饨。他指导我奶奶做的清明团子，也是人间一绝：炖在锅里不会散架，吃在嘴里又轻柔得像棉花糖，丝滑得如德芙巧克力。咬下一小口，便会露出细细密密的豆沙，再咬一口，是一小块油亮晶莹的猪油，虽然我总是趁爷爷不注意，偷偷将猪油喂了狗，但并不妨碍我的手伸向第二个团子。这真的是我吃过的最好吃的团子，爷爷曾得意扬扬地告诉我们秘诀：面团一定要揉到位。因此为了这几蒸架团子，奶奶通常得肩膀酸疼好几天。

我的童年被爷爷浸泡在美食里，每日里香喷喷的。爷爷为了十分钟唇齿的享受，乐于花十天的时间甚至更久去准备和烹制。

我妹妹的眼睛大得像田螺，每天眨巴眨巴的。她小时候最忙碌的事，就是不停地追问我爸："能不能把我喉咙里的馋虫抓走啊？我实在太馋了。"我爸就拿着筷子，让她张开嘴，作势从她嗓子里夹了一把，然后告诉她，好了。隔了几天，她又懊恼了："馋虫怎么又自己长出来了呢？"

她挨了我的揍，一声惊天动地的干号，母亲便知道是什么事："你又偷吃姐姐的东西了？"

爷爷给我个黄金瓜，我把瓜认真分成四份，我爸、母亲、我和妹妹一人一份。妹妹等不及父母回来，就笑眯眯地先把她那一份吃了，等父母收工回来，我兴高采烈地打开橱柜，发现剩下的三块都已无影无踪。

蒸好鸡蛋羹，我轻轻划成四份，小心翼翼地捞了属于自己的那份，妹妹吃了自己的那份，趁我不注意，直接把饭倒进了蛋碗，并且以最快的速度倒进了嘴巴。

我爸给我们讲《西游记》："猪八戒吃完自己的那块西瓜，忍不住把悟空的那份也吃了，不一会儿，把沙和尚的那份也吃了，又等了一会儿，把唐僧的那份也吃了。"妹妹马上站出来反对："你讲的就是我！"

我妈问她："你为什么这样贪吃？"妹妹很认真地回答："我是想着趁热好吃，冷了就不好吃了。"我妈再问："那宁可姐姐揍你？"妹妹想了想，勇敢地回答："嗯！"

长大了的妹妹去当兵，问她有什么宏伟志愿。她诚挚地说："每天都有好东西吃。"

于是等她回来探亲，我们把一箱箱水果搬到她房间。常常我们在楼下聊天，头上会晃下一条长长的果皮，而果皮的另一端还捏在她手里，她开心的笑声像一百只鸭子游过来。她回家的日子，屋顶的炊烟都站得笔挺，她制造出来啪啪啪、笃笃笃的声音，像士兵喊口号一样整齐响亮。

去年（2022年）暑假陪她逛街，烈日下走过每一家店，她磨叽磨叽嫌裤子四百多元贵了。逛累了去餐厅，吃了六百多元，她高兴得眉开眼笑："实惠！"

每年假期还未开始，我就动员她快回家。她回来了，桌上柜上堆满吃的，开杂货铺一般。当然，她把厨房也顺便承包了去。

女儿收到台湾大学的录取通知书，哼哼唧唧不想去，然后她百度了士林夜市、蚵仔煎、芋圆和麻薯……立马眼睛亮了。毕业的时候拍着肚子深刻反思："妈妈，这几年获得的，我都装在这里了。"

每到春天，我都不太敢接女儿的电话，因为她会在那边嗷嗷叫："我要回家，我要吃春天的野菜春天的蚕豆。"我安慰她："奶奶把它们藏冰箱里了，等你暑假回来吃。"她不屑："难道你要我在夏天吃春天的味道？"

到了假期，她就迫不及待要飞出去。她去哈尔滨吃马迭尔冰棍，去湖南喝"茶颜悦色"，去香港喝早茶，还跑去泰国吃菠萝炒饭。她跟朋友闲聊某个去过的城市，除了吃还是吃。她很少发朋友圈，但凡要发，肯定跟吃有关。她也很少找我，如果找我，肯定问："今晚吃什么呢？"

所以她不开心的时候，不需要问缘由，只须问："烤肉吃不吃？"

我们期待某样美食，如果吃不到就算了，但她不行，她宁可空着肚子等待几个小时。她曾在烈日炎炎的南昌"老三样"店门口从下午3点排队到8点，结果发现端上来的菜辣得根本不能下箸。哈哈。

现在她要远赴英国读书了。四处打听后，她略有失望，于是决定动手学做饭，免得到了异乡委屈了她金贵的肚子。

她学做芋圆、土豆泥，还有柠檬鸡爪、钵钵鸡，或者咖喱鸡腿饭和香菇滑鸡饭。大概她觉得鸡肉和土豆这两样食材在英国最常见。

而我，我最喜欢她做美食的样子，神情专注，面容和悦。我也喜欢家里做美食的氛围，扑鼻而来的香，让生活顿时有了烟火的气息。我还喜欢她在厨房里大呼小叫："爸爸快来救命！"她的老爸便立即被召唤去，两个人的厨房充溢着欢乐和喧闹，热气腾腾的，要掀翻屋顶。

有天，女儿吮吸完手指上的汁水，很认真地问我："妈妈，我是不是很馋？"

当然不是。你和你的曾爷爷、你的姑姑一样，都是如此热爱生活。人的一生，无非三餐四季，平日的光景里，裁一段幽静的时光，细细体味柴米油盐的琐碎和世俗的安乐，食物便不仅仅是果腹了。

美食和爱总能给人世间带来温暖，会烹饪爱美食的人才会热爱生活。因此这样的人，裹着烟火味儿，通常不会孤单。

有一种春天叫朱家门

朱家门在春天慢慢变得翠绿了，或者说，朱家门在春天里慢慢滋长了。

择一个有阳光的春日，穿着宽大而简洁的衣袍，慵懒地沿着停车场往北走进朱家门。

先入眼帘的是"黄鳝汤"。之前的黄鳝汤店开在六里老汽车站那里，面向河边的小小的店面，陡峭的楼梯，但酒香不怕巷子深，慕名而来的食客总是一拨又一拨。如今这家店搬到了朱家门一眼望去最醒目的地方，木质的廊檐与老板娘的笑容一样质朴。

黄鳝汤里的春总是显而易见的：譬如马兰头拌香干，酱爆螺蛳，肉烧蚌肉，白灼河虾，清蒸鲫鱼或者白条。夹一筷子春天入口，瞬间从嘴里到心里布满了盎然的绿意，充溢着勃勃生机。

穿过低矮的小桥左拐，是一条小巷，一棵楝树参天而起，正以满树苍翠的绿芽宣告春天的来临。

我喜欢这样的石板小桥，矮矮的、窄窄的，连接着东西两个河岸，流水仿佛就在脚底荡漾，慢慢悠悠的，映照着一束发光的暖阳与几片楝树叶。

脚步因此放慢，思绪因此悠远。我甚至发现了水草掩盖着的几条蝌蚪，那是春的代言者。

漫步往巷子里的时候，还是忍不住要驻足回头看向朱家门78号。

中午之前的78号，大门大概率是紧闭着的，讲述宋朝故事的学者金纲老师便住在这扇古老的木门后面。金纲老师晚上要写作，因此我们一般不会很早去打扰。只把一份"我悄悄来过，在这里等待木门忽然被打开，然后又悄悄离去"的喜悦与默契留在回首的眼眸里。

但我猜春天的学者也是充满期待的，天津人不畏黑暗，却更喜欢春天而来的温度与生机。于是我又猜金老师没有开门，是他喜欢独自躺在庭院的竹椅上诵读有关春天的宋词，如"梦后楼台高锁，酒醒帘幕低垂"，或者"绿杨烟外晓寒轻，红杏枝头春意闹"。春日的阳光照在他身上，把他满脸的笑意都折射了出来。

我去朱家门，喜欢走这条路线，除了小桥流水，除了希冀可以偶遇金老师，最大的原因是如此可以远远地望见白地。

冬天，若没有约定，通常十点左右篱笆门旁已倚满了拍照的行人，而主人白地还躲在热被窝里。但到了春天就不一样了，白地忙忙碌碌地从东影穿梭到北影，忽而又消失在弄堂里。春天的白地还喜欢穿紫色碎花的棉布裙子，同色系的衬衫或者灰色开衫毛衣，不绚丽，却依然像翩飞的蝴蝶。

屋前檐下，摆满了随手可取的书籍，花栏里的花儿如主人一般妖娆绽放。自然，蜜蜂是第一个嗅到春天气息的，白地在三影里穿梭的时候，时不时驻足或者抬手躲避急匆匆飞过的蜜蜂。于是，一眼望去，白地的三影便成了一首唯美的春日小诗，也是一幅生动的江南春图。

真的很佩服白地。"白地三影"原本是三间普通到不能再普通的老平房，人字顶，水泥地，咿呀作响的门板。2020年春天，白地刚到朱家门的时候，我和双子去看她，原本想着是去搭把手的，但看了又看，无法从凌乱里整理出头绪，索性坐在没有收拾好的老屋门槛上拍了张合影，一叠装垃圾的旧化肥袋被我们藏在了身后。

但因为有了白地，她赋予了这三间老屋以"白地三影"的神奇与魔力。

白地见我走近，顿时眉眼含笑。

145

♦

我与白地，见面无须寒暄问候，总是言语未开而声色全露，白地迎来时的眼睛里神情里都透着欢喜，极易让人想起一句词："欲问行人去那边？眉眼盈盈处。"

今天，是白地邀约，一同"围炉煮鸡"。但"围炉煮鸡"显然不是目的。

白地三影此时处处流淌着江南独有的春色，旖旎而明艳。

几日不来，三影的屋前又调整过了，书、花、茶成了主角，仿佛是不经意的摆放，细细琢磨，却是每一处都花了心思。而白地魔杖下的鲜花，在花盆里的，土地上的，花栏里的，都在不管不顾地绽放着。真是一步一景，步步是景。

我曾笑言这些花是白地的后宫，三千佳丽，无一逊色。我也曾想把这些佳丽掳回家，让它们也去我的"后宫"灿烂，但后来发现它们是有灵性的，忠诚让它们甚至拒绝在别的土地上存活。

东、西两影之间的弄堂里，摆着一张原木色的长桌，手作草帽所需的材料安放在桌面上，而白地亲手制作的一顶草帽貌似不经意又恰到好处地靠在木架上。白地对色彩的阅读真的是独一无二，鲜花与草帽，犹如春天与江南，迅速迷醉了行人，再挪不动脚步。

道味三茶的老板娘，已经早早煮上了茶，等待我们的到来。

舀盏茶喝吧？她笑盈盈地招呼。正屋的茶桌上，木炭明明暗暗地嗞嗞作响，茶在炉子上清美地沸腾着，一把吊壶从木质顶上探了下来，与桌上的杯盏形成特别的呼应。

煮茶的道具却不是壶，而类似一个盆，内外两层，里面一层过滤茶叶，茶水在其中低吟浅唱。茶的浓香弥漫在屋子里，逮着谁就热烈地搂了过去，缱绻在其中。原来春天连茶香都可以如此浪漫而奔放。一把勺子浅浅地搁在茶盆上——果然是舀着吃的。

老板娘仪态万千地倚在柜台上，笑吟吟地瞅着我们拍照，有一句没一句地跟我们聊天。屋里的装饰、摆放着的木椅、桌上杯盏皆别有风味，皆彰显着老板娘与众不同的审美。

说起她的围炉煮鸡，她眼睛瞬间亮了，娓娓道来鸡汤的制作佐料以及各种功效，笑意悠扬得如同一首春之歌。

我们很多余地问："冬天围炉煮茶，春天围炉煮鸡，夏天煮什么？"

老板娘快乐地笑了："夏天嘛，把桌子搬到屋外去吹田野里吹来的风。"

夏未至，不妨先吃春天的鸡。鸡汤味道浓郁清香，别具滋味。吃掉一半的鸡，我们把桌上的蔬菜入锅继续煮，老板娘在厅里斜斜探过来："鸡是自家养在竹园里的，蒿菜和青菜心是清晨现摘的，嗯，都沾染着春天独特的气息。再过几日来，怕是吃不到这么娇嫩的菜心了。"

春天自然还有咸笃鲜。鸡肉是咸的，猪蹄是鲜的，关键还有春笋在其中探着头，示意这是花开的季节。

白地也煮茶，春天是花茶，以玫瑰、桑葚配血橙。

茶在透明的茶壶里，染出一份红酒的浪漫与花的馨香。轻轻抿一口，还有缕缕酸意，若有若无地在唇齿间逗留。春天的花茶被白地浸出了爱情的意韵，我觉得喝了这杯茶，就可以写出春天里关于爱的诗句了。

出了三影往西，是白地笔下的"六里河"。六里河畔，"河畔茶色"也卖茶，绿皮的沙发与春天的气质甚是接近，老板别出心裁地在热卖一种叫"绿耶仙踪"的宝藏奶茶。你可以选择少冰，在阳光下看着它慢慢融化，握在手里却依旧带着一丝凉意，那是春天才有的快乐冰爽。

如果你还有时间，可以回白地三影那里做鲜花草帽，把春天戴在头上；也可以去拓染，将花花草草拓在麻布包上，或者手绢上，这样可以把春天背回家、掖回家。

总之只要你愿意，春天都是你的。

燕子飞时，绿水人家绕——如此美景，便是春天的朱家门，水绿、柳飘、茶香、人媚……

若到江南赶上春，千万和春住。若你在春天到江南，千万记得来朱家门。

世间总有扑面而来的烟火气

有点闲时，不妨到山前乐郊来

沿着山前埭河慢悠悠往东晃，便到了山前乐郊。

冬天的山前乐郊看上去有些荒芜，树上只有枝丫，地上只有枯草。简简单单的木门和篱笆墙，门柱由石头砌垒而成，在浑然一体的大地色里，展现得尤为质朴。

恰巧读到胡庆初老先生的书，书中说冒辟疆与董小宛来到海盐，见了山河景致，吃了山笋野鸭，不由对胡震亨感慨："此地称'乐郊'真是名不虚传呀。"我不晓得他们是不是也来到了山前埭，但我猜即便不是，他们去的地方也一定是与此地神似，可以望得见山看得到水，还有满帘的本草园。

于是，山前乐郊那些已经逐渐要融入土地里的各种植物便又仿佛被注入了某种元素，从年岁里复活了，在瞬间恢复了以往的风情，似笙箫悠远，如青蝶翩跹。

之前，我来过山前乐郊，在初冬微冷的风里去探望田地里正慢慢枯萎的中草药。我对中药的情愫，貌似与生俱来，躲在童年最深处的记忆便是爷爷在春日的细雨里，夏日的蝉声中，秋日的暖阳下，冬日的火炉前，津津有味地握着一卷医书，轻轻念叨着这些中草药：当归、牛蒡、黄芪、白及……而这些中草药的味道在我家，自是如空气一般存在，心肺里皆是。因而当山前乐郊的独特气息在一束光的催促下钻入我的回忆的时候，我的眼里便忍不住泛起了泪光。

漫步在田埂上，太阳的暖与风的清凉交织在一起，一缕一缕地拂面而来。几簇菊花依然逗留着，黄的白的，如此简单又澄净，当然还有紫苏，漫不经心地给本草园增添了一份神秘，哪怕别离的脚步已经匆匆，却依然美得如梦如幻。我如我爷爷当年一般念叨着这些中草药的名字——这些我以为已经遗忘很久，却依旧记在脑海中某个角落的名字，轻轻一触碰便又鲜活起来。就像我遇见的很久之前的某个同学，我忘记了他叫什么，但若谁提及他，记忆的闸门便轰然打开，有关他的事以及他周遭的一切便如滔滔江水滚滚而来。

今年（2023年）我又在同一季节来到了山前乐郊，又好像比往年要晚些时日，夕阳轻轻落在山那端的时候，散落下来的金黄比往日更温和一些。

车上丰山，走西门。左手边的屋子里，有姑娘在细致地包药草，一小袋一小袋。她背着光，发丝上亮闪闪的，连笑容也那么清爽。

我倚在书柜边翻书，有关二十四节气与草本养生的书。各种草药混合的味道若有若无地氤氲过来，沾染着土地原有的气息，她说这些是用来泡脚的，果然甚是合拍。

再去田埂找寻往日的痕迹——车前、菘蓝、白芷……依旧在原来的位置，它们虔诚地匍匐在大地上，颓败而优雅，以另外一种方式悲壮地存在着。

本草园的二百多种中草药，皆以自然农法种植，任它们自由地花开花落，也任凭叶子与种子在原野里慢慢熟睡。

之前来时，我便略略觉得遗憾，傻乎乎地问："这些可以与美食同在吗？"小时候的冬至夜，是一大盆鸡与党参、当归、红枣的共舞，终于夏日的红烧鱼里，也悄然侧卧着几叶紫苏。

很幸运，今年有药膳可以品尝。

菊花与蒲公英、桑叶与薄荷、红枣与枸杞，皆可入酒入茶。倘若在下雪的时日里，披上斗篷，以红泥小火炉温一壶红枣浸黄酒，或者泡一杯菊花枸杞茶，都是极美的。长廊映雪，笑意盈盈，可以安安静静做一些触及内心的事情。两人、三人，哪怕一人也可。

室内温软，桌上有透明黏稠的红枣银耳羹，百合上的野菊花在跳舞，鸡头与海参天衣无缝地组合在一起，还有天麻与桂花的略苦略甜，炸得金黄的鱼柳上裹着翠绿的茴香，亮澄通透的玉竹老鸭煲，乌骨鸡与党参总归是最佳拍档，东北才能看得到的桔梗凉拌猪耳……如此琳琅满目、色彩缤纷，是浓浓淡淡的香，是虚幻而又真实的味道。

埋头半个多时辰才记得抬起头，发现每个人的脸上都写满了酣热，或许是喝了梅子酒的缘故，也或者是药膳补气益血的效果。

路过的那些清凉，竟在桌上有如此和暖的呈现，那么，它们所历经的春夏秋冬，绽放与孤寂，便有了更深层的缘由。及此，我又想引用冒辟疆的话了：此地称"乐郊"真是名不虚传呀！

又是一年青绿时

刚入了秋，有朋友就呼唤："黄沙坞的橘子可以采摘了吗？"

我顺口便答："采橘子，不是11月中的事情吗？"白地却适时邀约了："秋分日，一起采橘子哦。"

看来，在南北湖这些年纯属虚度，居然不知道在穿短袖的季节里也可以摘橘子。那么，不妨尝试一下喽。

秋分，恰逢九月底。

明明前一日还艳阳高照，天地间依旧一派热腾腾的景象，可到了秋分日，居然吹起了瑟瑟秋风，夹杂着蒙蒙细雨。但这有什么要紧呢？我们准时抵达黄沙坞，穿上白地细心准备的雨衣与雨鞋，上山采橘子去。

雨中采橘子，我还真是第一次，对于初次尝试的新鲜事物，总会产生按捺不住的欢喜。尤其像我这么喜欢下雨的人。

细雨中的黄沙坞，犹如包裹了一层薄薄的头纱，朦胧又含蓄。雨落在青绿色的橘子上，光亮又洁净。周总在黄沙坞多年，成了地道的草本专家，他提醒："得找树根粗壮的橘子树，结的橘子口感会更甘甜些。"

我不喜酸，因而相对于品尝，显然采摘的兴趣更浓郁一些。我绕着橘子林转悠，为找到一棵粗树根的橘子树而窃喜，并自作聪明地选向阳且高枝头的橘子，用剪刀小心翼翼地剪到袋子里。

伸手向枝头讨要橘子是件很有意思的事情，手臂高高地向上伸展，

151

橘子枝头的雨水和天上的细雨就统统汇集在一起，然后蜿蜒地沿着手臂流到肩胛，痒痒的，让人只想嘻嘻笑出声来。

采橘子这样的美事，自然离不开双子和聿禾。

双子是城里人，她对采橘子的乐趣与爱惜自己一样看重，因此把自己包裹得严严实实，努力不让细雨濡湿她的发丝和衣裳。她躲避着雨丝与脚下凹凸不平的泥土，又要寻觅她觉得可爱又漂亮的橘子。因此待我的袋子装满橘子，她依旧摘了个"寂寞"。

我在枝头剪了个饱满又晶莹的橘子，泛着青绿相间的秋色，用手瓣成两份，递过一半去。双子缩回手，狡黠地说："你先吃吃看。"我原本想着捉弄她一回，假装很甜的样子，让她酸到眉毛都挤在一起。

但橘肉落在唇齿间时，却是真的甜，夹杂一丝丝的酸，酸里还蕴含着鲜，是极致的新鲜与果香，立体而丰富。橘子的独特汁水瞬间让人沉醉其中，原来只有身在此处，感受到舌尖的美好，才能领略到真正的橘园。

聿禾不晓得从哪里冒出来，雨慢慢地大了起来，她的眼镜上湿漉漉的，她的笑容水灵灵的。聿禾看我和双子在雨中慢悠悠地品尝橘子，又慢悠悠地摆拍照片，有些不耐烦，她是个闲不住的人。于是接过双子的袋子，自告奋勇地要给她装满最好吃的橘子。

我瞅见聿禾对准橘子树咔嚓咔嚓一顿猛操作，一点也不像橘园里长大的孩子那般"识货"，忍不住跑过去把枝头拉下来，好让聿禾剪到枝头肥腴的橘子，然后得意地现卖我自学的识橘秘籍。聿禾向来是谦卑的，她被我的话语迷惑了。然后我用力扯下枝头，我说这里，聿禾就剪这里，我说那里，聿禾就剪那里。

但周总忽然出现在身后。他也是湿漉漉的，眼里泛着亮晶晶的光芒。

他说："橘子并不是向阳而长的最好吃，而是要在隐约的树杈中，被日光慢慢渗透的才最鲜甜。"好吧，这就譬如人，真正的有钱人永远是低调的。

今年（2023年）的橘子好像成熟得特别早，橘子不应该在金黄的时候采摘吗？

周总从树枝间摘下一只橘子，也掰成两份，递一半给我，笑着："这是由良蜜橘，新品种，特点就是成熟得早。"记得前些年各种采访茶树的由来，从周总那里知晓了最早的"乌牛早"，而今又品尝了"由良蜜橘"，果然山林间处处充溢着文化。

我笑着把橘子塞进嘴里，的确皮薄汁多，更是鲜美。忽然想到一个好听的名字：树头鲜。小时候每到秋天，便被西窗外的橘林诱惑，可惜这片橘林是邻居家的，虽然伸手可及，但还是忍耐着不敢去摘。

有个晚上，我和妹妹忽然很馋，无数个馋虫在嘴巴里翻滚打闹，后来，馋虫战胜了理智，我们打开木窗，迅速探出身子去扯了两个橘子。橘子的皮很厚，得先用指甲划破橘皮才能剥开，剥橘子的时候，橘皮的汁水迸裂出来，恰巧射进了我的眼睛，刺疼刺疼的。好不容易剥开厚厚的橘皮，咬一口，酸得咧开嘴半天没回过神来。

不幸的是我妈恰巧经过我的房间，推门进来，怒气冲冲地质问："谁偷摘了邻居家的橘子？"我和妹妹谁也不肯承认，我妈更生气了，非拉着我和妹妹去邻居家道歉。

邻居是位淳朴的伯母，第二天她摘了小半篮绿油油的橘子送过来，说橘子还没到真正可以吃的时间，但解解馋还是可以的。伯母说："赶紧尝尝，这是树头鲜，刚摘下来的最好吃，放着就没鲜味了。"

那时候，橘子的气息是那么浓烈。一家吃橘子，整个村都可以闻到青涩的酸意。

白地的笑声穿透了雨滴，横穿了过来。

写诗的手今天举起了相机，但她舍不得相机被淋到雨，脱下雨衣包裹着镜头，自己却湿透透的，发丝贴着她的脸，把她的笑衬托得尤其甜美。

我们忙着采摘，忙着自得其乐，白地却很少顾及自己，她在忙着把我们每个人以及漫山遍野的橘子装进她的相机。好像每次都这样，我们玩得忘乎所以的时候，转头看看专注的白地，看到她忙碌到疲惫但在与我们的目光对视的时候却从不会忘记留下一片灿烂，就会觉得惭愧。

喊着忙的总是我，事实上白地才是真正奔跑的人，而且在奔跑的途中，她从来不会忘记我、双子以及聿禾。今天还有她从嘉兴请来的客人：诗人灯灯和散文家简儿。

白地更忙碌了，她在橘林间穿梭，笑声打破了雨层，于是天晴了。

山下，有一处"我家的菜园子"。绿色的草坪上，有白色的帐篷、热腾腾的烤红薯以及一只悠闲的大黄狗。

我们在帐篷下喝茶，听周总说橘子的故事。秋分的风，吹来有微微的凉。

《澉水志》有记载，宋朝时期这一带便开始栽种橘树。好吃的橘子需要打好三种底色：品种、环境与栽培。三面环山南边临海的黄沙坞因独有的地理优势而家家户户都开始种植橘树，橘子学名"宫川蜜橘"，但人们都喜欢称它"黄沙坞橘子"。慢慢地，"黄沙坞橘子"成了海盐一张不可或缺的金名片。

黄沙坞的居民大多姓步，外地游客到海盐，会以为所有的橘子都是"黄沙坞橘子"，只有海盐本地人会听澉浦口音，会滑头地忽然问道："你姓啥？"

再后来，黄沙坞归属旅投，橘子树在专业技术人员的精心管理下，不断改良、嫁接，口感也愈加丰润鲜美，今天品尝到的由良蜜橘便是由宫川蜜橘芽变而来。如今它是黄沙坞早秋的代言人。

品着茶，惬意地微微仰头，满目皆是橘树，密密匝匝地与远处的茶林相互映衬。浅绿的、深绿的，又在不经意间晕染着几分浅黄。

犹如一幅画，朦胧而清晰。

南北湖的风吹过茶的香

爬到白云阁的时候，一阵风轻轻吹拂了过来。风里挟裹着一缕缕清香，是茶的香。

春雨细细绵绵地落在发上、肩上，微冷。可春的气息还是劈头盖脸地闯了进来。绿是这个季节的主题，历经阳光和雨露的茶树，便毫无疑问地成为春的使者。

茶在中国已有几千年的历史，查史料可知，西周就有以茶叶为贡品的记载。江南种茶史，则可以从魏晋南北朝时期开始追溯，到唐朝，贡茶院设立在浙江湖州长兴，足见彼时江南茶叶的盛产。

炒茶则源于明代。追求茶原有的香气和滋味，是明人的特色之一。譬如唐朝，他们是纯粹的煮茶：将茶末投入滚水，煮饺子一样三沸，喝的是那一锅茶汤。再往后呢？从电视剧《知否知否应是绿肥红瘦》里可见，北宋之所谓喝茶，其实是点茶，即将滚水冲入茶末，快速搅动后饮用。因此到了明朝，他们对前人的制作和饮法，乃至其茶香都颇质疑，认为凡此种种皆失去了茶天然、纯真的口味，故而提出批评：唐宋间研膏……碾造愈工，茶性愈失，矧杂以香物乎？那么，如何能精于炒焙，不损本真呢？便是在明人蒸青的基础上改进而成的，更臻完美的"炒青法"。

南北湖"茶"的故事，便可以从炒青说起。初始炒茶，是纯手工制作，滚烫的锅，碧青的茶叶，从左手飞舞到右手，再从指缝间轻轻洒

世间总有扑面而来的烟火气

落。听起来诗一般美好，却是枯燥而单调的技艺活。温度要不高不低，时间要不长不短。而且，炒茶跟其他的技艺活一样，大都是祖辈流传下来的，炒锅前一站或许就是一辈子。而一双手，因为经常会被水蒸气低温烫伤而变得粗糙不堪。

我儿时的记忆，总被炒青的味道悄然浸润着。

夏日午后，外公喜欢躺在藤椅上，左手边是个破旧的收音机，里面装着无边无际的京剧。收音机经常会罢工，外公拿起来在凳子上磕一下，京剧就又唱下去了。右手边则是一成不变的旧茶壶，外公眯着眼，哼几句喝口茶。外公喝茶的声音极响，呼噜呼噜的，好似在品人世间最好的甘露。我玩得满头大汗地跑回去，赶不及再倒水喝，捧起外公的茶壶就往嘴里灌，俨浓的茶又特别解渴。我一口气喝光它，恶作剧地又抓了把茶叶扔进去。外公的眉毛浓黑，我看着壶底弯弯曲曲的茶叶，一度怀疑是外公的眉毛掉了进去。外公呵呵地笑，满脸疼爱地看着我，然后起身去院子里帮我摘一串葡萄或一个蒂上开着花的嫩黄瓜。后来也一直寻找外公茶壶里的淳朴味道，香的浓的清的，想念极了那带着浓浓的浸润泥土气息的老茶。

不只是我们，名人也爱南北湖的炒青。据说那年黄源回乡，细细裹了些新出的炒青送给鲁迅，鲁迅喝后赞不绝口，不舍得独享，珍藏起来等珍贵的客人来拜访时再一起品用。只是不知道，当时鲁迅先生喝的是茶的味道，还是家乡的情怀。

如今我们很少再喝炒青，大多是喝龙井。

南北湖的曹先生告诉我，炒青与龙井，在于工艺不同。曹先生便是从父辈沿袭下来的炒茶人，我私下觉得，或许叫茶匠更合适。炒茶，也是需要一种精神的。

20世纪90年代初，二十五岁的曹先生开始学炒茶，至今已有三十多年，他练就一身炒茶的好功夫，眼、耳、鼻的功能发挥得淋漓尽致，仅用耳朵便可以辨别炒茶的温度是否到位。当噼里啪啦的声音响起，手掌便快速按压茶叶，慢慢抚成扁平的龙井。

当然，现在茶厂不太用手工制作龙井，而是改用便捷的现代机器。茶叶采摘回来，历经杀青、褪毛、辉锅三部曲，就可装盒。但听起来依然很繁缛：采茶需要大量的工人，要一叶一叶地采够四斤半才能做出一斤龙井来；而做一斤茶叶，又需要三个小时。在制作过程中，还需及时调整炒茶工艺，譬如晴天和阴天采回来的茶叶不同，上午和下午采摘的不同，朝南和朝北的不同。这个技艺有点像中医的望闻问切，无法详尽记载、描述，全凭制作过程中的感觉，若非有几年甚至几十年的功底，我想是没有办法独当此任的。

喝龙井的绝佳时间是3月中旬到4月上旬。彼时气候绝佳，晨有露珠滋润，午有阳光明媚，春夏秋冬的营养积聚，在春雨的召唤中爆发出来，让茶叶不炒而香。自然，此时的芽型也好看，一叶一芯，娇嫩得仿佛只要轻轻触碰，水分便能喷薄而出。此时若能得几两明前茶，那是极其珍贵的，茶叶是碧绿的，打开盒子便有清香逃逸出来，置小撮于玻璃杯中——喝龙井须得用玻璃杯，观赏纤细的茶叶在水中舒展地摇曳舞蹈、茶汤慢慢由浅色氤氲成深色的过程，亦是喝绿茶不可或缺的妙趣。少顷，吹开少数还慵懒浮在水面的茶叶，清爽又微涩的香便迫不及待地游进鼻腔。除却茶叶，茶杯上还微微浮着一层淡淡的绒毛，那须得在阳光映照下才能看得清楚。

等过了清明，便是二叶一芯，或者再往后，大批量生产的时候，是四叶一芯。春夏是喝龙井的好时候，南北湖的龙井喝过三口，学酒鬼般咂咂嘴，会回味过来一缕甘甜。不过，有天在葫芦山喝茶的时候，我品尝到一丝丝鲜咸，甚是清冽。我猜是葫芦山靠海的缘故。

到了秋冬，萧瑟的北风吹起，我是喜欢喝一阵子红茶的。之前喝正山小种，金骏眉，它们在冬日里，慷慨绽放着温暖的香气。偶尔一次，喝到鹰窠顶的野生红茶，醇香丝滑，回味起来居然有咖啡的馥郁，又有奶茶的馨柔，猛然开悟，原来好喝的红茶也在南北湖，无怪乎明代学者有"茶产鹰窠顶类武夷"的咏叹。

我的好朋友禾是地道的澉浦人，知道我爱喝茶，在某天给我带来了她亲手做的红茶。她羞涩地说："我可能做得不好，但茶树是老茶树。"

迫不及待取出茶具，冲泡，滤净，入杯。茶色黄澄清澈，口味深沉丰富，香韵深远。想起一句话"来自远山树林的召唤"，用及此，甚是妥帖。

禾说："这茶呀，是我摘的，我先生揉捻，我婆婆蒸的。"这样说的时候，她眼神明媚，清朗柔和。禾是朴素的女子，从未见过她有时尚的装扮，但她热爱读书写作，喜欢制茶品茶，她从骨子里淌出来的独特气质，让她美得无可比拟。

心有度，饮无疆。能有如此好茶慰藉慌乱的岁月，生活便在瞬间恢复了静美。

南北湖与茶树，可以谱写一段悠远交错的历史故事。《澉水志》记载，自宋朝起澉浦便有植茶的文化，我便起意寻访南北湖最老的茶树。

春天刚探出头的时候，我去过白云阁。那里有漫山遍野的茶树，在细细的春雨中，怯怯地露出新芽。最初种下的鸠坑茶树，逐渐被龙井43号替代，而后引进的乌牛早，又由于更早采摘而备受茶农青睐。

澉浦的几棵老茶树，便在一垄垄的乌牛早后面。与我想象的不同，老茶树并不似旷野中的山楂树那般挺拔，而是同枝并茂，很多树杈直接从树根冒出，普通得就像我家老屋前那几棵没人打理的荆条树。

这几棵老茶树，据说有五十多年的历史，但我觉得或许可以找到更久远的茶树，或者，是一棵更苍劲的老茶树。于是初夏的时候，我们一行四人在当地茶农老汤的带领下，从南木山起步，兴致勃勃地往高阳山而行。

那一段路，甚是僻静，不时有鸟的啾啾声，清脆的余音从山的这端延续到另一端。山是绿色的，树是绿色的，石头上的青苔也是绿的。与春的嫩绿不同，它的绿是沉稳大气的，被这样的绿意包裹着，仿佛生活在一切美好的可能之中。

然而直到高阳山，我们都没有找到老茶树。路边大片茶林，已被茶农修剪得只剩下一个根部，低低的一丛丛的。老汤说："这茶呀，春采之后一般都要修剪，这样采摘面会更大一些，可以多发芽、齐发芽。"我问："然后就等春天热热闹闹地抽枝发芽吗？"老汤笑了，满脸的笑纹和茶树一样开满了杈："我们是一年采摘三次，春茶、夏茶和秋茶，最后一次是秋天，所以我们也叫它秋露白。"

从山上远眺，群山连绵，远黛近翠。仿佛一杯绿茶，浓浓淡淡，悄然归隐在这山林，但又分明是一壶红茶，如此意蕴悠长。

换条路径下山。转过一条小道时，老汤忽然兴奋地喊："这里有棵老茶树呢，还是野生的。"果然，一棵茶树被裹在一丛杂乱的树丛里，乍看，分辨不清此绿与彼绿，再细看，与白云阁的老茶树差不多的模样，同枝并茂，有一根枝条，正努力向外伸展。老汤细细地扯去攀附在老茶树上的细藤："大概有六十年了吧，也或许更久一些。"

忽然觉得，茶树多少年已经不重要了，不如想象中的参天古木那样高大也没有关系。南北湖茶中的上品，本是由这些老茶树上的嫩芽精心制成的，亦如我的朋友禾亲手制成的茶，能让人感受到高山阔野般的气息。而这些老茶树以毕生的绿意，承载着山野的浩荡，把南北湖的情怀带去了五湖四海，它留给我们的是深沉而厚重的底蕴，更让人回味无穷。

初夏的老茶树依然枝繁叶茂，即便没有了可以采摘的那一芯一叶，却依然有随风拂过来的清香。它在静静等待下一个春天。

丢　钱

我猜我没能跨上富裕的阶梯，是因为粗枝大叶，净弄丢东西：伞、围巾……以及钱。

丢钱是小时候的噩梦。

那个秋天的中午，外公来做客，我妈给我五元钱，让我去坝上买熟食。我一蹦一跳地去了，又一蹦一跳地回来了，右手拿着一包油腻腻的酱鸭，左手攥着找回的一元多点余钱，香气随着蹦跳一缕缕散发了出来，但我无暇顾及，我得赶回家复命。

然而，右手的酱鸭交给我妈，张开的左手却是空的。找回的余钱竟不翼而飞。

我脑子里顿时一片空白，我想不起来什么时候张开过手掌，又是什么时候把钱弄丢了。我发誓我一路上没有捡一片树叶没有摘一朵花。那天的天空是蓝色的，我妈的脸上乌云密布。

我难以置信地掏空口袋，侥幸想着或许塞在哪个袋角里了，哦，我的口袋通常是漏的，我又沿着衣襟一点点去捏有没有掉到背后去。但我妈已经迫不及待了，她粗暴地直接扯下我的外套自己动手找，没有。她又伸手过来捏我的裤袋，很用力地捏我的大腿，我疼得哼了一声，但不敢叫出声来。

我用羞愧又乞求的眼神看着我外公，但显然他也非常难堪，他不停地跟我妈说："算了，算了，还是小孩子嘛。"他又自责，都怪我，不该来捣乱。他试图过来拦住我妈，但被我妈阻止。

那些年我妈的脾气变得很暴躁，一点点事情都可以制造出狂风暴雨，谁也拦不住。她大声责骂我："你说你做什么可以做好？你有什么用？"

我像犯罪分子一样低着头，眼睛小心翼翼地偷觑着她，我妈骂得兴起，还会伸出手打，我立马下意识地拿双手挡住。

那天的午饭我忘记了有没有吃，但我在去学校的路上，想起刚刚还一蹦一跳的喜悦，脑子里冒出一个成语——乐极生悲，以至于很长的一段时间，我走路不敢再蹦跳。

还有一次丢钱经历，是中考结束的暑假。

爷爷奶奶去苏州游太湖，带我一起。抵达的第二天，我想出去走走，爷爷给了我二十元钱，嘱咐我带点土特产回来。

那天的苏州细雨蒙蒙的，我撑着伞走走看看，满心欢喜。来到了观前街，那边有个糕点铺，各种绿豆糕红豆酥，很是诱人。我想掏钱买糕点回去的时候，发现钱没了。

对，我清楚地记得我放在布包的最外层，拉链没有拉开，但拉链里的钱没有了。我又蒙了。

这次没人打我，但我要寻个究竟。我回头沿着来路，低着头仔仔细细地寻找，连草丛也不放过，直到宾馆，丢失的钱依然杳无踪影。但我不甘心，我再次沿着路往观前街走，天不下雨了，我收起伞，挂着它再寻回观前街。

有个中年男子见我行色匆匆地来来回回，好心地询问我原因。我说着，眼泪就扑哧扑哧往下掉。他分析说，钱肯定是被偷了，你可以去报案，派出所就在前面的拐角处。

我太想找回这二十元了，这对当时的我来说无疑是笔巨款。于是鼓足勇气来到派出所。有人接待我，没有穿警服，不热情也不怠慢。他根据我的描述记载了以后，让我签字。我问："就这样好了？"他说："对，留个地址，如果有线索，会联系你。"

我耍了个小聪明，说："我现在没有钱回家了，派出所可不可以给我二十元让我回家？"我这么说着，眼泪又要掉下来了。但警察并没有因此感动，也没有像新闻里的警察那样从兜里掏出有温度的二十元给我，而是一脸同情地表示他爱莫能助。

无比失落地从派出所出来，太阳已经慢慢西斜，我也仿佛走到了世界的最低谷。但我怕流落在街头，只好努力地凭着记忆寻找回去的路。那一天，如此漫长。

接下来的几天，因为丢失了这二十元，我的心仿佛被掏了个洞，脑子里空白一片，所有的景致都黯然失色。

后来我妈还是知道我丢钱的事了，她严肃地教育我说："你看你，走路总是仰着头，啥时候丢钱都不知道。以后要低头看路，也许就会捡到五十元了。"

从此我认真低着头走路，我是多么想捡到一笔钱呀！可惜直到现在，我都没有捡到过。

贝贝也丢过钱。

周六的凌晨我在睡梦中接到贝贝的电话，她带着明显的哭音："妈妈，我钱被偷了。"她和同学约了去西门町买东西，刚取了现金，但下公交就发现钱包里的钱没了。她带着深深的歉意："妈妈，是我太粗心了。"

我劝慰着她，并立马又给她打去了生活费，但她依然不肯原谅自己。她的同学们在餐厅里吃火锅，而她为了惩罚自己，决定饿一顿。台北的风总是很大，吹得人脸上麻麻的，她坐在街角的花坛上，电话里呼呼的听不清完整的话语。

我想起小时候丢钱的那份内疚与悔恨，很心疼很心疼。

不久后，她捡到一个皮夹，在学校不远处。丢过钱的她深深体会过那种心情，于是她站在那里等，电话里传来的风声依然很大，还打着旋儿。

快天黑的时候失主才急忙忙找了回来，贝贝核对后交还了皮夹。

那天的情形贝贝并没有过多描述，但我想，她大概是希望所有的失去都有机会可以"失而复得"。

哎哟喂，我的牙齿

对于我自己的外貌，如果说基本满意，那是在不照镜子的前提下说的。照了镜子，就对自己非常不满意了，眼睛不大鼻子不挺皮肤不嫩，尤其是……牙齿。唉，我讨厌的牙齿啊！

记忆中是从什么时候开始讨厌我的牙齿的呢？

应该是从某一天摇动自己的牙齿，发现它竟如春天的柳叶一般摇摆开始的，日渐松动的牙齿随着我的手指轻微地拨动，晃啊晃啊。可是春天没有来，来的是我爷爷的手指，做医生的爷爷见不得我的牙齿如此晃动，一心要拔了它，而我，如保卫自己的家园不受侵袭一般紧闭嘴巴，宁可不吃不喝也不愿意张嘴把摇动的牙齿暴露在"敌手"面前。

"拔了它，给你吃大白兔奶糖？"

我摇头。

"拔了它，带你去供销社玩？"

我摇头。

爷爷耗了些日子，终于没有耐心，趁我走过他身边，一把钳住我，并让奶奶捏住我的鼻子，趁我张口呼吸的时候，神速地拔走了我的牙齿。好像也不怎么疼，但我偏要哭得惊天动地如同受了无比大的委屈。

过些日子，又一颗牙齿松动了。爷爷像是敏锐的猎手嗅到了猎物的味道，吃饭时一个劲盯着我的牙齿看，吓得我赶紧吃完饭躲进房间

世间总有扑面而来的烟火气

把门反锁。过了一会儿，外面的灯熄了，听爷爷说："走吧，看电影去，轻点，不要被小东西听见。"我急得赶紧把门打开往外冲，事实上根本没有机会冲，爷爷就躲在门外，我一开门就被掳了去，然后，就没有然后了。

再以后，牙齿松动了我也不说，自己拨呀拨的，有一天会噗的一声被我拨弄下来。奶奶说，上门牙要丢床底下，下门牙要丢在屋顶，丢的时候，脚要并拢，身体要站直，这样长出来的牙齿才齐整。我偏不，背转身子，一个反丢，声响都没听到，不知道丢哪里了。奶奶摇头："笨囡，笨囡，姑娘家家牙齿没长齐就丑了。"对奶奶我一向是敢于大声反抗的，我撇着嘴说："真稀奇，难不难看那是我的脸，跟你有啥关系嘞？"

那些日子我是很讨厌我妹妹的。比我小两岁的她，吃饭比我乖，干家务比我会，就连拔个牙齿，她也比我勇敢。牙齿松动了，居然敢自己找一根纳鞋底的线，绑在牙齿上，然后闭着眼睛一扯，就这么把牙齿拔了。偶尔有个拔得不爽的牙齿，她会自己咧着嘴找到医院去拔，并把拔下的牙齿拿张纸宝贝一样包回家，找到合适的地方，站得像部队的新战士一样笔挺，唰地一个抛物线丢了出去。

我很不屑，冷眼看着她，"看你长一口好牙齿"。她豁着掉了牙齿的嘴笑，"我要当解放军"。

于是，长大以后，长着一口端庄牙齿的她雄赳赳地当她的解放军去了，而留守在家乡的我，果断地长了一口参差不齐的牙齿，尤其是一个上门牙，与旁边的牙齿呈波澜状。记忆中这颗牙齿的形成原因是它在里面时已经迫不及待地破肉而出了，外面的旧牙被我爷爷发现后，被强行拔除。于是我从此很不喜欢人家描绘一个美女用"唇红齿白"。我唇红，可我齿歪。我虽然眼睛不够大鼻子不够挺，可我眉眼端正顾盼生辉，除了不张口笑，别人叫我美女，我应得理所当然。

去镇里开会，一大会议室的人熙熙攘攘，居然有人传话给我："这个会议室里你最美，如果你把牙齿做了的话。"

拿着镜子照啊照，下了一百二十个决心要去整牙齿，却总在牙科医生的门前腿软。有次下定决心去小镇上我熟悉的牙科医生那里，我说："整颗牙齿怎么样？"他笑："好啊。""疼不疼？""打麻药了就不疼。""打麻药疼不疼？""麻药打到牙床上自然有点疼。"此时手心全是汗，但为了美终于下定决心坐到他那张让我胆战心惊的椅子上，可我没带那么多钱。他依然笑："不要钱，我这里义齿很多，随便给你挑一颗。""慢着，不要钱的牙齿能用吗？"他说："好的牙齿我这里也没有啊。"我呼啦一下从他的椅子上跳下来，手心里都是汗，不做了，不做了，丑就丑，丑又不犯法。

回家再拿镜子照，唉，罢了罢了，齐整是不够齐整，可好歹是真牙啊。

可是有一天晚上，天气那个冷哪，偶尔下厨的某人居然心血来潮红烧了盆有骨头有爪的佳肴，端在我面前让我看看电视咬一咬。吃到最后一块的时候，就是这么真实，真的是到了最后一块，我发现嘴里的骨头有点不对劲，舔舔嘴唇拿镜子一照，居然是我的牙齿。我的牙齿，就这么莫名其妙地掉了月牙状的一块。

一夜无语，郁结成疾，第二天百般无奈之下去了口腔医院。在门口对着医生照片斟酌了半天，选了个慈眉善目的中老年男医生，希望他能可怜可怜我，对我手下留情。

男医生穿白大褂戴了口罩，我看不清他的慈眉善目，倒像个日本军医，面前放着一堆让人毛骨悚然的器械。我叹口气说："你想问什么我全招，不要对我动刑了。"医生嘿嘿地笑不停，却一点也不耽误他诊断出结果：装烤瓷牙。

"不行不行，我这周要迎接调研和考核，需要高频率用嘴。"医生继续嘿嘿嘿："那就先给你补上。"滋滋地拿工具给我掏空牙齿，又拿起一个螺旋状的小玩意端详。"啊？你想干什么？"医生又笑："打桩，譬如造房子需要扎钢筋。"

扎了"钢筋"补上"水泥"，折腾一番放我下来，再嘱咐："这个

世间总有扑面而来的烟火气

是临时的，还是要来做烤瓷牙的。""做了烤瓷会美吗？""那是自然，美很多倍。"我得意，朝追来的那个害我掉牙齿的罪魁祸首得意地说："等我美很多倍了，第一件事情就是甩了你。"

医生很有水平，说好的临时牙齿，五天后果然准时"下岗"了，我只好灰溜溜地再次到口腔医院。"我有点感冒可以做牙齿吗？""可以。""我牙龈也不太好，可以做吗？""可以。"得，权当我是刘胡兰了，大义凛然地坐上那把椅子。记得很久以前林敏老师有篇文章写拔牙，说遇见个美女医生，男性的荷尔蒙顿时就分泌得很旺盛，医生说，"张嘴"，他就乖乖地"啊"。而这位慈眉善目的医生也说，"张嘴"，我无比警惕地问："要干吗？"

磨了牙齿回家，一张嘴牙齿遇冷风就生疼，可我感冒鼻子堵塞，只好张嘴迎接疼痛。起来喝水，牙齿一碰热水也生疼。做人怎么可以这样悲戚？我独自躺在被窝里，眼泪嗖嗖地流。

某人回家，怎么也让我看不顺眼，不想跟他多说一句话。想泡脚了就抬脚朝他晃晃，他就很识趣地把泡脚盆端来；洗完捂着嘴"呜呜"，他就识趣地赶紧去把水倒了。但这样依然无法弥补他让我掉牙的罪恶，我看他时先把头转向一侧，再拿眼睛去看他。

终于到装烤瓷牙的那天，医生帮我把瓷牙一套，呀，比旁边的长一点，那不行。医生说："你的牙根有点往外翘，想好看，要么拔牙？"我从椅子上跳起来，"不拔"。医生依旧嘿嘿笑："不拔不拔，那给你磨磨牙齿再修整？"

从医院出来，不知怎么就又想哭，于是给某人打电话，边打边哭："牙齿做得好难看，像个龅牙，我以后见不得人了，可怎么办？"越说越委屈，眼泪像洪水暴发再也止不住，某人正在开防冻紧急会议，被我哭得无心开会，一溜烟又赶了来。跟医生协商以后，重新咬印、打磨、修整，拿回去重做。

不知是磨到了牙神经还是牙龈发炎了，被重磨后的牙齿开始疼痛，跟着我的心跳，噗噗噗，然后像小时候吃多了糖后一样疼，再是满嘴牙疼。我上网查资料，越查越害怕，那么多人说装烤瓷牙后的种种不适，还有人说牙疼可能是患了牙神经炎，也可能是牙根尖炎，也可能是牙髓炎，所有的炎症都需要根管治疗，抽牙神经。"天，我活不下去了啊。"我哀叹。

某人说："淡定。"我说："如果需要抽牙神经的是你，我肯定淡定。"某人说："不要着急。"我说："我不是着急，我是崩溃。"某人赔笑说："那依你怎么办？"我冷漠地说："我要跳楼。"

继续照镜子，牙齿终于洁白整齐，但找不到一丝美感，我依然怀念我波澜般的牙齿。打电话给我妈，忿忿然："都怪你给我遗传了这么一口破牙。"我妈在电话那端很无辜："我也不是有意的啊，再说，我像你这个年纪，吃炒蚕豆爽爽的。"嗯，好吧，谁也不怪，怪我自己，一定是小时候没有及时拔牙。现在认错，还来得及吗？

持续了几天，疼痛感减轻，白天基本不痛，晚上隐隐地跳疼。但终究是隐患啊，偷偷咨询别的医生，答复是伤了牙神经只有做根管治疗，没有捷径可走。我可怜的牙神经，这是要保不住的节奏吗？黯然神伤。

某人不知趣，偏偏要凑过来细看："嘿嘿，让我瞧瞧老婆的假牙。"我很气愤："你换个有真牙的老婆去。"他居然很认真地想了想，答："还是算了，为了这牙齿已经投入那么多资金了，现在换好像也不合算了。"

唉，还是武装自己的内心，明儿壮胆去把牙神经给抽了吧。

我可怜的牙齿，我讨厌的牙齿。

阿　姐

出门吃饭，叫了"滴滴"。

到了建材市场门口，司机停了下来，解释说还有一位客人，因为你点的是拼车。啊？我焦急地看了看手表，我赶时间呢。

雨细细密密的，有位年轻姑娘撑着伞急匆匆从市场里奔了出来，一头扎进车里："师傅，能不能先送我？"

师傅倒是好脾气，"你俩都有急事，那我咋办呢？"年轻的姑娘转头过来，眼睛一亮，喊："阿姐！是你啊？那先送阿姐吧。"

阿姐？我想了想，好像不认识这位妹妹呀。但又不好明说，只好礼貌微笑。妹妹叽叽喳喳地又开口了："阿姐，后来瓷砖你看中了没有？喜欢的话可以订下来了呀。阿姐，我跟你说啊……"哦哦，我想起来了，上午我和同学权去"马可波罗"看过瓷砖，当时接待我们的是另一位叫萱萱的导购，但旁边的确还有一位姑娘，一直在跟顾客打电话，时不时朝我们报以可爱的笑容。嗯，就是她。

虽然知道这是店员固有的礼貌，心里还是暖暖的。因为我喜欢阿姐这个称呼。

家里的小楼进入了装修程序，所有的休息日都毫无例外地交给了建材市场的各种门店。花出去的是时间和金钱，也收获了无数"阿姐"的热烈呼唤。

先去装修公司，有时候去早了，设计师还没到，店里的小姑娘赶

168

紧端上茶杯，热情地招呼："阿姐，快请坐，设计师马上就到。"我们走了，小姑娘客气地说："阿姐再会噢。"

权问我选哪家装修公司好，我想了想："要不然，去'妹妹'那家店吧？"

进店选大门，店里两位姑娘"阿姐阿姐"叫得比我亲妹妹还香甜，还亲昵，使得我一度认真猜测我妈是不是真的还有两个热情大方的小女儿遗落在民间。

一位姑娘说："阿姐，你要买门，必须是最低折扣。"

另一位姑娘说："阿姐，你看看这款，低调奢华性价比高。"

过了一天，我在上班，一位姑娘发给我照片看："阿姐，我在你家呢，帮你量好尺寸了。"另一姑娘发给我样品："阿姐你看，这款是给你家量身打造的。"

权家也在装修，两家进度一样，因此私签"携手联盟"，就是从头至尾都要一起选装修材料。两家嘛，一起装修有个伴，又可以因此砍个团价，不错的选择。

所以权又要问我了："选哪家的大门好？"我想了想说："选有'妹妹'的那家吧。"

但是"阿姐阿姐"叫得这么亲昵，我倒是不好意思再砍价了，于是我把砍价的任务交给权。权想了想，说："约她们吃个饭吧。等到她们吃饱了，我们再砍价，她们也一定不好意思拒绝了。"

于是某个中午，我同学权邀请了两位"妹妹"共进午餐。妹妹是聪明妹妹，对我"阿姐阿姐"叫得亲热，对权的称呼却不停在变。譬如刚开始叫他"权总"，后来也叫"权哥"，拿到菜单的时候叫的是"权老板"。

牛排、沙拉、面包，欢声笑语，一派和谐。午餐过后，我们点了红茶闲聊。权老板使劲呷了口茶，终于不好意思、吞吞吐吐地切入正题："那个……我们的价格，可以不可以再优惠？"

"妹妹"爽快地回答："当然呀，权哥和阿姐家的门，能不优惠吗？"

世间总有扑面而来的烟火气

权喜出望外，得意地朝我眨眨眼睛，我偷偷地给他竖了个大拇指。

另一个"妹妹"果断拍板："那这样，权哥家的大门，再便宜三百元，阿姐家的大门要小一些，便宜二百元。""妹妹"补充："这可是无敌抄底价哦。"

权哥很快乐，一口气喝光杯子里的红茶："好！够意思！"

后来，"妹妹"们走了，权去结账，五百六十元。哈哈，哈哈。

再然后，去看地板。两人说好，我先去探探行情，权假装游客再打听一下价格，以做科学对比。

阿毛的妈妈祥林嫂说，我只晓得冬天有狼，不晓得春天也有狼。我也只晓得门里有妹妹，不晓得地板上也有妹妹。

于是地板妹妹"阿姐、阿姐"的热情呼唤，再次让我把与权的盟约初衷抛在脑后，大气地划了三千元订金过去。不仅如此，还帮着"妹妹"呼唤权，"快快快，这家地板店在搞活动，合算合算"。权匆匆结束了会议赶来，见我热情高涨的样子，的确有占了便宜的"嫌疑"，便也二话不说付了订金。

几日后，权遇见我，婉转地说："嗯，其实我们还可以去另一家地板店看看，好像黑胡桃实木地板价格比之前那家要优惠一点。"

我跑去一对比，好像的确是这样。

想了想，我劝慰权说，我们造的不是房子，是温暖。我们买的不是地板，是心情。回想一下，买的过程还是挺舒心的不是？

我跟权举例："我去嘉兴买房子，前面都沟通得蛮好的，后来，办理手续的业务员来了，那个傻小子，一脸傻样，开口更傻，居然叫我'阿姨'。阿姨诶！他自己看着都三十好几了，小眼睛肥腻腻的，还好意思叫我阿姨？我有那么老吗？我有那么大的外甥吗？有吗？当然，我立马决定再去别的房产公司看看。"

嗯，这么讲着。我忽然记起来另一件事。

那年单位报名日，一个模样周正的小伙子带着两个孩子来我办公室。小伙子笑得一脸灿烂："阿姐，我们来了。"

我脑子一转，嗯，不认识。但我知道自己忘性大，不太认人。于是赶紧堆起微笑，热情回应："来了好来了好。"小伙子说："阿姐，孩子们就交给你了。"我说："你放心你放心。"

领小伙子和大娃去报了名，交代好老师。回到座位上，再三思虑，得出结论：脸生，记忆里没储备。

值班站岗的时候，遇见俩孩的妈妈，她客客气气招呼我："姚老师好。"偶尔老爸也来露脸，依旧满脸春风："阿姐，值班好。"

大娃读了四年，小娃来读了三年。前前后后差不多六年，喊了我六年阿姐，我确认了六年，不是亲戚，确定。远亲也不是。但是由于这一声"阿姐"，这位家长成了我从教多年来"有好感又有记忆"的家长之一。

这么想的时候，电话响了。装修公司监理洪亮的声音从电话那端传过来："阿姐，我跟你说……"

嗯，掐指一算。房子才装修到铺完瓷砖，弟弟妹妹已经收了一箩筐，叫的"阿姐"堆起来已经有一皮车了。

但毋庸置疑，我喜欢这个称呼。从漫天飞舞的"小姐""老板娘"，到不管麻子斜眼，逢人必称的"美女"，再到淘宝体"亲"，我觉得只有"阿姐"是握得住的温暖。听着这两个字，耳朵仿若被冬日里的阳光暖暖地包裹着，只想柔柔地回应一声："哎！"

父亲的口头禅

老爸从广州给我打电话。他问："你在做啥？"

我老老实实地回答："躺沙发。"

他立刻就不满意了，哼了一声："那你也不晓得给我打个电话，真是没良心。"

这些年我爸听力下降得很快，常常我说东，他答西，我说吃饭，他说穿衣，我于是放弃，好了好了，不跟你说了。我爸又不开心了："就算我听不清楚，你也可以多重复几遍的，真是没良心。"

我爸总跟我说："你小时候呀，就喜欢黏着我。尤其冬天的晚上，一定要把冰冷的脚塞到我怀里才肯睡觉呢。"我爸没有说下文，但我知道，若有下文，一定是："你现在可没良心了。"

我在电话这头嘿嘿地笑，我发现年岁渐长的我爸越来越像个孩子。在家的时候惦记妹妹，嫌弃妹妹没有音讯，待到了广州，又惦念我，嫌弃我不给他打电话。倘若我和妹妹有跟他不同的意见，他还喜欢跟我们抬杠，急于证明他才是真理的代言人。

家里的房子造了三年，我和我爸开启了三年的战争，从设计到外墙到内装，总之没有让他满意的。我要对开窗他要推拉窗，我要水墨石他要墙砖，我要实木他要瓷砖，有时候我坚持己见，有时候他计谋得逞。但总之，我爸总结："你这个没良心的。"

然而当我爸坐在檐下，看着满院的花草，会叹息一声："这样的确

172

挺好看。""这样"的一般是我的意见，我偷偷地笑，不敢给他看见，否则他定会找个瑕疵再来证明"姜永远是老的辣"。

我爸对我妈一贯包容，我自然成了挡枪口的不二目标。譬如我妈关照他红烧排骨，结果我爸做成了排骨汤，我安慰他，其实排骨汤更鲜美。我爸不屑地说，你评价好吃有啥用？得领导来评价，我的领导永远是你妈，晓得哇？

我灰溜溜碰了一鼻子灰，这当然还不算，我爸严肃地命令我，"吃过饭长点眼力见，跟你妈抢洗碗，省得她不开心"。

2021年我爸在广州得过新冠之后，回来听力越发下降。但凡我母亲对他呵斥的话，再大声他也听不见，还笑嘻嘻的样子，可我还没嘀咕呢，他马上就捕捉到了："你又要说我坏话了。"我哭笑不得："我还没说呢，你就知道了？"他得意地笑："看你那没良心的神色。"

有天翻心理学方面的书，说在家庭关系中，夫妻关系重于子女关系，才能给予孩子更多的安全感。我猜我爸已经偷偷学过类似的心理学课了，毕竟他曾经也是热爱读书的人。

在家待了几个月，我爸又开始惦记我妹妹，以及我妹妹家的娃上学需要接送的事。他失落地跟我妈说："广州那边到现在都不邀请我，怕是再也不需要我了。"年前回家的时候，我妹妹特地隆重表示过我爸的重要性，让我爸满足了好些日子。于是她闻讯立马打了电话来，表示了迫切需要之意，我爸毫不犹豫，兴冲冲地背上行囊再次出发了。

我爸的确比较适应城市生活，晨起遛弯，午后下棋，晚上散步，日子过得悠闲而滋润。但我爸不肯承认："我哪里是喜欢广州？我就是一块砖，哪里需要往哪里搬。"

于是我和妹妹抢着要爸，我说："爸爸你快回来吧，你不回来黄瓜都不长个了。"我妹妹说："那不行呢，爸爸得帮我送娃接娃，离不开的。"这样的时候，我爸就懒得去辨别真伪，笑得眼睛都眯成了缝。

当然，我得假装吃醋争父爱，"你就是爱妹妹多一点，偏心"。

我爸啐道："手心手背都是肉，我最公平了。"我不依不饶："妹妹是你的手心肉，你紧紧攥牢，我是你的手背肉，裸露在风雨中。"我爸答不上来，偷偷给我叔叔打电话，"那个没良心的，非说她是手背肉，这不都是肉嘛"。

他以为他很小声，其实我全听到了。

但在广州的我爸特别喜欢接我电话，他"喂"一声，我就可以触摸到电话那端的满满喜悦。倘若我两天没有音讯，他又是电话又是视频，如果我接得晚了，还会被他笑骂："你这个没良心的，一点都不记得你的老父亲，接个电话还那么磨蹭！"

那一年，我做了"烤"妈

又到高考季，我和贝贝在路边散步遛狗。路上很安静，工地停止了施工，连驶过的汽车都变得小心翼翼。

我感慨：时光过得太快，2016年的"烤妈"生活仿佛还是昨天的事呢。

贝贝从不放过一个揶揄我的机会，她说："自己不会飞，偏要下个蛋，让它使劲飞。"

因为没有参加过高考，总觉得人生有缺憾。所以那些年，也的确很希望贝贝能尽力乘风破浪，希冀她不要等到中年的时候，再去后悔自己曾经虚度年华。

于是那一年，贝贝成了考生，而我，升级成了"烤"妈。

早晨5:30的闹钟，把我从睡梦中拽回人间，冬天的时候天还是乌漆嘛黑的，我揉着眼睛蹑手蹑脚去厨房。馄饨配煎饼，面包配煎蛋，牛奶酸奶水果点心用小盒子再装一份到学校。待6:20的时候轻声呼唤贝贝起床，6:30的时候加大些音量继续柔声呼唤，因为她关照喊她起床的时候声音若是太大太硬，会惊吓到她，那样的话后果很严重。

下班时我掐着点，踩着油门飞一样跑去菜场，再飞一样跑回家，毫无半点女性的优雅和柔和。三锅齐开火，眼花缭乱地做好两荤一素，用保温盒装好，等门铃一响，冲过去递给来不及进屋的贝爹。

傍晚时分，元济的校门徐徐打开，一群穿着一模一样校服的学生从校园里出来，贝爹精准地把饭盒递给其中一个扎着辫子的女孩。

吃过晚饭收拾好餐桌，我和贝爹开始抱着饭盒满城觅食，逮到有可能获得考生芳心的，只讲对的，不讲价格，迅速打包。那一年，我还买了很多很多的饭盒，太小的她说"喂鸟的"，太大的她嫌"喂猪的"，然而我又很难精准地预料她当日的胃口。

提早半小时抵达学校门口，习惯性把车停在固定的地方，然后把夜宵捂得严严实实，我俩在附近溜达，随时待命。

9：50，闺女放学出来。有时候眉开眼笑，有时候低眉不言；有时候叽叽喳喳像只麻雀，有时候高傲得像只大白鹅。有时候赞美我们买的夜宵有味道，有时候尝一口便不肯再吃。

这些都没有关系，只要你快乐，必须给你情绪流露的自由。

待闺女进了房间继续苦读，我们便开始看静音电影，走路学小猫，脚跟都不敢落地。两人交流尽量用眼神和手势，不发出半点噪声。话说，那年我和贝爹的感情突飞猛进，毕竟一整年都忍着不敢吵架，忍着忍着，发现也没啥可以吵的了。

2016年，我读了很多书，包括《陪着孩子走过高中三年》《家有高考生》《解码青春期》等。我还总是去打扰步教授，请教他的育儿理念，也经常去叨扰我学心理学的小姐妹，咨询要如何与高考生和谐相处。现在回想起来，真是令人羞涩。

但总之，我是在努力做个称职的"烤"妈。我收起我所有的坏情绪，每天笑靥如花温柔似水。

有时候贝贝把考砸的物理试卷嬉皮笑脸地递过来求签字，美其名曰那是一场"美丽的事故"，等她以后成了名家，会把这件事情扒拉出来写进故事里；有时候明明有进步，脸却拉得驴长，嫌弃自己不够聪明。

我笑眯眯地照单全收，表示"毫不嫌弃"，并将"一如既往地支持和热爱她"。当然贝贝有时候并不相信，她嗤之以鼻，觉得我肯定会在她高考完再跟她"秋后算账"的。

那一年，我还努力刷浙江高考作文题，我觉得我能帮到闺女的，也只有语文了。我至今还记得，2014年的高考作文题是《门与路》，2015年的作文题是《文品与人品》，我都认真斟酌着跟着写了文章。等到2016年，考题是《虚拟与现实》，那时候电商开始风生水起，其实我有猜到方向，可惜考生不听我的。

那一年，作为当年挤过"独木桥"的胜利者贝爹也重新挽起袖子开始做高考题，可惜时过境迁，解题方式早已更上几层楼，他绞尽脑汁做出来的题，数学老师并没有赏个勾。

写下这段文字，并没有想炫耀什么，我的闺女不是学霸，她离考上清华北大相差了十万八千里。但是她在最好的年华里，没有丝毫的懈怠，她一直很努力，这是值得我们骄傲的；而在她的学海生涯里，所有遇见的好老师都值得被惦念，至今她还保存着高三时张老师写给她的信，而在她的通讯录里，郑老师永远在她的"家人"一栏里。

我想只有经历过"家有考生"，才懂得妈妈的煎熬和幸福。我们是怎样地被掰碎，又被糅合，周而复始。

当然，那一年我还买了三套衣服。旗袍、绿色连衣裙，以及黄上衣灰裤子套装。所有奔赴美好和吉祥的事情，"烤"妈自然都愿意一丝不苟地去尝试。

世间总有扑面而来的烟火气

咖啡有故事

海盐曾经有家上岛咖啡，在新桥路上。我在那里喝到了生平第一杯咖啡，如果没有记错，是卡布奇诺。

喜欢它是因为咖啡上面铺了一层奶泡，奶泡上有简单的心形或者树叶形图案，撒着些寡淡的肉桂粉，喝一口有牛奶的香甜和咖啡的醇酽。但我习惯分开品尝，有时先把香甜的奶泡舀着吃完，再一口气喝光咖啡；更多时候我喜欢先用吸管吸走下面一层略苦的咖啡，留下越来越下沉的奶泡，最后把余下的倒进嘴里，完全不优雅。

当然这些都是我一个人的时候干的事儿。那些日子经常腻在上岛咖啡，除了学会喝咖啡，还学会了写小说。一个简单而幼稚的爱情故事，发表在一本县级刊物上，题目就是《上岛咖啡》。当时还很是年轻，觉得如果只有咖啡没有爱情故事，便愧对了这一个个落雨的日子，倒也无其他。

过了不久，我同学开了家名典咖啡，我投资了一笔钱，于是在咖啡店耗日子就显得更理所当然。但那时候我已经基本不喝卡布奇诺了，那是喝不惯咖啡底味的人初始的选择。我喝遍店里的每一款咖啡，反复对比后，选择了摩卡，口感更丰富，夹杂了巧克力的味道。有时候也喝拿铁，是意式的拿铁，没有奶泡，只有咖啡和牛奶，口味简单。

当然有段时间还喝蓝山咖啡，那更简约了，深褐色的一杯，用精美的杯碟小心翼翼地盛着，放置眼前，加糖加奶，轻轻柔柔地搅拌。但喜欢它的时间并不久，感觉那是中年男人的选择，还得是穿衬衫戴劳力士手表的那种。事实上我的预感是正确的，正宗的牙买加蓝山咖啡产量低，价格贵，不是我随便可以喝得起的。

我喝咖啡，是有阶段性的。一个时间段喝一种咖啡，过个时间段再换一种，倒是有点像我的行事风格：热衷的事儿有很多，但得排着队一件一件来，否则会混淆。或者可以理解为，在不同的阶段，结交不同的朋友。

在名典咖啡的日子里，除了喝咖啡和发呆，自然还有很多时间，是可以和朋友一起的。

记不得和多少朋友一起喝过咖啡，但彼时最欢喜和珍一起，跟她聊天，天南海北，十分舒畅。她喝焦糖玛奇朵的时候比较多，舀一小勺放嘴里，夸张地咂巴几下，又扑哧一笑，仿佛品尝到的是琼浆玉液。珍习惯短发，心情好的时候耳边的一缕发丝会被她折腾得飞扬起来，整个神情看上去颇为倨傲。然而她一开口说话，又会让人抑制不住地笑。我们时常会选择在大厅靠窗的沙发上坐，远远望过来，是两位时尚而有味道的女子在有涵养地交流。事实上我们的话题早已飞越了十万八千里，而且什么内容都敢聊。那种一个眼神都可以会心一笑的默契，如同一杯温润的拿铁，咖啡与牛奶自然交融。

生命里也有最暗淡的一段日子，那时我躲在咖啡店最里面的摇椅上喝不加糖不加奶的清咖。伟总能找到我，不动声色地将我面前的咖啡换成红茶。他是我同学，尽管在读书的时候我们并不熟。

我在他面前偶尔会崩溃，哭得毫无保留。他不是容易亲近的人，却给予了我足够的耐心和包容，包括接纳我所有的坏脾气。于是我忽然就有了生活的底气，好像真的没有什么大不了的事情。

我的生活慢慢步入正轨，笑容越来越多，他快乐着我的快乐，慢慢退出了我的生活，从此不复相见。很多时候，我讨厌咖啡带给人的太清晰的思维，我洞察了彼此的心思，却装着什么也不知道。我终究是自私的。

就这样慢慢淡出咖啡店，我开始喝速溶咖啡。

哪怕是最简单的雀巢咖啡也可以，在午后泡上热腾腾的一杯，让

世间总有扑面而来的烟火气

咖啡的香溅得四处都是。而我闻着香，并不急于去喝掉，只是看它慢慢冷却。

有天入手了款台湾产的玛翡咖啡，来自嘉义的阿里山山脉，本来对它的味道并不抱有太多的希望，在午后开车的时候泡在玻璃杯里，防瞌睡。结果在等红灯的时候喝了一口，竟惊为天人，那是花香和草香的融合，口感香醇且余韵悠远，真是太奇妙的感受。彼时买的茶是阿里山的，咖啡还是阿里山的，除却对其口味的欢喜，还源于一份更深远的牵挂。

后来看电影《一点就到家》，被"远山树林的味道"所吸引，赶紧又买了些回来。那是款云南弗里杨挂耳咖啡，浓而不烈，适合在办公室慢慢品用。我把杯子置放在恒温底盘上，香气便不疾不徐，一杯喝完醇香依然浓郁，可以续喝第二杯。如此整个半天，都浸润在咖啡独有的浓香里，其中又夹杂着果味，颇有榛果咖啡的意境。

朋友的某些相似也是很奇妙的，譬如我和双子，除了一样喜欢文字，还同样钟情咖啡。有段时间双子由于身体原因不能再肆意喝咖啡，我便去淘小号的咖啡杯，方便她解馋。而同样的，双子在喝到味道好的魔迪卡咖啡时，立马"投喂"了过来。那是款经典白咖啡，口感绵密无涩味，我喝着它，居然又品到了最初尝试的卡布奇诺之味。

我自然也是用过咖啡机的，意式的红色的，外形高贵优雅。但我很少使用它，觉得烦琐，喝一杯咖啡，便得清洗很久。于是再买一款简便的咖啡机，使用倒是简单，但出来的咖啡偏于寡淡，没有了咖啡应有的原味。

因此一个人的时候，我喜欢去星巴克打包一杯馥芮白，据说是模仿澳大利亚的国宝咖啡，口感丝滑柔软。只是星巴克的咖啡终究偏甜了些，仅仅用来支撑看书或者码字，倒还算很妥帖。

好友相聚的时候，我还是愿意去咖啡店的。宽敞的大厅，工业风的装饰，来几杯温暖而好看的烤巴旦木牛乳拿铁或者福满栗绒拿铁，轻轻搅动，慢慢品尝，加上熟悉的表情和语调，真的很让人上瘾。

好像就是这样了，咖啡与我，已不可分离。

端午里的今夕往昔

我爸第一次去丈母娘家，正是端午节。

外婆正在裹粽子，看见毛脚女婿上门，欢喜得不得了，赶紧取了两只粽子放在碗里端到我爸面前，催促，快吃快吃。我爸本是心生乐意的，糯米做的东西是家里祖传的口味，只是碍于脸面，羞红着脸不肯自己动手。外婆看出端倪，就伸手把粽子剥在碗里，筷子递过去说："快趁热吃。"

按我爸的说法，"那一瞬间就感觉粽子有点不一样"，不一样指的是与我奶奶包的粽子比较，我奶奶包的粽子，一打开就有扑鼻的香味，光看外观就可以感受到粽子又白又糯又细腻。外婆包的粽子明显有些粗糙，而中间还有不熟的嫌疑。当然毛脚女婿又不好意思说"这粽子包得没我妈包的好看"，若那样说，毛脚女婿就变成了笨女婿。并且，我爸希冀着，不好看也可以好吃的，不是有句话叫"乡下大姑娘有吃无看相"么？

于是我爸润润嗓子，端起碗夹起一大块粽子往嘴里放，牙齿也顺便一合一闭，咀嚼了起来。嚼了两口，我爸就开始后悔，当时应该拦着，只剥一只就够了。谁知不糯不说，味道貌似甜貌似苦，大概是放了味精，还没有匀开。

但我爸依然知道，不能说"这粽子没我妈包的好吃"，做了笨女婿还算是好事，怕的是女婿都做不了啦。于是爸描述自己当时关闭了味蕾，纯粹是吃，且不能留下哪怕一口粽子。

粽子消灭了，是没有馅的粽子。我爸说他撑得胃不舒服了好几天，回家也不敢吃粽子了，但此事他忍着对谁也没说。一直到我都出生了，有年端午大家围在一起吃奶奶包的赤豆粽子，我爸忽然说起此事，大家哄堂笑。我妈忽然又生气了，夺过我爸手里的粽子不给他吃，还说以后再也不给他吃外婆做的东西了。

我倒是觉得我爸有些夸张了，小时候我在外婆家过了无数次节，也包括端午节，粽子啥味道忘记了，但并没有不好吃到那程度的印象。大概是我长大了，家里条件好了，粽子里要么放红枣要么放肉了。

当然，若说非要跟我奶奶包的粽子比，那的确是有差别的。

每年端午节我不馋黄鱼不馋白水肉、咸鸭蛋，只等着奶奶的粽子。奶奶总是早早地备好新鲜粽叶和粽绳，浸泡在水里，粽叶是家门前粽叶树上新鲜采摘下来的，绿绿的晃得人眼馋，粽绳是纳鞋底用的绳子，洁白而结实。终于盼到端午，奶奶前一天会把糯米洗好存在大号的洗脸盆里，第二天我顾不得睡懒觉，早早起来眼巴巴地看着奶奶娴熟地裹粽子：取两张粽叶，在三分之一处折成漏斗状，在漏斗中舀入一半糯米，放入赤豆或者红枣，加上一块早就腌制好的猪油等，再加上糯米填满，接着将多余的粽叶折回盖住漏斗包裹好，用绳子在粽腰处扎紧打结，一个精致漂亮的粽子就做好了。奶奶长得纤巧，做的团子和粽子却总是肥嘟嘟的，这些肥嘟嘟的粽子在锅里沸腾，粽子的香味便弥漫了整个厅堂。

粽子一熟，我来不及等出锅，抓着粽子角上的粽叶蒂，急急地扯了一个出来，双手慌乱地轮流捧着，哈哧哈哧吹着气跑到餐桌上放下。奶奶从里面捧了碗和筷子追出来，恨恨地在我手上敲一下再剥给我："瞧你这小馋鬼！"

爷爷对过节以及食物是非常讲究的，并且会以非常专业的水平做场外指导，为了端午节包粽子，他甚至要求奶奶不出工，不管外面杂草有多高，再高也比不过他的节日重要。

于是我家的粽子，赤豆要磨成沙与白糖相伴，一口咬去，那个唇齿留香啊。除了豆沙粽，还有大枣粽、黄豆粽、鲜肉粽等品种。

其实爷爷让奶奶包粽子做美食，自己吃得并不多。他喜欢把儿孙们召集起来一起享用，不停地把好吃的塞给家人，嘱咐道："快趁热吃。"小辈们若是想省着点留给爷爷吃，他便会不高兴："笨虫，这么好吃的东西。"

小时候过端午，除了自家包的粽子外，还会有亲戚邻居来分粽子。按风俗习惯，新娘子第一次去亲戚家做客人，亲戚家过几天就要送一篮粽子来，新娘子就给每家分两只粽子。于是一到端午，家里桌上总会有一小堆分来的粽子。

当然，那些粽子我不吃，我只稀奇那些新娘子。我背熟的童谣里有这么一首"新娘子，摆架子，吃只冷粽子，拉了一裤子，跑到毛豆蔓里换裤子"。我当时不懂其意，以为新娘子吃粽子都会拉裤子，于是我盯着村里的新娘子，想看她们跑到毛豆蔓里的模样，只是可惜一直没有看到。

五月榴花妖艳烘，绿杨带雨垂垂重，五色新丝缠角粽。端午节的气候很是惬意，还有樱桃桑葚正熟，是个好时节。虽说端午是为了纪念屈原，但对我来说，只是纪念我爷爷奶奶的日子罢了。即便现在有了五芳斋，粽子也有了更多种类的馅，蛋黄的、火腿的，但我一概不喜欢。我只怀念曾经奶奶裹的豆沙馅、红枣馅粽子，还有那肥肥的被我偷偷拿去喂了狗的猪油。

现在我依然可以清晰地回忆起奶奶将艾草、菖蒲、榕树枝等用红纸绑成一束，然后或插或悬在门上。奶奶说："端午节，天气热。五毒醒，不安宁。"奶奶说："把这挂上了，蛇虫八角就不会来咬囡囡啦。"

我的女儿出生了，长大了，爷爷奶奶也逐渐老去，于是过节的诸事便落在了我妈身上。我妈要在厂里、田里忙碌，做的美食自然没有奶奶那么精致，但我妈一样重视每一个节日。

女儿小的时候，我妈总记得在端午时给她做一套黄色的衣衫，在

世间总有扑面而来的烟火气

她额头小心写个"王"字。看着瘦瘦小小的闺女穿着一套黄得耀眼的衣衫，额头的王字也炫目得很，我忍不住笑："妈，看你把她整得像猴王。"我妈也笑："不管像啥，只要驱了蛇虫让我家宝贝健康就行。"

再大一些，我妈就只给她穿黄衣衫不写"王"字了，再后来，黄衣衫也被女儿拒绝，于是我妈的心思又落在了"吃"上。

前些年过端午，我妈也张罗采粽叶，浸泡糯米。只是我们都不喜欢吃甜的粽子了，我妈包的粽子从最初的酱油粽到肉粽，条件慢慢转好，我妈在里面嵌的那块肉也越来越大了。再后来，我妈就不包粽子了，因为单位里总有粽子发，不吃也会坏掉。

但不包粽子的端午节还是端午节，江浙一带有端午节吃"五黄"的习俗。五黄指黄瓜、黄鱼、黄鳝、咸鸭蛋黄、雄黄酒。黄瓜家里有种，当日采摘就成，我妈早早就张罗的是腌咸鸭蛋，说"自家腌的放心"，还去抓黄鳝的邻居家预订了好几斤野生的黄鳝。端午一早起来我妈就直奔菜场选购黄鱼，节俭的我妈在这个时候一点也不节俭，总选大个的买。我妈说："怕小鱼的刺会鲠着孩子。"

我吃醋："妈，你对孙女永远比对我好呢！"我爸笑："你吃哪门子醋，那爷爷奶奶还不是疼你比疼我多啊？"

"粽子香，香厨房。艾叶香，香满堂。桃枝插在大门上，出门一望麦儿黄。这儿端阳，那儿端阳，处处都端阳。"

又到端午，想起有一年此时单位里组织裹粽子，我也去凑热闹。现在的人一般包的是"枕头粽"，而我却娴熟地包了几个"三角粽"，惊得食堂阿姨半天说不出话来。

我说："我包的不是粽子，是爱的延续。"

那一抹回味无穷的甜

于我，年的味道是一抹甜。

腊月一过，空气中就开始充溢着各种甜。换糖的货郎挑着装满梨膏糖的担子，悠长地呼唤："鸡毛鸭毛鹅毛哩。"糖的甜味从货担上"故作镇定"地飘散出来，诱惑着我们直流口水。如果不能明着拿鸡毛鸭毛之类的去交换，那就偷偷避开父母的耳目，把半旧的套鞋球鞋都拿去换。敲糖的叮叮当当声，是年前最美妙的音乐，甜得足够抵挡接下来父母的一顿责骂。

等到满帘子晒着的红薯慢慢变得透明，里里外外透着原始的薯甜，父母便逮闲起一油锅，舀一勺半透明的红薯往锅里一丢，哧啦哧啦，顿时满屋子热烈的香，闹腾得仿佛要掀翻屋顶。细细辨别，浓香中掺着缕缕甜，腻得直粘住我们的鞋，让我们围着灶台团团转。

有时在仓库门前摆上一个大石臼，几户人家合着打年糕，男人们你一槌我一槌地轮流往石臼里使劲，女人们架着硬柴烧火。我们热锅上的蚂蚁般来回踱步，等到年糕终于从一团烟雾中出锅，有的大人便会在冷水里浸一下手掌，快速拧下一块年糕头给我们。糯米做的年糕，带着一股清新的香甜，若是有白糖蘸着吃，那更是人间至美。每出一锅年糕都忍不住伸手接一块吃，直至吃得喉咙粘住，好几顿吃不下饭为止。

但我总是更热爱村里转角处的那一声"砰"，以及随之而来的那抹

185

甜。这抹甜与货担上的甜不同，这是肆无忌惮的甜，毫不含蓄，直侵入我们的每一个馋细胞。于是无论在哪一个角落，我们都可以循声而去，觅甜而去。

做爆米花的总是一个瘦小的老头儿，戴着一顶脏兮兮的黑帽子，他站起身，把爆米机的一端从架子上移到地上，用脚踩着并威严地大喝一声"躲开"，接着便是巨响亮的"砰"的一声，小伙伴们都捂着耳朵逃得老远，但终究还是忍不住，烟雾还没散去，就一个个又惊奇地围了过来。

咦，明明是大米，被这个黑瘦的老人放进一个黑罐子，放在火上摇啊摇，然后用脚一踩，再哗哗地倒出来，就全是白白的饱满的"小胖子"了。我们无比崇拜，那鞭炮一般的"砰"声，在我们听来，更像是解放军手里的手榴弹声一样。

耐不住的小伙伴已经狂奔回家，拎了一小袋米，再包一小撮糖精，又狂奔而来，上气不接下气地喊："爆！米！花！"

待用塑料袋接满爆米花，再也按捺不住狂跳的心，尽最大可能地张开手掌，抓起满满的爆米花往嘴里塞，发出响亮的嘎吱嘎吱声，引得直瞪瞪看着的小伙伴口水流得更长了。

我妈在过年的时候总是很慷慨，拎小半袋大米去换了很大一袋爆米花，趁松脆脆的时候由着我们吃。那些日子兜里满得走路都要小心翼翼，走路吃、做作业吃，当然睡前还得装满一嘴巴。还留下一些，我妈里三层外三层地用塑料袋扎起来，等着新年到来。

等亲戚来拜年了，我不用我妈嘱咐，就乖乖地拿起老早洗干净的杯子，放一点红糖，倒上开水搅匀，打开层层包裹的爆米花，用小小的手掌握起小小的一把爆米花，万分心疼地洒在红糖水里，小心翼翼地端到客人面前。客人总是会拦着说，不要泡了不要泡了，但又总是在接过去的第一时间喝上那么甜甜的一小口。我嫉妒地看着客人们滚动的喉结，多么希望自己可以成为这样的客人。

那个时间段，没有心思出门玩，注意力都集中在客人的糖水杯里。

有些客人，轻轻嘬一口以后就放在桌子上，不再喝了。

我耳朵一直竖着，等着我妈喊"请客人吃饭了"，便雀跃而又热情地往回撤糖水杯。撤糖水杯的路上，是最甜蜜的，我头一仰，把右手的糖水爆米花倒进嘴里，再一仰头，把左手的糖水爆米花倒进嘴里。很多时候倒得太猛，嘴巴没接住，糖水流到衣服上，又滴到地上，于是嘴巴是甜的，衣服是甜的，路也是甜的。

也有几个不懂事的客人，嘴里说着不要泡，却喝得一滴水也不剩，还有带孩子的客人，客人自己没喝，带来的孩子却把两杯都喝完，还用手指头把每一颗已经瘪了的爆米花都捞进了嘴巴。

我急吼吼地跟我妈提意见："这么好吃的东西，以后不要拿出来招待客人行不？"我妈嗔怪地说："真是孩子气，这是迎宾茶，祝福客人们一年到头甜甜蜜蜜呢。"

上高中的时候，宿舍里有位女生，春天的时候她每周都会带一小袋子爆米花来学校。那些年物质远没有如今这般丰富，而身体却没有因为缺乏食物而停止疯长，每晚夜自习结束，我都会觉得很饥饿，于是嗅觉也特别敏锐。窸窸窣窣声后，我又清晰地嗅到缕缕爆米花的香甜。她抓了一把放进自己的水杯，悄悄又抓一把放入我的水杯，或者是直接抓一把伸到我的嘴边，朝我莞尔一笑，示意我吃掉它。

对城里人的羡慕大约就是从那时候开始的，觉得只有城里人才会把那抹过年时的甜一直延续到春天甚至更久。真的，很多年以后，我在城里的某一条街道上遇见她，即便是晚夏，我依然真切地又呼吸到了这样香甜的空气，那一抹回味无穷的甜肆意地游走在我的记忆里我的唇齿间。

187

初秋登高阳山

我是很容易接过人家抛来的诱惑的。譬如冬冬跟我说："我最近要去爬高阳山。"我就马上接嘴："我也要去。"

"什么时候呢？"冬冬说："就后天。"

在这之前的很多年，总在朋友圈看到去往高阳山之路：曲折蜿蜒的山路，林子密实得太阳也照不进来，因而小径总给人以幽深之感。也看过朋友圈里的人到达顶峰，在山头拍照。远眺而去的彼端，山峦与云端连接在一处，忽明忽暗。

但我只是看看，羡慕着矫健的步伐，却从未尝试着去征服。

初夏的时候，双子约我爬高阳山，并赋予此行主题：寻访一棵老茶树。但我彼时急于寻找那棵老茶树，邀请当地茶农直接开车到南木山，由南木山再往上行，听着鸟的啾啾声，两脚便到了山顶，爬山的感觉并没有被拎出来。爬山么，自然是要翻山越岭的。

初秋的高阳山，会是如何的呢？

闹钟把我从温柔的梦里催醒，我赤着脚去拉窗帘，原来凌晨5点的天还是黑的。一只鹅被我惊扰到，不情不愿地抻着脖子叫唤出晨间的微光。

匆匆洗漱，直奔南北湖的北门，冬冬已在等着我们，一身的专业装备让人眼前一亮。我沾着露珠的晶莹喊："我也要买这个包这个鞋，还有这个水壶。"冬冬笑："等你爬到半山我给你链接。"

从北门入，绕过南山马会，把车沿路停在山脚。路边已零星停着几辆车，居然有人比我们还早上山。

前面一段路还算平坦，一行人说说笑笑，颇为自得。冬冬的先生阿蔡是个有趣的人，一边喊着昨夜醉酒未醒，一边却轻盈地奔跑，如同一只常年生活在树林里的松鼠。他得意地问我："你晓得这是什么？这就是传说中的跑山。"然而没得意多久，他便被冬冬呵斥："能不能闭上嘴巴，用眼睛好好欣赏沿途的风景？"

山里的风景是静谧的，大约是太早，连啾啾的鸟鸣声也没有。树是安静的，有些树盘根错节，不知道在这山里静卧了几百年。

很久没有嗅到凌晨的空气了，真的是香甜的。花草的清爽和一夜沉淀后的纯净糅合在一起，就这么轻轻地迎面拂来，让人滋生出一种说不出的轻松与喜悦。

再往前是北木山，山路开始陡峭，我也开始气喘吁吁。北木山曾经是个村庄，现在还留着几户空房子，保持着原来的样子。我曾在溆浦读高中，每年参加运动会，都得先打探好南木山、北木山的同学报的是哪几个项目。反正有他们在的田径赛里，别人拿奖牌的概率几乎是零。

我也对山里人的生活好奇过，因而在节假日跟着北木山的同学来住宿过。然而时隔多年，记忆已经渐渐模糊，我甚至想不起当时住的是哪一家，只有淙淙的泉水声，还滞留在记忆深处。

冬冬体谅我是偶尔爬山，选择了仅从尚书坟那边绕个圈子的路，说再翻过谭仙岭，沿南木山方向走即可抵达终点高阳山。

去尚书坟有一段路其实不能称为"路"，没有台阶没有石板，完全是"走的人多了就成了路"，且是陡坡状。这就不太好爬了，每跨一步前腿都得抬到一定高度，身体用力向上倾斜。因而没爬多少路，腿肚子已经开始打战了，顺势从路边折了根稍稍粗一些的树干当作拐杖，亦步亦趋地跟在大家后面继续往前而行。

到达谭仙岭，大伙没有歇息。继续沿着南木山往高阳山方向探索。

这一段路依然不好攀爬，再三尝试以后，我终究还是觉得已经达

世间总有扑面而来的烟火气

到身体的极限，于是诚挚申请留在原地，等他们返回时再带上我一起。但他们大约看我这些年日渐"肥沃"，一点也不怜香惜玉，集体鼓动我继续往上攀登。说横穿过这座南木山，便是我翻山越岭的目的地。

阿蔡依旧在奔跑。他劝慰我："当你爬不动的时候，往身后看看，就会觉得自己超级厉害。"我闻言，立刻往后回望，虽不是崇山峻岭，也觉得这么弯曲的羊肠山路都被我爬过来了，自己很值得崇敬。再极目远眺，便觉得还可以再坚持一会儿。

其实我也是爬过山的，譬如黄山，譬如泰山。去泰山的时候也是初秋，爬到一半多的时候，石阶好像变高了，每抬腿跨一步都是艰难的。望望前面，还有陡直的十八盘，腿颤抖得无法控制，灌下去的两瓶水，像是直接灌到小腿里，重得再不能移动。便顾不得形象，一屁股坐在石阶上，心里充满了绝望。山下往上爬的人依然络绎不绝，有年轻力壮的，也有羸弱的老人孩子，每一个人都在很努力地往上攀爬。山路盘旋起伏，我已经望不见我出发的地方，但我终还晓得我是从哪里来的，于是前路可期。

通向高阳山的山径依然很安静，树叶轻飘飘地从树上挣脱了下来，又一路摇摇晃晃，直到匍匐在地上，它比春的颜色浓酽，又比夏的味道丰厚。还可以捡到很多松子，在石阶的边缘，我弯腰拾起一颗，竟是似曾相识，忽然想起一个绝美的句子：为了与你相遇，我等了一千年。万物皆有灵性，我用衣襟把它擦干净，放入背包。

冬冬则自始至终都在最前面领路，到陡坡的时候她停下来等我们，路平坦的时候她不停往前跑，步伐轻松自如。同样是女子，我很是羞愧，我从不肯为一件事情执着付出，而冬冬却一直在坚持她的热爱，并在热爱中找到了生活的美好。

高阳山在海宁、海盐交界处，主峰高二百五十一点六米，是嘉兴市域内最高峰。专业人士告诉我，此山由上侏罗纪黄尖组凝灰岩、流纹岩组成，而我却以为，它是由毅力、坚忍和汗水浇筑成的。

摘下帽子，我大口喘着气，身上的红短袖已被汗水浸透，背部居然还很巧妙地形成个爱心状。冬冬笑着问我，还要装备的链接吗？我连连摆手，如此山径曲折、峻石林立，我觉得我必定是没有勇气再这么爬一遍了。

站在山崖边的岩石上远眺，南边正是黄沙坞，那里四面环山，冬暖夏凉，满山坡的橘子正在慢慢变黄，清甜的香味从不远处飘来，我猜若此时去黄沙坞，定是清香满谷的。但我不敢尝试再从黄沙坞走，甚至不敢提议，轻悄悄地拍了些一览众山小的照片，无限满足地原路返回。

下山的路比上山显然要容易走些，跑步上山的人也多了起来。一对年轻的情侣带着一只可爱的小狗狗也跑步上来了，在山谷里雀跃的样子，像一双可爱的精灵。我停在路边，等这幅非常动感的画面先移动过去，到他们消失在转弯处，我还在不停扭过头去看，并倾听脚步快节奏地踩在山路上发出的"簌簌"声。阿蔡于是又开始做蔡老师了："你看人家专业的跑山姿势，你再看看人家这身材，羡慕嫉妒了吧？"

我羡慕，但不嫉妒，自己做不到的事情，只好眼睁睁地瞅着人家不断超越了。

路边有小径通向鹰窠顶。那是学生时代春游必到的地方：从山下一路爬到云岫庵，稍息片刻沿着云岫庵南边的山径再往上爬，仿若不到鹰窠顶就不算到南北湖。在那里可以观赏天下奇观"日月并升"，可惜我依旧只知其名，从未起早看过这神奇的景观。据说鹰窠顶是因山上多鹰巢而得名，不过我也从未在那里遇见过老鹰，只是无数次在"日月并升天下奇""海天一色"等摩崖石刻下拍照表示"到此一游"罢了。

我甚至忘记和谁来爬过鹰窠顶了，或许是太多人。只有一路的笑声还留在那里，简单而欢愉，只需稍稍走近便可以轻轻触摸到。

冬冬和阿蔡的小日子摇曳生姿，他们在相爱相杀中成长。譬如此刻，因为阿蔡嫌弃冬冬跑步的姿势不美丽，冬冬便径自加速奔跑了。她用了漂亮的"Z"字形路径，轻盈得像只翩然的蝴蝶。

我转头看看爬过的山，忽然又起了念头。

于是追着喊："冬冬把鞋子的链接发我！"

苏州慢，平江水绿

想去平江路已经很久了。

其实一直向往这么个地方：小巷、小河、小桥、青石铺的小路，复古的店铺里四季有旗袍卖，临街的铺子里做着热气腾腾的美食，有香糯糯的糕点、甜津津的豆干。

生活的节奏在这里被放慢，说话可以慢半拍，走路可以慢半步，思想可以远远被抛在脑后。这是多么可心安然的事儿。

在初夏的季节里，行人三三两两地适时出现。素色的格子旗袍，鞋跟轻微而有节奏地敲打着石板路，头发或盘或散，随心即可。在午后寻一处咖位，喝着咖啡望着行人发呆，当然也可以带本书，即便半天翻一页也是顶美好的。

于是，在某天我发现了平江路，那是我梦里可以蛰居的地儿。

喜欢一个地方总是没来由的，譬如我喜欢苏州。无论是苏州轻柔的语调，略甜的菜式，还是春莺般的评弹——总之我一概不推让，通通欢喜。

第一次到苏州，还是在读初三的时候。那天，我们班全体师生在久盼的周末，骑着自行车，打着快乐的铃声一路欢歌骑到天宁寺的轮船码头，慢悠悠地坐了一晚上的船。凌晨抵达苏州拙政园的时候，我们个个还是晃来晃去的。回来把相机里的底片印出来一看，尽是"缺胳膊少腿"的，但是没有关系，欢乐已经占据了我们的全部，想起来就满心欢喜。

后来也去过很多次苏州，逛过观前街，吃过得月楼的蜜汁火方和枣泥拉糕，听过千回百转的评弹。可惜每次都匆匆，意犹未尽。

平江路就在苏州，古名"十泉里"，源于该路有古井十口，在1834年版的《吴门表隐》中有述。而宋朝时称苏州为"平江"，因大江大河的水流至此渐平，亦故曰"平江顺水"。那么因此渊源，作为一条有着两千五百年历史的老街，平江路必定延续了唐宋的城坊格局，亦浓缩了苏州古城的特色，欣欣然之余，更向往之。

我希冀自己可以在雨季时抵达平江路，雨水把小巷冲刷得干干净净，每一口呼吸都没有尘埃夹杂，青石板路清亮得可以照见人影。也可以是小雨的时候，天蒙蒙的，发丝上、睫毛上，有着淡淡的白雾，微凉，却不冷。

可是在无数遍的想象后，我依然没有再来苏州，也未曾到过平江路。

我的高中同学阿陆早已安家苏州，她身材纤柔，长发及腰，言语轻缓悦耳，笑起来挟裹着几分羞涩，岁月拂过我们每一个人，却独独忘了她。大约是她生活在苏州的缘故，每次我见过阿陆，都会如此偷偷揣测。我们亦曾相约，待到桃红柳绿时，一起去平江路拍旗袍照，在满帘春意中留住所剩无几的婀娜与即将逝去的韶华。可惜春风吹过几度，我们依旧未能履约。中年妇女总是更容易沦陷在生活的鸡零狗碎中。

因此，当这一天来临，当我的双脚踏在平江路上时，我竟有些蒙：我是真的到了苏州，到了平江路？

位于苏州东北隅的平江路，从南边的干将路延伸到北端的东北街，细数有十七座桥，桥的两端是逶迤的小巷，河水成了古巷的筋脉。

因为有了河，古街波光粼粼，犹如在水面上荡漾。

因为有了巷，各处的老宅与故居充溢着历史的沉淀感。

姑苏温文尔雅的气韵浓浓淡淡地散发在空气里，每呼吸一口都能

世间总有扑面而来的烟火气

品读到文化的气息。

即便是迟到的踏足，即便未及雨季，我们依旧沉醉其中。熙熙攘攘的人群随着夜的深厚而逐渐退出，此刻漫步其中，可以听见悠悠的评弹声、昆曲音散落在或深或浅的巷子里，雾色轻柔，时光温柔。

平江路有很多条小巷，其中一巷种着丁香树。不禁想起戴望舒的诗《雨巷》，仿佛看到一个丁香般的女孩，正从巷的另一端袅袅而来。当然丁香巷还有个烈士白丁香的故事，但我内心更希望，充满苏式生活气息的小巷里，只有平缓的爱情，以及触手可及的春暖花开。

巷子里的民宅都是老式的，我们订的民宿里有窄窄的楼梯，木质的窗棂，转角的平台处，置着一个茶桌两张木椅，阳光透过头顶的玻璃照进来，闪烁着点点光芒。远眺，满目白墙青瓦，木栅花窗，民宅的外墙大都已斑斑驳驳，写满了陈年旧事。小巷的主人们将旧墙剥落处清扫干净，让藤萝蔓草在缝隙之间摇曳而出，一种充满蛊惑的美油然而生，让人想起身着旗袍的窈窕女子，即便布衣荆钗，依旧性感得让人窒息。

喜欢苏州的缘由里自然还有其蕴含着的让人心动的美食。

我提议来平江路的时候，女儿贝贝觉得没意思，嘟囔着想去湖州云上草原滑雪，但终于还是先满足了老母亲的夙愿。她和她的小表妹嘀嘀咕咕，定好平江路上的一整幢民宿，曰："出门便是平江路，地上有石板，路边有美食。"

果然，平江路从头到尾都是街边美食铺，煎、炸的嗞啦声此起彼伏，烟火气从每家店里迫不及待地卷了出来。有家极不起眼的店铺前，队伍竟排了有三丈远，店内烟雾腾腾，香气四溢，走近一看，原来是在卖桂花糕。我对糕点的诱惑总是毫无抵抗力，耐不住也想排队，贝贝却不由分说地拉着我往前走："已探店，前方有惊喜。"

往南走了几步，便遇见"茶色烟雨"了。贝贝瞬时兴高采烈地蹦跳开了，待回头再来找我的时候，手里多了两个大竹筒，她把其中一个递给我："给你点的碧螺春。"那到底是茶，还是奶茶？我疑惑地伸手去接，她却又迅速缩回去，猛吸一大口，再鼓着腮帮子心满意足地说：

"你会喜欢的。"

白色的奶油伏在奶茶上面，映着竹筒的绿意，在冬日的夜里格外赏心悦目。轻轻一吸，碧螺春的独特清香便留在了唇齿间，夹杂着奶油的甜，清爽而纯粹，亦有把春天与秋天糅杂在一起的层次与丰富感。

沿街一溜生意火爆的苏州餐馆，餐馆内座无虚席，门口还排着等待就餐的长队，但仿佛到了苏州，心情都更柔和一些，等待的人们不急不躁，轻轻又怯怯。

我们的晚饭提早订在"苏外婆"，光听名字就很"苏菜帮"。打开菜单不假思索地点：松鼠鳜鱼、碧螺虾仁、蟹黄豆腐、糖醋排骨……嗯，每一道菜都蕴藏着当地的饮食文化，将古老的饮食故事交融在其中，自然不乏别具一番香甜的风味。

于我而言，最早的苏州美食印象却是"津津豆腐干"，小盒的包装，用小竹签轻轻挑起一块豆干入口，卤汁丰厚，鲜甜可口，含在嘴里久久不舍得吞咽下去。后来津津豆腐干进了各大超市，有五颜六色的包装，我依旧喜欢最初的那个卤汁口味，蓝色包装。那是我童年时吃过的最好吃的零食。

苏外婆的对面是一家面馆，名"苏面斋"，门庭若市，热闹非凡。于是一行人吃着上顿惦记着下顿，集体决定：明儿中午吃面。

此时窗外隐隐的丝竹之声，正悠扬入耳。

一条平江路，半座姑苏城。长条石静卧在脚下，平添几分幽静古朴的生活气息，安静、祥和，与一巷之隔的观前街的喧哗鼎沸俨然两个世界。

在这里，市井生活与清修别院互为表里，人间烟火与清雅高远纹理一致，这大约便是"大隐隐于市"的最美诠释。

平江河水缓缓流过，氤氲着即将到来的盎然春意。

我们沿河而出，寻得"蟹粉世家"，慢悠悠吃着蟹粉面，品着醉蟹，心已被苏州牢牢锁住，无奈归期已定，只好嘟哝：

苏州慢，平江水绿。

世间总有扑面而来的烟火气

古镇吃酒去

太阳微微西斜的时候，一行三人已站在新市古镇"西有一涧"门口的青石板路上，还有一拨人马则从嘉兴出发，正大声吆喝着他们的座驾，即将在川流不息的队伍中脱颖而出，与我们会合。

民宿的老板是个俊美的男子，虽然戴着口罩，但没能遮住眼中闪烁的光芒。他领我们两位女士去弄堂南临河的房间入住，并悄悄地告诉我们：这是民宿里最开敞的一间，是专门留给美女的。我们听得心花怒放，信以为真地在镜子前流连了许久，才在叶老师的催促下依依不舍地下楼去。

出门往东，并无目的。青石板路、弄堂、流水，以及三三两两的行人，古镇的清雅扑面而来。叶老师不小心说漏嘴："上次来的时候有座桥，名广福，桥那端才是热闹的夜市，是人间美好。"

但我们并没有找到那座桥，江南水乡，小桥跟擦肩而过的人一样多，却没有一座桥叫"广福"。叶老师不死心，逮着行人就询问，他把眉毛和嘴巴都弯起来，摆出和善的样子想引诱人说出实情，然而却总是"好运气"地遇见新居民，他们要么肩膀一耸手一摊做出茫然的样子，要么叽里呱啦说着我们无法辨别的家乡话。

踱到一处老店，有位妇人在全神贯注地量衣，举手投足尽显高雅。闲聊几句，妇人说她因年岁渐长精力不济，不开张营业，只是自己喜欢，这个铺子是给自己做衣裳的。这真是太令人羡慕了，人生做到"因

196

为喜欢"该有多不易呀，犹如小时候，因为喜欢吃零食，最甜美的梦想就是长大开个小杂铺，瓜子糖果可以一把把抓了藏裤兜里。

她知道我们寻路，客气地走到店铺外，给我们指了方向。然而天色已渐黑，另一路人马也已顺利到达客栈，我们便走回了来时的路。

我们端坐在民宿大厅的长条桌边准备把酒言欢，天色欲黑未黑。

酒是个奇怪的存在，有时候对它深恶痛绝，觉得一口都不想多抿，有时候偏偏又觉得非它不可，什么也不可替代。于是在菜肴没有上桌之前，眼前已经有了一桶米酒、一坛黄酒和一瓶红酒。

茶糕倒是先上了，类似元通"安安家"的尺糕，一口咬下去，又比尺糕的感觉更肥沃一些。那么就先配米酒，初酿的米酒是小时候的味道，沉淀不足甜味有余，嘴巴轻轻一沾便觉糯软软甜腻腻的，仿若有千万细丝被绵柔地拉扯了起来，纺丝一般。

菜也陆续上了。叶老师在细节的安排上总让你服帖得五体投地，除了当地特色菜肴花边煲、羊肉，他还自带了硕大的大闸蟹。那么要换黄酒了，黄酒之于大闸蟹，犹如醋之于生煎包子，缺了哪样都是不完整的。手工酿造的"沈荡黄酒"在瞬间氤氲，在酒杯里橙黄通透，仿佛从中可以看清尘世间的繁杂，又温情绵柔得让人不敢贪杯，以防在不经意间失了态。

"花边煲"便是甲鱼。在我们的皮箱轮子噔噔噔行在青石板路上的时候，厨师就掐着时间开始下锅，如今恰是炉火正好，酥而不烂，在锅里绚丽地开放着，轻夹一筷，口感丰富，余香缭绕。于是忽然很想再去跑一趟，哪怕单单为着这锅花边，也是极值得的。

天慢慢暗了下来，室内的灯便显得更加温厚了。于灯下，心意相通的五人一起，握着酒杯，从天上说到人间，天南海北，快意人生。美中不足的是终未到微醺的境界，大约是眷恋着窗外的什么，也或许是笑意把酒融于心间了。不过都没有关系，某建筑师说过："人生之美就在于'让人愉悦的遗憾'。"

夜色却是浓郁了，我们暂别酒杯起身寻访老街的夜。这次顺利地

世间总有扑面而来的烟火气

找到了广福桥。过了桥，是夜市。

新市的夜和乌镇差不多，小桥流水，灯火闪烁。长长的檐下，外侧一溜的红灯笼，红灯笼在古镇和夜色里，是必不可少的，它平添了这么一缕古色，又增添了一份暧昧。转头看身边的男男女女，果然也都罩了一层意味深长。

与其他古镇不同的是，这里显然更为沉稳，游客不算熙攘，且都挟裹一份淡然与闲逸，鲜见步履匆匆的行人。路边的糕点冒着原始而质朴的气息，让人忍不住驻足逗留。也有几家让年轻人喜欢的店，灯光与装饰都成功吸引着亮晶晶的目光。

斑斓的店铺之间，也有几户原居民没有将临街的房子出租，我们悄悄探头去看，八仙桌、旧竹椅，老人们不紧不慢地吃着饭，以刻满时间痕迹的静默来映衬屋外的喧闹。

作为咖啡爱好者，我们迫不及待地先寻到了"新咖啡"和"企鹅咖啡"，并选择了新咖啡入座。咖啡店是快餐式的，适合边走边游的年轻人，可以在某个石阶上坐下，喝一口咖啡，再相视一笑，因而咖啡都以纸杯包装。店内少有的桌椅也是当下流行的黑白岩板，这就很让我这样的"老讲究"觉得遗憾。我觉得既是喝咖啡，那便要美式藏蓝色皮沙发，在这秋夜里铺上薄薄的一层毯子，杯子也得是蓝色陶瓷的，或者干脆是珐琅杯，配上金色的小勺，还须有三角形的香草蛋糕。这般潦草地喝几口咖啡，像喝速溶的，话题便也匆匆。

我们追问叶老师："上次没有带美女来喝咖啡吧？"叶老师笑眯眯地抬起头，不说话，又微微笑了一下，说："换地方？"

喝茶叶老师是轻车熟路的，他带我们漫步到沿河的一家"言磨时光"。听这店名，必定也是有咖啡的，但我们都不敢再尝试，实实在在地点了一壶香浓的金骏眉，配上水果瓜子，风不急不躁，似有似无地拂了过来，河水便也微微地荡漾起来。如此这般，就着迷离的霓虹灯嗞啦喝上一大口茶水。妥了。

在谈过若干话题之后，大伙的悬疑话题又卷土重来："上次，叶老师是带谁来的新市古镇呢？"

叶老师呷了一口茶，在唇间逗留片刻再慢慢咽下，满脸喝了美酒般地满足，然后神秘地俯着身子靠近众人，说："和谁来的呀？你们自己猜，哈哈！"这些年叶老师的功力越发见长，他说笑话的时候，自己一点笑意也没有。他乐呵呵讲话的时候，又情真意切。这男人一过知天命之年，便越发深邃，如一坛深不可测的老酒，想要一探究竟，还得先揣摩一下自己的底，会不会被淹没。

于是继续天南海北，胡侃一通。直到茶色已淡，行人渐少。抬腕一看，竟已近深夜。大家相视而笑，悄悄然惦念起暂留民宿桌面的那瓶红酒来。

我喜欢黑夜里的一切光亮，犹如此刻，民宿的灯光温和地为我们留着一缕暖。去古镇，自然得住民宿，它亦有宾馆所不及的温润与包容。木楼梯咯吱咯吱地响着，窗棂外的秋意正顺着杨柳轻轻地坠了下来，以柔情抚摸着岁月。

民宿老板依然在等着我们，他洞察了我们的心意，笑问是否要热菜温酒。但闻听大厅隔壁的房间已有游人入住，大家便遏制住了那颗觊觎红酒的心，意犹未尽地回了房间。

却忽然有了微醺的迷离，不晓得是酒还是茶，抑或是咖啡的缘故。

醒来天气明媚，弄堂对面的两扇小木窗已经打开，露出熟悉的脸和熟悉的笑。沉吟片刻，涌起"他乡遇故知"的喜悦。昨晚互道的"晚安"，因了在陌生的地方第二日还可以一眼认出对方，犹显珍贵。

叶老师早已经下楼，挥舞着手臂喊我们下去看白日里的古镇。秋日阳光总是如此透明澄静，水亮水亮地在天地间流淌，白墙黑瓦深深浅浅的弄堂蜿蜒着，堤坝、河岸、码头，正是好时光。

据说新市有二十座桥，每座桥都有它的故事，但我们依旧很执着地找到了广福桥，并再次跨了过去，在南市明清水街寻找昨夜的印记，不晓得昨夜的朦胧醉倒了多少寻访而来的游客。

白天的新市古镇褪去了妆容，由绚丽的舞台转入了生活的本真，斑驳的墙面是它的另一种独特风韵，刻画着悠远的故事。在长长的廊檐下，我们居然还看到了"钱宅"两字，不会与溇浦的钱氏有交集吧？一查询，果然亦是吴越王钱镠后裔在新市的主要聚居地，店家指着沿岸长长的一排两千余平方米的清晚期建筑介绍："这些都曾是钱宅。"瞧，新市与溇浦的缘分竟就这样突然而来。

我们又坐下来开始喝茶聊天，像田间的昆虫，唧唧说着别人听不懂的密语，时而会心一笑，又陷入心领意会的沉静。身边微微流动的是京杭大运河的分支，它看多了尘世间的欢喜与忧伤，也遍尝了河边轻轻淌入的茶和酒，沧桑里渗透出一派荣辱不惊的江南范儿来。

梅花糕和茶糕的香味循迹而来，远远望去是热气腾腾的烟火与生活，时光挂在檐下，如风铃一般叮叮当当地响起来，让你不由去追随远去的旧时光，寻味那些车马很慢的岁月里，彼此靠近又走远的人和事。

叶老师依旧不肯说是带谁来过新市，继续眉眼弯弯地打岔："吃酒吗？"我们都笑，没有故事的酒就暂且尘封吧，留一份期待到下次。

千年前，南宋诗人杨万里曾以诗《宿新市徐公店》描写过新市人枕河的恬淡生活，感慨这个古镇是如此温和安静。只是不晓得，当年诗人吃的又是哪一壶酒，是否也如我们，吃的其实只是一份情愫。

而我们历经一夜的浸润与沉淀，仿佛也通透了些许。

如此，此行便是"人间值得"了。

乘着火车追逐哈尔滨的雪

闺女有个美好的梦想:乘着火车追逐哈尔滨的雪,搭着轮船寻找台北湾的鱼。梦想如此美丽,就让我们一件一件来实现。

一

偷得几日闲,两人于深夜跌跌撞撞爬上去往哈尔滨的火车,还是绿皮的。车厢里熙熙攘攘,闺女爬上中铺,大呼小叫地嚷:"火车是改建过了吗?我记得小时候的铺不是这样小的呀!"邻铺有年轻男人淡定地回答她:"那是因为你长大了。"

大家发出一阵善意的笑,简单洗漱,倒也能入眠。

第二天醒来,天色已亮,火车正停在一站台。仔细一看,天津站。

莫名有点小兴奋,赶紧披了外衣,泡上加了火腿肠的方便面。其实平时不爱吃方便面,但觉着坐了火车,是必须要这样吃的,标配一般。于是坐在靠窗的椅子上,听着哐当哐当的声音,看着窗外的景色不断挤过来,又迅速退开去。呼啦呼啦,很响亮地把一碗面瞬间消灭掉了。

唐山—秦皇岛—山海关……跟着地图一路向北,"百度"着与此有关的历史故事。我路过了唐山大地震遗址,亦瞅见了李自成与吴三桂曾激战的地方……窗外的景致慢慢地平淡了下来,大片大片的空地,成卷成卷的麦秸。对,麦秸被卷得整整齐齐的,像寿司,也像肯德基的鸡肉卷。这么想着，又饿了。

火车总是容易让人感到饥饿，然后就会渴望列车员推着装满零食的车过来，听他们面无表情地呼喊："香肠泡面矿泉水。"不知道这个旋律是不是培训过，多少年来都是一个基调，就像小时候听见的"鸡毛鹅毛鸭毛"的呼唤声一样，推车上的东西也是千篇一律的，偶然会增添某地的特产。我其实并不买，即使很想吃点什么。

站台没有了想象中的热闹，没有卖报的人，没有挑着箩筐卖水果的商贩，也没有电视里依依惜别的场景，只有两个孤单单的报亭大小的小摊，卖点瓜子花生鸡腿等依然大同小异的东西。但我依旧乐此不疲，每个站台都会下车，门口的列车员已经认识我，朝我笑："遛遛去？"我也笑："遛遛去！"

终于，一直埋头看书、装着孤傲模样的闺女按捺不住，到锦州站台的时候跟我下了车。虽然乘着火车追逐哈尔滨的雪是她提议的，但她却因为狭小的床铺、大口咀嚼的人群，以及袜子上散发的气味而有淡淡的失望。所以她只好窝在铺里，把太宰治的那本《惜别》一口气看了大半。

北方的风冰凉凉的，密集地从打开的门里灌了进来，我们扑进风里，凉意瞬间包裹了全身。闺女被一网袋火红的苹果吸引，询问了价格，雀跃道："在台湾，这个价格只能买到一个苹果，还没有这么大。"一大口咬进嘴里，瞬间心满意足。

火车上的乘客犹如潺潺流水，不停地有人上来，再有人下去，但大都是中老年人。偶尔看见一个年轻的小伙，拎着袋橘子上车，坐在铺边的窗口边打电话边吃橘子。一站路的工夫，电话打完了，橘子吃完了，人不见了，只剩着橘子皮在那里。我整理了他的橘子皮去丢入垃圾桶，嫉妒地感叹："年轻真好，牙口真好。"

对面上铺忽然有了动静，有位稍显年轻的男子爬下来，慢吞吞地打着哈欠去洗漱，我看时间，午后1点。忽然想起，这应该就是昨晚回答闺女"那是因为你长大了"的男子。嗯，以后打伏击战可以请他去，太能蛰伏了，居然一点声息也没有。待他一切打理妥当又爬回床铺，我抬头向他请教："哈尔滨西站到哈工大怎么走？几路公交？"他微笑："不好意思，我不是哈尔滨人，不太清楚。"待到四平，我在窗边，他下车，特地停下来跟我说："我问了，打车十多元，你们不用挤公交。"好吧，一切妥妥的。

对面中铺是个中年男子，北方人的特征很明显，爬下两阶扶梯，便迫不及待地"砰"一声跳下来，我很担心他会把火车蹦穿，然后"嗤"的一下从洞里掉下去。顷刻他泡了一桶方便面过来一屁股坐在我铺沿，一手扯开面盖，一手已经挑起一团面条放进了嘴巴，咂巴几下，嫌滋味不够，又掏出一袋榨菜，撕开口子全部倒了进去。我赶紧从窗边站起来，很客气地对他说："我跟你换位置吧，窗边会吃得舒服些。"他毫不迟疑："也好。"再挑起一筷子面，边吃边过来换了位置。

对面下铺是一位五十多岁的男子，看样子是经常出差的，转身就换上了一套舒适的睡衣，并且开始跟我有一搭没一搭地聊天。宁波人，在长春做生意，后来娶了东北老婆，就安家长春了。他说宁波真冷，所以就回东北过年了。宁波比长春冷？他笑，"等你到了哈尔滨就知道了，晚上会让你热醒"。呀，真期待在东北被热醒的夜晚。

我们这排最上铺是位六十多岁的男子。他一个人坐在较远的靠窗边的位置上一直没有挪动。快到哈尔滨时，他忽然问我："能帮我买一张去绥化的火车票吗？"他点着他大包小包的蛇皮袋解释："我带的东西太多了，你网上帮我买一张票，我就不用出站了。""'肥哈'？哪里是'肥哈'？"闺女解释："绥化，瞧你的地理课。"

我们换了准备出站的大衣、帽子、口罩，在过道里等着了。趁那段时间，男子告诉我，他已经七年没回家了。他说："父母去世以后，就再没回过家。""那其他家人呢？""都跟我出去打工了，先是江苏，后来去上海。"他说："我在面店里打工，我会做面做馒头，上海一个月可以拿到四千多元工资呢。"

这样说着，火车到站了，外面已经华灯初上，朦胧又清晰。闺女

世间总有扑面而来的烟火气

装扮得只剩下两只黑溜溜的眼睛，欢快地跳下车，融进了黑夜。哈尔滨的风，比一路上吹过的风更冷，更凛冽。我们拎着皮箱跺着脚哈着气，喊："哈尔滨，我们来啦！"

二

初到哈尔滨的时候并没有遇见雪，但不影响囷女对北方土地的好奇，她不断哈气，很得意地从嘴里呼出一股白色热浪。但手机换了很多角度也没有办法拍出这一缕仙气，她只好颓然收起手机，却依然不肯进屋，踩着地上残留的雪，发出咯吱咯吱的声音。

她的伙伴从远处奔来，摇摇晃晃，带着一丝风的气息，她的伙伴要带我们去哈工大的"黑店"吃东西。"黑店"里并没有黑暗料理，却有土豆、凉皮、饺子。各来一份，带着学生的心境。

离开"黑店"的瞬间，雪却没有预兆地纷飞了下来。这大约是北方最秀气的一场雪，飘袅的，娉婷的，又是多情的，可以在手心里逗留一会儿，不似南方的雪那么害羞含蓄，明明见它落了下来，伸手却接不住，明明落在衣襟，瞬间却已消失。囷女欢欣地喊了一声："呀！"转身与伙伴紧紧拥抱在一起。两个南方县城的孩子，在北方的雪里欢喜聚首，雪悄悄沾染了她们的帽子，又轻轻沾上她们的眉间，在路灯的照耀下闪着璀璨的光芒。路边的长椅上，瞬间积了薄薄的一层白，又仿佛是透明的，让人不忍心拂去。

流淌着《喀秋莎》乐曲的中央大街显得热情洋溢，颇有异域的风味，诱惑着人们禁不住想随之舞蹈。哈尔滨的天，蓝得让人心颤，没有一丁点的瑕疵，梧桐树叶金灿灿的，在蓝天的映照下很是耀眼。哈尔滨的建筑是一景，欧式风格与新艺术风格相融，墙体与屋顶又大都以暖色调为主，与淡雅的江南不同，哈尔滨给人的感觉更像一幅浓墨的油画。

中午大吃一顿烤肉，又迫不及待地品尝了马迭尔冰棍。在冰天雪地里吃冷饮的感觉颇好，冻得直哈白气，直跺脚，却又忍不住探出哆嗦的嘴咬下一口温度更低的冰棍。含在嘴里，牛奶的醇香，略带着一丝甜，感觉要和舌头粘在一起的瞬间它却又融化在唇齿间。冰棍是裸卖的，没有包装，整整齐齐排列在一个简单的盒子里。没有柜台，没有吆喝，但仅凭其香醇与润滑的品质我就可以判定这绝对是正宗的马迭尔冰棍。闺女的伙伴是到哈工大来交流学习的，虽然只来了短短时日，对哈尔滨的美食却已如数家珍，她说："下一站是冰糖葫芦。"

外面包裹着的真是冰，晶莹剔透，咬上去咯嘣咯嘣的，里面的山楂与橘瓣脆脆甜甜。虽然我吃过的冰糖葫芦不多，但这绝对是吃过的最好吃的冰糖葫芦，没有之一。一手举着冰糖葫芦哈哧哈哧地吃，一只手拿着餐巾纸，好随时拭去不由自主滴下来的鼻涕。忽然想到哈尔滨人冬天约会真是艰难，一边想要优雅地漫步在冰雪里，一边还得瑟瑟发抖地擦拭鼻涕。

松花江上卧着一座长长的铁路大桥，远远望去，就震惊于画面，蓝色的江水与蓝色的天空，白色的桥梁与白云，相互映衬，没有一点多余的杂质干扰，清澈得像婴孩的眼睛。

闺女说，有一档娱乐节目曾在松花江上拍摄，有几个明星走过铁路大桥。桥分为几个段落，代表一生中不同的阶段。她说："我也想去走走。"

江上扑来的风很猛烈，吹在身上感觉羽绒衣只是装饰品，吹在皮肤上可以感受到"切肤之痛"，脚下的冰厚重得犹如俄罗斯建筑的厚墙壁，摇摇晃晃走出五分之一，顾不得论证"人生阶段感悟"这样的高格调，便落荒而逃。这么走一遭，就再也没有了心思观赏斯大林街心花园，跳着脚好容易逃回中央公园，便一头扎进图书馆。

我固执地以为中央大街必定与东北抗联或者地下党有关，于是向图书管理员打听与此相关的消息，回复是可以去博物馆查找相关资料。闺女则忙着打听圣·索菲亚教堂，这回图书管理员回得很爽快："一直往前走，右拐就可以。"同时嘱咐，"要去现在去，天马上要黑了。"我抬手看表，北京时间3∶32。

世间总有扑面而来的烟火气

闺女的脚已经冻得红肿，为了保暖，脚步一刻不停地奔向圣·索菲亚教堂。第一次走近教堂，还是心怀敬畏的，尤其是圣·索菲亚教堂，典雅超俗，墙体色彩很有年代感。我们没有能进入教堂，围着它走了一圈，一群白鸽在那里散步，既不怕冷，也不怕生，悠然的姿态好像一切都了然于心。天似乎在瞬间就暗了下去，教堂顿时灯火通明，在夜里绽放着夺目的光辉，显得富丽堂皇，却又平添了一份神秘感。感觉是一个有故事的皇宫，又像是藏着神灯的古堡，于是心怀虔诚，鞠躬而退。

第二天还是过了江。江对岸有黑龙江科技大学，黑龙江科技大学里有闺女幼儿园的玩伴小汀。虽然多年未见，但小汀依然可以让我们在人群中一眼认出来，只是多了一份成熟与灵秀。我们互相拥抱，欣喜油然而生。

哈尔滨的司机都很会侃大山，逮着游客就开始滔滔不绝，从中央到地方，从景点到美食。我继续热衷地追问我的两大问题：一、东北抗联留下的踪迹还有吗？二、俄罗斯美女都在哪里？但司机回答的与其他人大致相同，东北抗联的痕迹可以去博物馆找，俄罗斯美女晚上会在酒吧出现。之前我一直幼稚地以为哈尔滨还是有浓郁的苏联色彩的，而且会有满大街喝着伏特加的俄罗斯男人或者穿着性感的俄罗斯美女。到异乡，我是不敢去酒吧赏酒的，即使有美女，也只好遗憾放弃。但是听说太阳岛有东北抗联纪念园，于是慕名而寻。

太阳岛是松花江中的一个河岛，大门口的太阳石据说是太上老君炼丹遗落的仙丹，后也有说东北抗联李兆麟将军曾率人在此休息过。匆匆赶至此，周围却无一游人，看来太阳岛只是暑期避暑的好去处，而此时只有凛冽的风，清冷地吹进每一个毛孔，只好与太阳石合影，以示到此一游。

热情的东北司机大哥并没有离开，他一路劝阻我们去太阳岛，而极力邀请我们去冰雪大世界。我总是不善于推辞热情，就真的跟着去了。

租了厚重的大衣，依然被扑来的冷气扑倒，仿佛感觉是一不小心撞进了冰箱，双手触及之处皆是冰，凉凉的又亮亮的，让南方人甚感惊奇。这个独特的大冰箱里浓缩着哈尔滨这个城市的经典建筑，虽冰封千里，却不银装素裹，而是一个彩色的哈尔滨。

冰雪大世界亦是冰雪迪士尼乐园，与适才的太阳岛是迥然不同的风格，但似乎更受孩子们的青睐，孩子们一会儿从高处滑下，一会儿又玩起了冰上碰碰车，温度虽低，笑容却暖，相互打闹逗趣，我猜一定悄悄融化了一些冰冻着的景致。

哈尔滨的大剧院被ArchDaily评选为2015年世界最佳建筑之最佳文化类建筑，以白色调为主，置身其中，亦有在冰雪世界的恍然。据说大剧院不用任何电子设备，全凭肉嗓演出，使艺术有更纯正的原生态感。那么自然也是要感受一番的，可惜没有歌剧欣赏，只有法国罗曼的五重奏音乐会。小小的剧场却几乎满座，我不懂得爵士乐，只是觉得那样坐着，听着节奏稍明快的乐曲，有些不相称。果然，中文系大学生说："这座四点进入黑夜的城市奏着一场不该奏着的爵士/紧张的活力跳出来追赶着我/落在幕里的那一只白蛾。"

说到此，就该说哈尔滨的美食了。司机大哥都热情推荐吃一桌正宗的杀猪菜。可闺女一听说血肠之类的食物就极力反对，她要吃肉、肉、肉。于是第一天中午是一顿烤肉，晚上是备受推崇的东方饺子王和老昌春饼，东方饺子王的"方"字写得有些像"才"，我们犹豫了很久，终于忍不住冷，冲进去要了份大拼盘饺子，迫不及待夹起咬一口，终于满意。大份拼盘各种味道都有，鱼肉、羊肉……我们美美地享受着饺子，四点半的光景，窗外天色已黑透，与还在上班的张先生通话，嘚瑟道："发现东北人会侃的缘由了，这么早天黑，躲炕上干吗呢？唠嗑。每天这么唠，口才能不好吗？"

第二天中午是在黑龙江科技大学旁边一个貌似"黑店"的地方吃的铁锅炖，四个人，一口锅，吃得"脑满肠肥"还剩下一半多。晚上去了一个精致的地儿，东北肠拼盘和锅包肉之类的，六个菜四个人吃，没吃完。到了东北，除了杀猪菜，最有味的应该还有烤串。那么夜宵

世间总有扑面而来的烟火气

就撸串吧，在黑龙江科技大学旁边吃的烤串，滋味那真是一绝，黄亮亮地冒着油，色泽润和，又迫不及待地散发着催动食欲的浓香，不焦也不嫩，确是最好的火候。

唯有冰糖葫芦，在松花江边吃的太美味，回宾馆的路上又买了一串，却是酸得眉毛也竖起来了。司机大哥建议，要买槌扁的，且撒上芝麻的，味道会美好一点。

三

之前是想去漠河的，但一查车票，最快也要十五个小时左右，于是退而求其次选择跟团走雪乡。

雪乡，原名双峰林场，位于牡丹江市，其实我觉得叫双峰林场更有意境，挟裹着一段故事。朋友圈里看过很多次雪乡，一个童话般的王国，而成年的我更向往的是雪橇、林海穿越与大热炕。

导游是个彪悍的青年男子，很不讨人喜欢，啰里啰唆的，一上车就开始忽悠大家参加所有的游乐项目，并恐吓若不参加活动，只好在冰天雪地里等待，直到冻成冰棍。

懒得多听这种无聊的游说，便假寐，结果真的睡着了，醒来已经到了一个服务区。跳下车想伸展一下筋骨，感觉却像跳进了冰窖，厚重的皮毛大衣穿在身上像透视装一般，一点不保暖，整个人只想缩成一团，连伸出手指都是奢侈。路边低矮的凳子上坐着一排年迈的老人，卖松子和榛子之类的坚果，他们似乎习惯了这样的温度，只是拱着手，并不缩手缩脚。于是哆哆嗦嗦买了些松子，哆哆嗦嗦地付钱，又哆哆嗦嗦地爬上了车。

中午停在一个叫"二浪河"的地方，雪已经下得很厚，环顾四周皆是一片洁白，颇有窗含西岭千秋雪的意境。导游让我们在这里租大衣和脚套。昨天进了冰箱，今天跌进冰窖，不敢设想未知的寒冷，乖乖地通通按照导游的要求做了。导游一定最喜欢我这样的游客，不管他怎么忽悠，我都笑嘻嘻地相信，他问我们玩什么，答"全部"。

那么先坐雪地摩托到大秃顶子山。东北取名非常接地气，比如孩子叫大妞、二狗子、三哈儿之类的，连山名也有趣，大秃顶子山，哈哈，中年油腻男的感觉。

一行人摇摇摆摆穿过马路来到山下，两人一组坐上山地摩托。轰的一声，颠簸上山。我坐最后面，把闺女护在中间，双手伸直紧紧拽着驾驶员的衣襟。勇猛的驾驶员一直开足马力，在洁白的山路上往上狂驶，风在耳边夸张地号叫，吹到脸上麻辣辣的，像误食了花椒。好几次都以为会被颠下车或者会翻车，幸好都有惊无险。

山顶并没有秃，有茂密的树林，大约我们只是到了山腰。路被踩得结结实实，但依然白得耀眼，仰头看去，每根树枝都穿着洁白的雪衣，厚厚的，压得树枝梢都微微弯下。路边的雪看着松松的，我小心翼翼地想踩个脚印试试深浅，却收不住脚，直接陷了进去。旁边的游客一个飞跃，砰一声再仰天躺下，在雪地里压出一个人影，我看了一会儿还是不敢，怕会压到一直藏着的松鼠，甚至一条冬眠的蛇。在小区域内转了一圈，见游人都陆续下山，于是依旧找了辆雪地摩托下山了。下山的感觉更惶恐，整个人都被颠得站起来，不敢再好奇，只能闭着眼睛任凭冷风肆虐了。驾驶员打扮得有些像林海雪原里的人物。坐了两趟雪地摩托，我依然没有看清他的眉眼，应该不会很老。

接下来是穿越，老弱幼儿都留在一个服务区，其余人马继续。好几个旅游团队都聚在一起，租的大衣也都是一色的，我只认得我们团队的一组母女，脸圆圆的，眼睛大大的。

雪时有时无，一会儿忽然就纷纷扬扬地落了下来，漫天飞雪把天与地串联在了一起。一会儿天又忽然放晴了，这时候的天，蓝得很纯粹，映着树尖的积雪，折射出奇异的光。路边有圈养着的鹿与雪兔，它们一点也不怕冷，像圣·索菲亚教堂一角的鸽子，流露着自信的神态。

行走至高处，举目远眺，苍茫的原野上充溢着圣洁的情感。若说雪是冬的灵魂，那也必定只有行至这样的地方，才有这样的感悟，才会产生灵魂的对话。

穿越路上也有休息的小站和"威虎寨"，但没有南方独特的精致，有些简约和粗糙，略过。

旅游攻略上说走一会儿就会很热，需要脱掉大衣，但一群南方人大约对这样的大雪心怀敬畏，小心翼翼，跺脚搓手，唯有需要拍照的时候才脱掉大衣，但是等摆好姿势，手机又冻关机了。整个穿越之旅基本是用眼睛观赏，用心灵感受，很少留下痕迹。

终于抵达雪乡。汽车靠门的位置有雪，融化了又积成冰，行李箱只需轻轻一推，就滑溜溜地到车门口了，先下车的人就转身拎过皮箱来放好。大伙就这样默契地把一车行李箱整齐放在车下，一起踏进雪乡。

雪乡的积雪层层叠叠的，百余户的居民区犹如一座座相连的雪屋，亦有延绵不断的美感。民宿前都挂着大红的灯笼和辣椒，像雪地中燃烧的一簇簇火焰，热烈，且喜庆。路边有庞大的狼狗，驮着雪橇，蹲在那里对你虎视眈眈，也有洋气的狗，戴着墨镜，用去动物园看猴子的眼神嬉戏地看着你。

早到的游客，早已经带着孩子，欢快地在雪地里打滚了。很羡慕这样的嬉戏，亲子游也需趁早，如今我的闺女是不会去打个滚再一下爬起来的。

终于拿到了有大炕房间的钥匙，顾不得出去看夜景，急忙进了屋。一间客房，一张炕一个极简陋的卫生间，然后……什么也没有了，连行李都只能放在进门处。炕微暖，跳上去找了很久，没有找到炕洞，再看临近的民宿，亦没有烟囱袅袅吹起。琢磨一下，终于明白，其实就是在家里的床上铺张电热毯，再加上一个地暖，嘿嘿。

一个人出去就近溜达一下，感受一下零下30℃的温度。刚从暖屋里出来，又无像山上一样的大风，虽已是夜间，倒也不感觉特别冷。逛了几家特产店，也都差不多，买了点香肠和冻梨（闺女高中老师是哈尔滨人，说了三年的冻梨，每每让她听得直流哈喇子），回民宿的路上，我特意在靠墙的地方小心翼翼踏出几个脚印，留下一串印痕，期待明天还可以寻到。

第二天醒来，先拉开窗帘，雪正大片大片地落下，争先恐后般的，刹那的光景就把整个世界填满了。赶紧出门去看昨晚留下的脚印，已经被大雪修补得一点痕迹也没有了，索性站在雪地里赏雪，北方的雪颗粒大得像盐，落到肩上也不融化，形成很立体的一条坎肩。如果拿酒来形容雪，那么南方的雪是矜持的红酒，需要捏着高脚杯细细品，而北方的雪是烈性的白酒，满满一杯，仰头喝下，五脏六腑都在燃烧。

梦幻家园在夜间是很美丽的，厚厚的雪盖在屋顶上，根据原有的屋子形象呈现出不同的样子，像一个个肥嫩的蘑菇。白天还是只能看雪，扶手、树枝上都有厚厚的一层，人饿的时候会感觉更像厚厚的一层奶油。

接下来的一个地名叫不出来了，百度了一下，亦没有地名，貌似叫呼伦湖。导游露了个面，游说那里可以看当地特色演出，听豪放的歌曲，而且可以坐马爬犁去。当然，坐马爬犁是要收费的。

来之前以为可以坐雪橇，像李娟笔下描述的那般，一行人抱着被子呼呼地行进在白色的世界里，狗的铃铛叮铃叮铃地发出清脆的声音。可是只有马爬犁，一匹马，拉着一个大车，加上车夫，车上有十个人，闺女很是心疼："这么多人，可以驮得动吗？"马不回答，在响亮的一鞭以后，飞奔了起来，闺女又心疼："这么冷的天，这一鞭该有多疼。"于是即使马的脖子里也套了铃铛，也叮当叮当响，却缺少了一份预料中的喜悦。

到了目的地，只有舞台，没有演出。事实上即使有演出，也会冷得无法驻足观看。取暖最好的办法是不停行走，于是又跟着大部队开始行进。沿途与昨日穿越的大致相同，多了一份荒凉。忽然想起苏武牧羊，虽然彼时苏武在北海，这种在残木白雪中的境遇却有几分相似——想家啦！

对了，雪乡的团队餐非常不好吃，除了腌萝卜就是大白菜，都放了大把辣椒。若要鸡蛋，得另外付钱。我们几乎是饿着肚子行走了两天，已经非常了不起啦！

世间总有扑面而来的烟火气

去霞浦打个滚儿

对霞浦倾慕已久，细软的沙滩、柔美的海水、瑰丽的落日……自然，重要的是霞浦还有晓的召唤。

一行人风尘仆仆赶到霞浦，已是灯火阑珊。晓和她的张先生在车站等候。已多年未见，与晓拥抱的那一刻却熟悉依旧。岁月终究包容，沉淀的总是最美好的。晓说："明天，我们一起去看海。"

家乡海盐也是有海的，小时候经常如小狗一般欢快地跑去北团的海涂捉沙移，慢慢地，海涂被围垦，南边的海岸线离我们越来越远。往东也是海，可惜没有海涂没有沙滩，灰蓝色海水浑厚而有力，仿佛隐藏着无数秘密。

但大海依旧值得憧憬和希冀。

一

张先生的朋友郑先生开车载我们前往有"海上威尼斯"之称的东安鱼排。郑先生是土生土长的霞浦人，有海的旷野与温情。虽然是第一次见面，倒也不陌生，一车人聊得兴起，山道与小道便没有了丝毫的陌生感。

预订的小船在码头等我们，两条蓝色的家用长凳便是座位。大伙哈哈乐着，面对面排排坐，拍照撰文两不误。我趁机伫立船头，看群山怀抱着蓝莹莹的海水，微微荡起涟漪。而风正徐徐地吹过脸颊，吹起发丝，倘若微微闭上眼睛，会有微醺的惬意。

东安这边亦没有海涂，不远处只有无数红色蓝色的浮标，我聪明地猜测："不同颜色下养殖着不同品种的海鲜？"郑先生闻言笑着解释："各块浮标标志着渔民承包的海域。"有意思，土地多的叫地主，那海域多的是否就是海主了？

小船在"海上高速"上行进了些许时间，慢慢减速。晓说，中午我们在船上吃饭。还能在大海的波浪里吃饭？心里滋生出些许慌乱。对大海最大的恐惧是有一年去嵊泗，在途中游船忽然颠簸，晃得我五脏六腑都差点吐出来，那种惊恐仿若昨日。当船靠近一处平坦处，我们依次上去，再顺着楼梯去二楼包间吃饭，平稳得如同在陆地的酒店，吃到一半时，忽然感觉整个身子轻轻晃动了一下，乍以为是地震，后反应过来：我们在船上，而船在轻摇。同行的叶老师笑嘻嘻地说："怎么可能呢？"恰巧船又晃动了一下，大伙才纷纷顿悟："果真是在船上吃饭呀。"

从船舱往外远望，居然还有超市。很多渔船停靠在餐厅与超市附近，别有一番海上渔村的特色。已是晌午时分，人们大约都在小憩，整个海面拥挤却恬静。我们品尝过最新鲜的海鲜，意犹未尽地回小船，排排坐着去七星鱼排。

七星鱼排自然也在海上，由新型塑胶组成，底下以泡沫承托浮于水面，在碧海蓝天的映衬下别具韵味。养殖的大小网箱一个紧挨着一个，浩浩荡荡的，鲷鱼在水里雀跃地畅游，见到游人，也不害怕，摇头摆尾地挨过来，正午的阳光打在它们背上，闪烁着点点光芒。

倘若现在让我抓一条鱼去红烧或者炖汤，我肯定下不了手，我感觉它们都是一个个精灵，稍不留神就会开口说话了。

霞浦的鱼排充溢着威尼斯的风情与浪漫，水上房屋鳞次栉比地浮在水面上，随波微微荡漾。极目远眺，蓝色的天空与海洋在远处重逢，蔚为壮观。很奇特的是空气里没有丝毫预设的咸腥味，干净而清新。

213

当然，我依旧会追着晓问："什么时候下海？"我像个孩子不依不饶，憧憬着可以穿着长裙在海浪里奔跑。

终于来到了海边，有可以踩着细沙追逐转圈的大海。

晓总是那么体贴温柔，她叮咛："中午小憩一会儿，等傍晚再去踏浪。"可是哪里还能睡得着呢？海浪的声息一阵又一阵地随风吹来，伴随着淡淡的海洋气息，静谧的，又是狂热的。

我和双子向来会自得其乐，于是就着窗边的茶几摆上简易的咖啡与瓜子，聊着天看海。码头上大多是货船，大大小小的船只围在码头周围等着装卸海鲜，偶有游船回来，海鸥飞舞，欢呼阵阵。

海风穿过窗棂吹拂在我们身上，有微凉的惬意。

终于到了可以下海的时候，海边的游客已慢慢地聚拢，细软的沙子微烫，但不影响撒欢。按捺不住的游人早就扑通一声跳进大海，发出舒畅而夸张的声响，孩子们则喜欢在沙滩上挖一个坑，蓄满水，然后一屁股坐下去，顶着满头满脸的沙哈哈地欢笑。

我们脱了鞋子，快乐地奔向大海，然后又在新涌起的一浪前努力跑回，但裙摆依旧被迅速打湿。那就索性不管了，我们在海浪里找回了童年嬉戏的自己，清澈得如同海水，在蓝天的映照下一眼便可以望见内心最深处。

可惜一场突如其来的暴雨，把我们赶回了避雨的帐篷下，湿漉漉地等到骤雨初歇，再去海水里稍稍溜达，已是傍晚时分。晓早早在民宿一处可以看海的平台上安排好了晚餐，喊我们去享用。

酒酣之际，大家约定明早一起看日出。

即便中午没能安歇，晚上依旧兴味盎然，夜晚的海浪声愈加清晰，如同一首有节律的抒情曲，果然是"头枕着波涛"的美好，因而更是没有了半分睡意，也或者是想着明天要早起的缘故。

双子掰着手指头盘算："明天4:15出门，不然会错过日出。"我一惊，赶紧讨价还价，"不如4:30？多睡15分钟也是好的"。

事实上，对于4:30出门，我还是忧虑的。平日里我倒也无其他爱好，就喜欢赖个床，这么早起床，好像已多年没有过了。但双子看日出的兴致极高，我也不放心她独自去黑暗里摸索，因此在睡前的一分钟，我还在不厚道地祈祷：让明天的凌晨来一场雨吧。

然而闹钟准时响起，雨却没有下。朱姐姐和莺姐姐在群里呼唤："我们到大厅喽。"胡乱地擦了把脸，套上曳地红裙，奔赴海边。

天还乌漆嘛黑的，天地间安静得连一片树叶跌到地上都可以听见。我们相依相携地来到沙滩的开阔处，眼睛一眨不眨地盯着太阳升起的地方。海浪依旧不知疲倦地一浪拍打着一浪，我看不见它的色彩，但我听见了它的内心。

几乎就在转眼间，天空就出现了一缕微弱的红，微弱到可以忽略，但还是引来了我们的一阵欢呼，好像看到了无数的希望正从微弱的光里迸裂出来。而后，那抹红慢慢变深变大，晕染了周围的云彩，再远一些的天空，悄悄露出一方纯净的蓝。远方的灯火在渔船上闪烁，与此时天空的淡蓝和海水的深蓝交汇在一起，勾勒出一幅绝美的图画。

在等待的间隙，我和双子也不闲着，披着纱巾从这端跑到那端，我们窃笑着，不敢发出声响，只怕惊扰了海的梦。

十分钟后，我们在镜头下的身影变得清晰。天上的云彩被氤氲成了玫红色，在如镜面般的海面上投映出了一片玫红，如此远眺，已见海天一色的壮美。

再过五分钟，涌过来的海浪也可以逐渐分辨得出原有的色彩，波光粼粼。晓笑着吟诵，"霞光啊，霞红啊"。忽然想到，很多年前的那个凌晨，我爸爸也是这样看着漫天朝霞，在我的第一声啼哭里想到了"霞红"两个字。大约那个时候在他心里，再没有什么比这两个字更美了。

我依旧在双子的镜头里雀跃，忽然发现我的红裙被身后的海滩与海水衬托得更清晰了。那么，太阳终于是要跳出来了。

果然，霞光瞬间便几乎占满了东边的天际，海水也被染红，望出去分不清哪里是天，哪里是海，我们站在沙滩上，也仿若站在一抹霞

215

光里，于是我们的笑容也变得如同霞色般明媚。

　　5:15的时候，天色竟已大亮，玫色迅速褪去，除却吹来的风是微凉的，呼吸的每一口气息是清香的，天地间已如同白日一般，游人也逐渐三三两两地多了起来。

　　火红的太阳不像预想中那样跃出海平面，而是悄然隐入一片厚重的云彩，但我们已然心满意足，我偷偷庆幸这样一个早晨，还好没有错过。

二

　　霞浦，清朝雍正十二年置县，是闽东最古老的县。

　　而半月里在霞浦的溪南半岛，是座典型的畲族村落，因村庄地势形似弯月而得名。畲族原是大山里的民族，常以"山客"自居，可据记载，半月里的先民却在三百多年前就走出了深山，到海边生活。

　　作为中国畲族唯一历史文化名村，村里至今保留着原汁原味的畲族传统文化，这大约也是晓迫不及待要带我们去一睹风采的缘由。

　　我是喜欢古村落的，它总是装满悠久流传的故事。村口有棵硕大的榕树，树干苍劲，枝叶繁茂，恰如一位老母亲，正努力地延伸至路的另一端，试图给予子孙们更多的荫凉。大树的西侧，有斑驳的石阶，以及一座石砖砌成的旧屋，屋檐微微翘起，檐下竖刻着：龙溪宫。宫庙内除了供奉畲族先祖和英雄人物，还供奉着妈祖神像。在霞浦会发现很多这样的"宫"，绿檐红柱，颇具神秘感。

　　沿着左边上石阶，地上不规则的石板已被岁月洗刷得洁净而平整。村落里的旧房子都是差不多的结构，灰色的砖石，人字顶，房檐翘成一个特殊的符号。房屋的檐下挂着春节留下的灯笼，木柱上贴着对联，但经过风雨的洗涤，已然褪色，偶有凌霄花从墙上探出头，显出几分难得的俏皮来。

　　村落亦在群山的怀抱里，沿着石阶再往上走，左侧是低矮的城墙，几丛芦苇在矮墙的那端随风飘摇，把错落有致的村庄遮掩得平添几分悠然。从上往下看，黑色的屋瓦上长满了青苔，愈加衬托出村落的古朴幽深。

透过村庄，隐约可以看见不远处的山，上面层层叠叠的皆是农家开垦的绿意，想来勤劳的村民和南北湖的农人一般，手脚都闲不住。

半月里的"畲族民俗博物馆"，由雷姓的村民自费举办，涉及畲族人民生产、生活、风土人情相关的历史文物。

进门的地皮略黄，听说是黄泥中加入了糯米一点一点制作而成的，小时候见过大人农闲时用黄泥制砖坯，却未见过这么大片的黄泥地皮，也算一奇。

进得门，一股浓郁的岁月气息从每一块木框、每一寸泥土路中渗透出来，馆主也从外进来，胸前被汗水浸透，但依然兴致不减，给我们详尽地介绍了馆里的老物件。博物馆正对着门的地方，挂有龙凤盘旋而成的"福"字图案，忽然想起来村口的半月里的村牌上，停歇着一只金黄色的凤凰。馆主解释："女人是凤男人是龙，合家欢愉才是福。"看来这个村落的女子地位很高，有意思。

博物馆有上下两层，我没有上楼，出门在檐下歇息。门厅里挂着一张照片，是馆主和他妻子的一张比武图，叶老师端详了一会儿，笑嘻嘻地问馆主："后来，是谁赢了比赛？"馆主也笑，却不回答。

村口的大榕树下，身着畲族盛装的村民在唱民歌打竹竿，游客们边跳边开怀大笑，仿佛所有的烦恼都可以在这座古老的村落里消失殆尽。

在大树的另一侧，有荔枝和百香果。荔枝鲜红欲滴，这是中国最北端的荔枝，也是甜到沾着嘴唇就舍不得抛开的荔枝，我们剥着吃着，舌尖粘住了，心也腻化了。

大京也是个古村落。

郑先生的家就在大京，因而他是个十分地道的导游，他得意地强调说这是个古城堡，且是全国最年长的乡村古城堡。

同行的莺姐姐又被城门口的大榕树吸引得挪不动脚。这大概是我见过的最大的榕树了，树干一半裸露在外，一半在城墙里。即便是那裸露的一半树干，我们四人也难以合围。

我在榕树下仰望它的苍劲，满怀敬仰。万物皆有灵性，若是在风雨雪霜里历经几百年的磨砺，那便也看透了悠长历史长河里的所有悲欢离合。苍虬的树干，便是它所有的抒情。

登上城门，榕树的树干扶着城墙参天而起，有村民坐在城墙上靠着榕树乘凉，手里慢慢悠悠地摇着扇子，是岁月静好的静谧。

忽然听见有欢快而喜庆的音乐传来，一行人排着长队，披着红色的薄毯正由远及近，队伍里身着彝族服装的女子吹着唢呐敲着铜锣。以为是畲族的婚嫁，便驻足观望，待走近了，发现并不是。遂问旁边的老人，答曰："喜丧。"喜庆的鞭炮在城门口热烈地炸响，音乐也更欢快了。想来大京古城堡的人们对生死有不一样的解读。

我们从城门进去，是窄窄的街道，郑先生在这里预约了海鲜米线。

街道并不宽敞，两边的店面隔街相望，木门木窗，几分热闹，又分明有几分古街特有的安宁与怡然。

海鲜米线的女老板有着闽南人独有的热情，除却一人一大碗足料的米线，还外送了一大盆水煮米线供大家添食。狼吞虎咽后，我们站起来，腆着肚子心满意足地原路踱回，准备告别古城堡。

离别前，我回望古城堡。据传这是朱元璋为抵御倭寇侵扰而建，而我却想起另一个西方的神话，有个美丽的长发女子，为了爱情，从城堡的窗户里沿着树干爬下来与相爱的人约会。

美好总归更值得流传。

三

到霞浦，自然是奔着海去的，完全没有预料竟还爬了个山。

晓家的张先生把我们引到一处陡坡，曰："如此上去，便是拍摄霞浦晚霞的最佳网红打卡之处。"

张先生这么随便一点，我们便以为只要随便一爬，便欣欣然跟随而去。

往前行走几步，木台阶，白栏杆，别有一番精致。凭栏远眺，海边已慢慢涌起了灰色的云彩，云彩慢慢晕染开来，海天处仿佛是一幅水墨画，朦胧而有意韵。我们很快被这美景所惊诧，呆呆地挪不动脚步。

郑先生笑着催促："前面有更好的风景。"

那么，再依言拾级而上，但见周围皆山，此起彼伏且郁郁葱葱。远处的乌云慢慢厚重了起来，一派山雨欲来的气势。站在山路上，面对大自然的磅礴，无端生了几分怯意，便加快脚步，欲赶上前面的行人。

前方果然是"又一村"的美景，青石板的山间小道，仿木的栏杆依旧被漆成白色，在望不尽的绿色里格外醒目，分明又增添了童话王国般的意境，仿若随时都会跑出来一只会说话的小鹿。

我和双子相携而行，绕过一道弯，再经过跌宕的石堆。雨落在我们周围，世界瞬间是湿漉漉的一片，若不是天色已晚，我是极其愿意在山林的雨中伫立，听雨落在树叶上的沙沙声，落在石头上的笃笃声，还有不小心跌落在树丛里的簌簌声，像一首美妙的自然交响乐。

初上此山，以为只是观景，拍过照片便可折回。而到了此处，才知传说中的"醉美夕阳"的观景平台就在眼前了。

平台上早有避雨的行人，但没有人因为雨而停止了脚步，他们欢笑着，匆匆而来，片刻之后再欢欣而归。雨淋湿了他们的发丝和衣襟，但未能浇灭欣喜的芽头。

东壁村的民宿就在山下，背山面海，依山势而建，沿崖壁向海延伸。此刻雨已歇，一抹淡蓝在灰色中挣脱出来，天地间顿时亮了许多。

沿着拾间海88号下石阶，于海边远眺，目之所及，是山海、日落、海涂的邂逅，绝美的海岸风光尽入眼中。微微抬头，发现石壁上探出一株三角梅，水墨画在它玫色的衬托下，又滋生了油画的气息。

东壁村地方不大，但聚集着很多ins风的民宿和咖啡店。拾间海89

世间总有扑面而来的烟火气

号便是咖啡店，透过露地大玻璃，可见里面已坐满游人，一派"闲坐斜阳晚舟，举杯光影岁月"的怡然。

我和双子忍不住相视而笑，一切都恰好地击中彼此的心脾。

倘若是晴天，这般渔村，必有晨昏日暮的如画风景，帆船、渔网、海带、竹蛎……

渔家的烟火气总是最抚慰凡人心。

时光与爱不负你

大师傅

　　小时候，一听到人家上梁放鞭炮的声音，我总是雀跃地跑在最前面，因为我知道新房的最上面总会有我的爸爸，我爸是大师傅。彼时我爸认真而专注地在房子最高的梁条下方贴一块东家早就备好的红布，宣告新房的顺利盖成。于是瞬间鞭炮声声，东家舒畅开怀地笑，将糖果和自家做的"糯米粑粑"递到邻居手里。而我，骄傲不已，在放鞭炮的间隙仰头大声呼喊："爸爸，爸爸！"

　　乍看之下，我爸跟大师傅绝对画不上等号，我爸是那样白净秀气，烟酒不沾，还夹着一股浓浓的书卷气。而貌似有"大师傅"称谓的人，则应该是黑黝黝的、粗壮的、大声吆喝大口喝酒的。我爸真的一点也不像。

　　但我爸的确是大师傅，下面跟着的徒弟总有五六个。有从他是学徒时就跟着他的，也有他师成之后再跟着他的。我爸做事价格公道，干活勤快又会巧用材料，为人和善待人诚挚，因此名声在外。那时候想找我爸出工，得从几个月前开始预约。

　　在那个年代，有一门手艺是非常珍贵的，尤其是木工。除了造房子上梁，大部分的活是在室内做的，相比瓦工、油漆工，显然要精细艺术得多。在缺吃少穿的年代，出门做工的不仅少不了鱼肉，每天下午3点左右还有"午点"吃。

　　午点的时间正逢我放学，我就背着书包屁颠屁颠地到我爸做活的地方去，东家总是热情地接过我的书包，递上肉丝青菜面，还邀请我吃晚饭。我顾不得客气，呼呼开吃，我爸总挡着不让东家给我盛面，若实在拗不过，他会小声嘱咐我吃过赶紧回家，不要留下吃晚饭。

多次以后我爸很认真地跟我说："不能从小养成揩油的坏习惯，再说东家造个房子打个家具都不容易，哪能由着你吃？"这个对话其实是不严肃的，因为我这样回答我爸："那简单，到了饭点你回家，我留在那里吃，我吃的还比你少，东家一定会更开心。"

那时候虽然每顿桌上都会有鱼肉，但我爸一般不会轻易去动筷子，动了，下一顿端出来就不好看了。别的大师傅一天一包烟，我爸不会抽；别的大师傅一天一瓶酒，我爸不会喝。但我爸还是大师傅。

那时候的我爸是我的偶像。

蹭完午点，我总喜欢再赖一会儿，看他做活。有时候我爸拿一墨斗，这边一量，那边一扣，啪地一弹，一条线就整整齐齐地在板上了；有时候是刨，刨几下拿起一端，眯着眼睛丈量一下；有时候是锯，发出刺啦刺啦美妙的声音；做精细活的时候，我爸一边示范，一边轻声讲解，徒弟们一溜排开，很虔诚地点头。

傍晚的家里每天都有邀请他去做工的人，我爸温和地泡茶、算日子。也有来付工钱的，我爸总是不肯收足，抹掉这点抹掉那点，弄得人家不好意思，非要给足。于是一番你推我让几个来回，最后人家要走了，我爸又追到门口把钱塞人家兜里。

有天学到课文《鲁班》，我跟老师说："鲁班有啥稀奇，我爸才厉害呢，我爸才是大师。"老师笑："所以你要跟你爸一样聪明。"老师也是我爸小学时的老师，总跟我说爸小时候的故事：上树掏鸟蛋，下河摸鱼，调皮得不得了，但考试永远是第一。老师惋惜地说，要不是历史原因啊，你爸肯定就是大学生了。

上完了小学又去溆浦上了几年私塾的我爸，在村里俨然是个知识分子。我爸很少出去串门，说些东家长西家短的闲话，晚上空闲时分，他最愉悦的事情就是半躺在床上看书。爸妈的床是我爸自己做的，最初是一张雕花大床，床头柜里装着书。后来造了楼房，就做了张沙发床，靠背部分可以拉开来，里面装的还是书。从《三国演义》《薛仁贵征东》到《列车上的谋杀》《牛虻》等，大约都是从东家那里收集起来的，以至于我在小学时候也看完了家里的所有藏书。

小时候出门调皮，得挑我爸在家的日子，因为他从来不舍得打骂我们。有时候被妈打了，忍着不哭，算准我爸要回来的时间才开始号啕。为这个"打"，我爸还"斗胆"跟妈提了几点要求：只能打屁股，不能打头更不能打嘴巴；只能用手掌打，不能操家伙打。他总说："小女孩，只能疼不能打。"有时候我妈懒得打了，恐吓说："你爸快回来了，小心被他打。"我们乐得哈哈笑，"等着呢"。

乡下孩子都称爸为"阿爸"，全村只有我们姐妹俩称他为"爸爸"，无限娇柔。而爸跟我们说话，总是温文尔雅，还不时引经据典地教育我们要尊老爱幼，要与人为善。

我爸曾有过几次告别大师傅的经历。

第一次是我爸三十多岁时，做工踩到钉子，把脚底戳了个洞。于是跟几个亲戚合开了家胶木厂，这段记忆不深。

第二次是我爸四十岁时，被刨板机刨去了三个手指肚。然后跟亲戚合作制胆红素，广州跑了几个来回，还是没能锻炼成生意人。

第三次是我爸五十岁时，出去装修房子，站到高台上一脚踏空摔了下来，肋骨摔断几根。我爸叹息："真的老了，不利索了。"

那些年装修业红红火火，我爸完全有能力成立自己的公司。可我爸说："徒弟们正当年，要考虑他们的出路。"我爸鼓动徒弟们离开他独自创业，他自己决定去姑姑厂里帮忙。

但没过多久他就回家了，我爸说："我不去你姑姑厂了。"我说好呀，是该休息了。爸说："不是，我又去做木匠了。""啊？"我惊愕。我爸接口说："我觉得还是做木匠好，不过这次不是做大师傅。"

拗不过我爸，只好看天气给他打电话。"天下雨不要去了哦"，"高温不要去了哦"，"风大不要去了哦"，我爸一一答应，却从来不缺席。

不做大师傅的我爸还是没学会喝酒，一瓶啤酒要分两次喝。抽烟倒是学会了，一边咳嗽一边抽烟。我说："爸，咱能不能换换，酒喝一点，烟就戒了？"我爸断断续续地咳嗽着说："好。"可下次吃饭，他又忘记了，笑眯眯地给自己倒了杯可乐，点了支烟。

　　不做大师傅的我爸依然白净秀气，大半辈子的辛劳只是增添了他的白发，他的皱纹，却从没夺去他的温文尔雅。对长辈，对邻里永远是笑脸相迎，有求必应。我爸总是说："要与人为善啊！"

　　不做大师傅的我爸看不清文字改看电视了，我爸爱看战争片，看到当年日本的侵略就义愤填膺。我妈取笑他："恨不得钻进电视里去帮着打仗。"

　　不做大师傅的我爸对我妈更宽容了，我妈责怪他，"你真要笨死了"。我爸嘿嘿笑，"你聪明就行了，家嘛是要一个聪明一个笨才和谐的"。

　　我爸不做大师傅后晚上也没人来付工钱了，空闲下来的他乐呵呵地摆起了茶摊子，今晚红茶明晚绿茶，我爸幸福地说："红茶是大女婿送的，绿茶是小女婿送的，我说生女儿好嘛！"

父亲的歌声

　　把旧楼房拆了，又在原地基造了一栋洋房。与我想象的不同，我爸并没有因为住上新楼房而唱起熟悉的歌儿，反倒是郁郁寡欢。我跟我姑姑投诉："他是不是身在福中不知福呀？"我姑姑嗔怪道："你太不懂你爸的心情，那幢旧楼你再看不上，也蕴含着你爸所有的心血，以及他生活过的所有回忆与念想呀。"

　　旧楼底层有一间屋是属于我爸的，说那是工作坊有些洋气，其实就是我爸曾经在家开夜工的地方。记忆里这里曾经遍地刨花，夹杂着各种几何形状的小木块，如积木一般，我便欢喜地捡了出去，堆在屋檐下搭高楼。虽然这些木块没几天就会出现在灶口，但不影响我欢天喜地地再次从刨花里捡几何形状的小木块出来。

　　有时候只是去捡刨花玩。那些刨花延绵在地上，或随意或妖娆，聚成一堆的时候，更像云层。我爸站在"云朵"里，手里拿着把刨子，嘴里哼着有大海和太阳的歌，他拎起长木条的一端，眯起一只眼睛瞄一下，将刨子在上面划拉几下，再瞄一下，再划拉几下，整块木条瞬时就平整了。我看爸不费吹灰之力又潇洒自如的样子，似乎这是件极其容易的事情，等他不在的时候，我偷偷溜进去拿起刨子也想尝试一下，竟发现刨子很重，好容易摆上去，学着爸的样子对着木条使劲推，还没来得及哼歌呢，就好像哪里被卡住了，哪怕使出全身的力气也根本无法推动。

我实在想不出来看上去书生一般的我爸，是哪来那么大力气的。

嗯，我爸是木匠。

小的时候家里总是很热闹，我爸带了几个徒弟，白天给人家做活。吃过晚饭，就带着徒弟们在家里底楼东面的那一间屋子里开夜工，他们有时候各做各的，有时候会围着我爸，听他轻声讲解，我爸有时候手里拎着一把锯子，有时候是刨子，有时候是一把尺子，他一边讲解，一边示范。我爸是个木匠大师傅，但每每他这样的时候，我却觉得他分明是一介教书先生，长袍马褂，风雅十足。

等徒弟们开始做各自的活了，我爸就开始哼歌。虽然歌声并不响亮，我却总能从一片叮叮当当声里将其过滤出来。等长大一些，我明白了他是在唱《我的祖国》《歌唱祖国》等，当然，唱得最多的是《万物生长靠太阳》。

我在楼上睡觉，听楼下的锯子斧子与歌声夹杂的热闹，总觉得特别踏实，这样的夜晚，连梦也没有。

长大一点的我，却开始不喜欢我爸的这个职业。学校里老师让我们填表格，有的同学的爸是医生，有的同学的爸是老师，而我的爸爸是以体力谋生的木匠。这时，我觉得我爸高大的形象被轰然压缩了。有次我考试考砸了，偷偷在报告单上改了成绩，素来温和的爸爸发火了，举起大手狠狠打了我屁股一下。我流着眼泪鼻涕尖叫："你自己不好好读书，做个木匠，凭什么就让我认真读书。"

奶奶闻声跑出来，听我这么嚷嚷，立马又退回屋。之后奶奶悄声告诉我，我爸小时候总是考学校第一，他的美丽梦想是跟他大哥一样到北京读大学。可是他读完小学，因为我家的成分问题，他被剥夺了继续读书的权利。当老师来通知他不能再读书的时候，全家人听见我爸号啕大哭，他悲伤了整整一晚。后来我爷爷想办法让我爸去溆浦读私塾，可惜读了一年多，私塾也不办了。

在那个拿工分的年代，学手艺可以有现金收入，于是我爸从此就开始学做木匠了，也算是一个好职业。

这把刨子，也从此跟着我爸从少年到老年。换句话说，我爸就是拿着这把刨子，不分昼夜地劳作，供我们姐妹俩读书，且让全家人不至于生活窘迫。

我爷爷是医生，当年拎着听诊器告诉我爸，只要你愿意读书，我也供你到北京念大学，可惜未能如愿。后来，我爸拎着刨子告诉我和妹妹，只要你们想读书，我供你们读到不想读为止。

为了这美好的诺言，一年四季，春夏秋冬，我爸从未停歇。寒冷的冬天里，我哆嗦地拢着手晒太阳，我爸吭哧吭哧地推着刨子，满头大汗，身上脱得只剩下薄毛衫；到夏天，闷热的天气让他汗如雨下，但我爸不喜欢打赤膊，那太粗鲁，便套着白色的汗背心。穿不到一个夏天，背心就从纯白变成了米白，又陆续一点点出现破洞，虫蛀的一般，等破到要露出肉来，他就又换上一件新的。白天我爸在人家家里做工，晚上回家给左邻右舍做个桌子，敲把椅子。经常我一觉醒来，院子里的灯光还亮着，隐约地照进屋来。但无论寒冷与炎热，白天与黑夜，都抵挡不住我爸充满力量的歌唱，他总是重复吟唱着："大海航行靠舵手，万物生长靠太阳……"那得意的样子，仿佛做木匠是他梦寐以求的事情。

当替换下来的汗背心快塞满大半个柜子的时候，刨子失业了。

木匠干活用上了新科技：刨板机。插上电源，半人高的刨板机就轰轰地响，这边还是木棍，到了那边已经是线条明朗的木条。我爸哼着歌说："工业发展解放了他的劳动力。"而我窃喜的是，我爸终于不用每日汗流浃背了。

可是，工业革命没有革掉爸的汗水，却割断了他的三个指肚。那年我上高中，周末回家，发现家里安静得掉下一根针都可以听见，邻居说："你爸在医院住着呢。"病房里爸爸的手指被厚厚实实地包扎着，他痛得龇牙咧嘴，却还在断断续续哼着"万物生长靠太阳"，奶奶心疼得掉眼泪，都是成分害了你。我爸笑眯眯地说："也许是因祸得福呢，以后我就可以不用种田了。"

奶奶又叹气："可惜了你这块读书的料。"

我爸哼哼着说："有啥可惜不可惜的，万物生长靠太阳，可是太阳也不是每天罩着我们的呀。"爸神秘地告诉我："我出生的时候，听见了毛主席在天安门说话的声音。"我不信："那你听到了什么？"我爸说："我听见'好生活已经开始了'。"

"那你当初怎么没能继续读书呢？"我学着奶奶的口吻问。我爸不在意地微笑，"也许好生活就是因我有了做大师傅的机会"。

不过因为这事儿，我爸也不做大师傅了。他卖了刨板机，跟人合办胆红素提炼厂，走上了改革开放光明又曲折的道路。

后来我爸还跟人合伙办过胶木厂，印象中那是爸最忙碌的时段，经常出差，去广州去福建，忙得人影儿也不见，歌儿也顾不上哼唱。但终没成大气候，我爸于是痛定思痛，深刻反思自己学习好，但不等于生意也做得好，太阳照耀着万物，却照不到他的生意头脑。我爸小心翼翼地取出用报纸包好的刨子，又开始哼着歌儿，决定重操旧业寻找属于他的阳光。

这次的旧业操持的时间也不长，有次我爸仰着头做吊顶，没顾上脚下桌脚的不平，哧溜一下摔地上，肋骨断了好几根。

于是我爸又在我奶奶滴滴答答的眼泪中告别了大师傅，去厂里上班了。工厂的老板，也就是我爸之前合作过的生意伙伴，如今成了一方首富，他谆谆教导我爸："你知道你为啥做生意不成吗？因为你太实诚，'无商不奸'你晓得哇？"我爸摇头："我可不愿意做那些弄虚作假的事情，也不愿意吹虚无的牛皮。"老板摇头："那你只好打工了。"我爸兴高采烈地去车间，贴商标、打包、跟车，什么都做，回家还乐滋滋地唱"万物生长靠太阳"。我爸说，生活在阴处，迟早要发霉，光明磊落才是做人的根本。

我妈看不惯我爸的自得其乐，在他的身后撇嘴："你看你爸的这傻样。"奶奶听到了也撇嘴："我儿子是听着新中国的旋律出生的，心胸宽阔着呢！"

229

很多年以后的今天，我爸七十多岁了。我说，你可以退休了，我爸掐指一算，挺着胸脯说："我这是'离休'呢。"

家里造新楼，我的"离休"老爸就在家里承担"监理"的职责。但我爸显然不满意这个无实权的职业，我请了装修公司，他嫌浪费，我买的品牌家具，他嫌奢侈。甚至连院子里的花坛，他都趁我去上班的时候偷偷改小。我爸始终觉得，他还有足够的力气，可以去种几亩田，这样就需要很大的一方水泥地供他晒稻谷。

前些天回家，我远远望见我爸半躺在藤椅上，再走近，有隐约的歌声，旋律正是熟悉的"万物生长靠太阳"。这个太阳又是从哪边出来的呢？我爸笑呵呵地从藤椅上站起来，说他的老哥们最近出院了，用的医保，自己一分钱也没掏。

"太阳就是现在的政策，我们老百姓太幸福了，以前那是想也不敢想的事啊。"我爸说："之前生活患得患失，习惯了节俭，现在看看，我和你妈都有养老保险，还有医保，我就安安稳稳地养老，再不想着去种田晒谷了。"

"这次，我要真'退休'了。"我爸补充说。

妈　妈

　　刚打开电脑准备码几个字，我妈从侧门进来了。她原本是想直接上楼，但见我在客厅，于是在楼梯口犹豫了一小会儿，挪过来坐在我侧边的沙发上，斜着身子看电视。

　　我有个坏习惯，只要在家，电视必定要开着，看与不看都不重要，关键是要有人影和人声。

　　然后我妈开始说话，又像是自言自语："哎呀，这个人太可怜了。哎呀哎呀，这个人到底是好的还是坏的？"

　　我的思绪被干扰，不断被我妈从文字堆里拔出来，我只能答两句再继续码字。折腾几次后，我开始恼怒："妈，你能不能自己看，不要吵我？"我妈理直气壮："明明我刚才一句话也没跟你说，都是你自己在说，你写你的好了呀。"

　　可是我已经一个字也写不出来了，我批评我妈："你简直不是我亲妈，我的朋友聿禾写字的时候，她婆婆走路都要放轻脚步的。"我妈不客气地反驳："你的确不是我亲生的，亲生的女儿可不会这么嫌弃她妈。"

　　好了，矛盾直接升级。我轰我妈："快去睡觉，快去刷你的抖音去！"我妈气咻咻地站起来："本来也懒得陪你了。"

　　罢了罢了，我关掉电脑打开手机。掐指一算，女儿贝贝今天要从柏林回伦敦。昨天才知道她居然是开车去旅行的，吓得我的老心脏瞬间加快了好几个等级。我热乎乎地上赶着问："小宝贝，你们现在在哪个位置？"女儿吝啬地回复："在路上。"我又追问："还有多久可以到？"女儿回："你急个啥？"

切，这是什么回答？我气得把手机一丢，愤愤地骂道："白眼狼！"

张先生在一旁嗤嗤地笑："你也是白眼狼。"

双子喊我去看电影。她说："妈妈看《妈妈！》。"

八十五岁的文学妈妈蒋玉芝和六十五岁的理科女儿冯济真生活在一起，明明是妈妈，却俏皮可爱，明明是女儿，却稳重老成。妈妈每天吃着不一样的早餐，握着刀叉"小资"又高级，偶尔上的菜不合口味还会噘嘴任性；女儿重复着粥和酱瓜，不苟言笑，像个赎罪的苦行僧。

本来这样也挺好的，晚上女儿边打瞌睡边给妈妈念指定的页面上的诗，深夜里妈妈故意装病给女儿一个惊吓。女儿虽然没有成家，但有房有书有院有花，日子过得也算是有滋有味。

直到有一天，冯济真生病了，是让人绝望的阿尔茨海默病。

女儿冯济真逐渐失去了自己，失去意识，失去行动能力。清醒的时候，女儿充满歉意地问妈妈："我是不是拖累你了？"但更多的时候，女儿不认识妈妈了，也变得让妈妈不认识自己了。各种无端的惊恐、责怪、暴力，让年迈的妈妈在无数个深夜里无助地痛哭。

但妈妈永远不会放弃自己的孩子，八十五岁高龄的妈妈蒋玉芝在深夜里跟着发病的女儿奔跑，隔着一道小河，妈妈一边努力跟上女儿的步伐，一边焦急却不失温情地看着女儿，嘴里呼唤着，"真真、真真"，就像呼唤六十年前的小宝贝。我在那瞬间眼泪止不住地流，如果伤痛可以替代，我想世上所有的妈妈都愿意替孩子过滤下所有的悲伤与疾病，只把快乐和笑脸留给自己的孩子。

有一年我去献血，回家后我妈发现了我手肘处的淤青，追问缘由。我敷衍说："单位里派代表，我就去了呗。"我妈隔了好一会儿，又跑过来，很认真地嘱咐："如果下次再派你去献血，我来替你去。"

我的眼睛立刻就酸了，顺势接过我妈手里端着的红枣桂圆鸡蛋汤，大口吞咽了下去。我知道全世界只有我妈才会这么无私地爱着我，不管我是十岁，三十岁，还是五十岁。

下班回海盐，会路过秦山家。无论是炎热的夏天还是寒冷的冬季，只要家里有了时新的蔬菜，我妈都会在红绿灯口等着我。夏天太阳很猛，我妈朝西站着，太阳常晒得她满头满脑的大汗，冬天的时候西北风很冷，我妈依旧朝西站着，风吹得她的眼睛都睁不开。我嗔怪她："那边有棵树，你就不晓得躲躲吗？"我妈回答："我怕你路过的时候看不见我呀。"

这样听起来我妈有点傻，但事实上我妈是我们村公认的最聪明最美丽的女人，没有之一。

但我依旧喜欢和我妈较劲，我嫌我妈不够爱我，我嫌我妈不够关心我。口齿伶俐的我妈在我面前却屡屡败下阵来，板着脸咚咚咚走开了，而我得意扬扬："谁让你小时候总掐我。"

当然也有真把我妈惹伤心的时候，我看她郁郁的样子，晓得自己错了。于是我跑过去喊："妈！"我妈不理我。我再喊："妈！妈！妈！"我妈依旧不理我，我就跟自己说："哦哟，忘记刚才跟我妈吵架了。"我妈扑哧一声笑出声来："也就我买你破脾气的账！"

我是很害怕自己老去的，如果我老了，那我妈就更老了。

当我忘记某件事情的时候，我也会恐惧，我怕有一天我会变得思维迟钝，很多美好的事情，都像被橡皮擦慢慢擦掉，只留下一片空白。

于是我们决定搬回乡下和我爸妈同住，我一边享受着我妈给予我的照拂，一边和我妈斗嘴。我知道很多年很多年以后，再回想起来，这定会是非常幸福的时刻，我也很笃定，无论我再怎么扑腾，我妈依旧会爱我。

我是女儿，我也是妈妈。

从听见我女儿的第一声啼哭起，我就知道从此她成了我的软肋，而我就是她的盔甲，她的喜怒哀乐是我生活的主旋律。

当我像老母鸡一样张着翅膀要保护住我的女儿，企图让她在我的温暖的怀抱中成长时，她已经挣脱出来，去了遥远的英国。

于是我的思念搓得细长而柔韧，心思也愈加敏锐细腻。我们几乎每天都要聊上几句，有时温暖有时欢快，然而我的女儿也总是惹我不开心。譬如刚刚我问她何时回伦敦，她回答："你急啥！"

夜再深一点的时候，手机不停地震动，我赌气不去看，但终于还是忍不住，起身打开。女儿说：

"妈妈，我们到啦，现在去吃晚饭。

"妈妈，我把零用钱省下来给你买了护肤品。

"妈妈，我最爱你了。真的，你看……"

女儿发来几张图片，给我买的各种礼物。嗯，生气归生气，但我也从来没有怀疑过女儿对我的爱，而我对我的女儿的爱，跟普天下所有的母亲一样，是没有什么可以抵挡的。

电影到最后的时候，妈妈蒋兰芝推着女儿冯济真到了海边，她们逆着潮水，拥抱，欢笑。两个人都打扮得雅致整洁，这让观众难免有不好的预感。但既然结尾是开放式的，或许我们可以理解为她们是在逆着困境美好地向前，在浩瀚的海边寻找到一种更自由与宽阔的生活。

毕竟，妈妈从不会觉得女儿会给自己带来麻烦，而女儿，永远是妈妈生活中最明媚的阳光。

恰如春风轻轻吹

路上，听电台中甜美的声音说："欢迎你坐上开往春天的列车……"是春天悄悄来了？打开车窗，春风正柔柔地吹拂而来，扫在脸上，微微的暖。

忽然间想到了你，我的妈妈。

我一定是坐上了幸福的列车，才可以成为你的女儿，妈妈。无论我身在何处，总能伸手便触及你的温暖，犹如此刻扑面而来的柔和。

事实上，小时候的我，并不喜欢你。

童年的我，在仓库里山一般的棉花垛上翻滚，听大人们不厌其烦地描述你做新娘的那天，长长的辫子拖在腰际，走起路来娉娉袅袅，岸边挤满了人，一半看嫁妆一半看你。

你抿嘴笑，漂亮得像仙女。可漂亮有什么用？你仿佛高傲的白天鹅一般，哪怕我从垛上滚下来，惊慌失措地告诉你，"有两只虫子钻进了我的裤脚"，你都不会像其他妈妈一样着急站起来帮着拍打，而是让我自己跺脚把虫子跺下来。

若是出去捣乱，有人来告状，你会大家闺秀一样，温柔地跟人家说"对不起"。然后关起门，不说也不训，动手就掐，还不许我哭出声来。甚至，都不问青红皂白。

星期天最盼望的是你上白班，我可以挽着裤腿跑去河边石阶上，在篮子里丢几颗米粒，企图逮着几条贪吃的小鱼。总有失算的时候，譬如你们厂忽然停电了。你发现我不在家，急忙忙找来，柔声唤我回家，然后在洗头时扯我的头发，疼得我的脚尖都踮了起来。等我哇啦哇啦哭，你才厉声逼问："还敢去河边吗？敢去吗？"

我知道你最喜欢在回家的时候，见我捧着书本在苦读。但你不知道，外面的世界那样美妙，蜜蜂嗡嗡唱歌，蝴蝶翩翩起舞，油菜花黄得耀眼，这些都比书本有趣多了，你怎么就不懂呢？你说来说去就是谁数学考了满分，还依旧在努力做算术；你说你小时候班里同学去春游，外婆不让你去，最后你编了一篇春游的作文，还被老师表扬了。你总是叹着气说："我多么希望你像我一样聪明，也多么希望你可以考上名牌大学。"我学着你叹气："我多么希望你是伟大的邓颖超妈妈。"那天你正在洗衣服，顺手就把手里的洗衣刷狠狠地丢了过来，若不是我逃得快，我想现在一定是破相的丑八怪了。

你是妈妈，可你从来不温柔对我，在我小小的眼里，你就是法西斯。

我喜欢隔壁的那个妈妈。我们溜出去刨的红薯，从不敢带回家，可隔壁的妈妈会把它煮熟，让我们吃个肚儿滚圆。你知道后很愤怒，第一次大声责骂："小时候偷根钉长大了偷块金，若再敢这样，我掐死你。"

生活不会总是一帆风顺，但再苦再累，你依旧保持着高贵的样子，不屑于聊些家长里短的闲话，却又勤劳得像只黄牛，趁我和妹妹在外面读书，你和爸爸吭哧吭哧把平房又换成了楼房。说真的，我无法想象柔弱的你是怎么做到的。

有次我提前回了家，翻遍锅子橱柜，只找到半碗饭泡粥、一碗咸菜和一碗咸菜汤。汤只剩下一点被浸泡得无精打采的菜叶缩在碗的角落，就这样，你还没有舍得倒掉。我愣在那里，眼泪扑簌簌往下掉。那些年我的伙伴们陆续去羊毛衫厂摇横机，收入可观，但你从未羡慕过，你宁可节食缩衣供我们读书，因为你始终觉得只有读书才是正道。

直至少女时代，我的毛衣一直是班里最鲜亮的，你用各种颜色拼接起我们五彩斑斓的岁月，我却想不起，你是何时织完这厚厚的一摞毛衣，我也想不起，那么多年你穿的是什么。

我也真的是忘了，你从哪一天开始变老。我晚归，你静静地守候；我曾经创业，你默默地支持；我忧伤时，你跟着担忧，以致彻夜不眠。你从来都不说，直至很久以后，你轻描淡写那些夜晚，你是怎么数着时间熬过来的。

你就这样老去了。虽然跟同龄人比，你依然美丽。但我可以清晰地辨别，那些岁月强加在你身上的横纹，如此粗暴无礼。

我不再跟你说，有两只虫子钻进了我的裤腿。因为你不会再让我跺脚，而是一定会弯下腰，认真帮我拍打，轻柔地，犹如现在吹来的春风。

曾经抱怨你，为何不能像奶奶一样慈祥呢？如今，你变得这般温和，我却更加怀念你给我梳辫子时咬牙切齿的逼问："你还敢吗？敢吗！"

春风恰在轻轻吹，我在悄悄想你，我的妈妈！

父母爱情

一

我和妹妹一致认为，这辈子是妈欺负了爸。

每次回家，总是见我妈在絮絮叨叨地埋怨我爸，或者是因为我妈关照的事情我爸忘了去做，或者是因为我爸咳嗽时忘记转过身去，也或者只是因为我爸拿错了热水瓶上楼。几乎所有我爸做的事情我妈都不满意，然后某根莫名的导火线引爆单方面的纷飞战火。

于是我们姐妹每次都是义无反顾地站在我爸这边，无比怜悯地觉得是我爸受了委屈。但我爸并不觉得，他每天乐呵呵的，哪怕挨骂也笑眯眯，有时候甚至会憋不住笑出声来，仿佛受埋怨受唠叨是捡到了天大的便宜。有时候我仗义地挺身而出，为我爸说几句话，他却从不领情，反倒是我被两人抓了短。芝麻大的事情也要翻出来，他们联合一致对付我，每每吓得我落荒而逃，从此再不敢帮腔。

有次我妈买了排骨，关照我爸要红烧，但揭开锅的时候，发现我爸煮的是排骨汤。这原本是小事，但我妈顿时就气得不得了，从排骨一直说到遥远的过去，凡是我爸因为马虎而犯的错都被我妈翻出来念叨。我晓得我妈最后肯定还要恨恨地总结："我一定是瞎了眼才嫁给你。"我便赶紧舀了一勺汤送到嘴里，夸张地说道："还是排骨汤好喝。"我爸却不屑地说："你说好喝有啥用？领导满意才是重点，你是我下属，我的领导永远是你妈晓得哇？"

我妹妹在广州工作，我爸和我妈就像织布机上的两只梭子，你来我往，你往我来，偶尔双宿双飞。掐指算起来，这些年，一半的时间他们是靠电话线连接的。

我妈人在广州，却仿佛有双千里眼，家里的事情都要她明明白白地安排，今天干什么明天做什么，我爸就成了坚定不移的执行者。然而就算这样，还是会在出错的时候挨我妈一顿骂。有天我爸在我姑姑家玩，接到我妈的电话，估计又是挨批的，我爸一声不吭地听着，等我妈唠叨完，他最后才批评总结："妇道人家，要懂得'温良恭俭让'，你怎么可以这么剽悍呢？"但我爸这么说的时候，态度特别温和，仿佛被要求"温良恭俭让"的人是他自己。

我妈跟我爸，面对面要吵，电话里要吵。我也不晓得为啥有那么多的话题吵。但总之，我爸打我妈电话，就算我妈不接，他也会一遍接一遍地打。倘若我妈打我爸电话，一遍打不通，我妈就会生气，她会在接通的时候恶狠狠地训斥："手机要来干啥的？不接么砸了算了。"

这么听起来我妈挺矫情的，之前我也一直这么觉得。但后来人到中年，经历了生活中的种种烦琐，再跟妹妹打电话，我们竟偷偷达成另一种默契：我爸的每一顿骂都不是白挨的。

二

我爸对我和妹妹的择偶一直颇有微词，我们一直都挺理解的，毕竟"好不容易养大的白菜被猪拱了"嘛，再帅再聪明的"猪"也终究还是"猪"。但每每提及，他总要夸张地长叹一声，"想想就心脏疼，都笨死了"。

有次我终于忍不住，反驳说："我和妹妹找的伙伴，虽然都不如你意，但好歹也是有学历有修养的。倒是你，我妈蛮不讲理，也不是出生豪门，你找她那可真是一点眼光也没有。"

我爸赶紧回答："哎哟，在那个年代，能找到你妈这么聪明能干又美丽的女子，我不要太聪明哦。"我爸这么自诩着，居然嘿嘿笑出声来。

我赶紧打电话给我妈，是我妹妹接的电话，我绘声绘色地把我爸的话照说了一遍，妹妹在那边笑得前俯后仰。说完，我妈恰巧过来了，妹妹把电话递给我妈，我就又绘声绘色地描述了一遍，最后三个人都笑成一团。

我妈说："你爸爸这个人啊……"这么说的时候，我妈的声音是甜的。

我爸跟我妈的相识的确颇具时代特点。

那时候我爷爷由于历史原因，受到了点挫折，虽然因为医术高明、品格纯良而没有被批斗，但每天需要扫街，即沿着马路从路东扫到路西。我爸曾有媒妁之言，因家庭成分相当，他那个对象的爸爸也需戴着高帽子扫街，从马路西扫到路东。某天我爸的那个对象走过，看到两位老人相对扫街，回家就悔了婚，说见不得这番情景。

此事来源颇可靠，且有理有据，赶紧回家找我爸证实。我爸一口否认，没这回事。但我爸偷眼看妈，瞅见我妈在那端撇嘴。于是无辜地承认："有这事，但没到谈婚论嫁的地步。"再看我妈，依然在撇嘴，我爸就自毁清白地解释："当初追求我的人的确很多，譬如某某，还有某某，但我都瞧不上啊，我只看中你妈。"

我妈酸不溜丢地对我爸说："怎么听起来你很遗憾嘛！是有点可惜哦？"我见势不妙，赶紧结束谈话："不可惜，一点也不可惜，要和她成了，哪里还有我和妹妹呢？"

过两天，我爸偷偷告诉我："你妈妈年轻时候，那可是我们整个公社最漂亮的，两条长辫子拖在腰间，真的可好看了，你们姐妹俩都不如你妈。"我爸又暗自得意地告诉我："那些年给你妈介绍对象的媒婆真的是踏破门槛，可是除了我，你妈一个也瞧不上。"

我爸小时候是极其聪明的，读书的时候，就是现在流传的"只考第一不考第二"的那种学霸。但我爸觉得，倘若跟我妈比，那他还是差得远。

我和妹妹小时候的打扮总是我们村里最好看的，我们穿的毛衣，花式新颖，色彩斑斓。走过我妈身边的人，但凡穿着好看的毛衣，我妈只要瞅几眼就会把花样织出来。

初冬开始织布的时候，我妈总是第一个开织机的人，我妈织出来的布，好看又柔软，然后全村的妇女都围在我家里跟我妈学织布。

我妈读过几年书，因此还在生产队里兼了经济保管员的职务，家里书桌的中间抽屉上总是上着锁，夜深人静我妈才打开，就着昏暗的灯认真记账，几年来从来没有出过错。

这么美丽又聪明的我妈，常常高傲得像白天鹅，她不屑于和街坊谈些东家长西家短的事情。但有一次，村里要拉电线杆，不知道为啥，说一定要从我家围墙里过，就是电线杆要立在我家院子里。那天我爸不在家，我妈拎着一根锄头站在家门口，像个撒泼的普通妇女，她非要队里给出个理由：为啥明明前面后面东面都可以立电线杆，偏偏要立我家院子里面？

最后当然是我妈赢了，因为队里根本没有站得住的理由。我妈等到我爸回来，终于绷不住，眼泪哗啦哗啦地流。那年我和妹妹都年幼，我妈只是怕我们姐妹俩独自在家时会不安全。

当然，即便我爸在家，这种撕破脸皮的事情也得我妈去做的。我爸只有事后崇敬的份儿。

我爷爷年迈的时候，有次因为东围墙脚边的路被隔壁人家侵占，想跟邻居掰扯一下，结果邻居也不讲道理，对我爷爷说了句粗话。我爷爷一辈子受人尊重，没听过这么粗鄙的话，气得浑身发抖。我爸回家，听说此事，便劝我爷爷，"算了算了，反正已是老屋了，隔壁都被侵占光了，也不差这点了，气坏身体不合算"。我妈回家，听说我爷爷被邻居骂，二话不说便追了过去。不知道我妈说了些啥，总之后来邻居叔叔恭恭敬敬地来跟我爷爷道了歉。

当然我爸又只能在事后带着崇拜的眼神问我妈："你是怎么劝那个倔

小子来道歉的？"我妈回答："咱爸是谁？是可以随便被别人骂的吗？"

很神奇的是，邻居叔叔居然从此对我妈服帖得不得了，前两年我家造房子，这位叔叔原本因身体有恙在家休养，那时却还天天跑我家里帮忙，今天搬个柜子，明天撬个地砖。偶尔被我妈嗔怪几句，他也不羞不恼，还笑嘻嘻的。

三

我妈在很气愤时会说："我遇见你爸，真是受了一辈子委屈。倘若有一天我被气死了，别人肯定以为我是幸福死的。"

可不是嘛，我爸对我妈唯命是从，哪怕我妈说太阳是打西边出来的，我爸也一定会毫无悬念地附和说，"我的确看见太阳从西边徐徐升起了"。

我爸不抽烟不喝酒不发脾气，赚的钱一分一厘都交给了我妈，而且从不盘问下落。

但我妈嗤之以鼻："你们不晓得我的苦而已。"

我妈说，有次她去田间干活，一不留神就天黑了，我妈惊慌不已，赶紧扛起农具回家。她一路小跑，遇见隔壁的叶明去找老婆，叶明说天黑了怕老婆胆子小害怕。她再跑，遇见建明去接老婆，建明说老婆弱小挑担没力气。我妈上气不接下气地跑回家，我爸正在家里优哉游哉，他理直气壮地说："我又不知道你在哪个田里，怎么找啊？万一我出去找错路了，你到家了还得再等我吃饭。"

我妈说，还有一次家里农忙，我妈先去田里，关照我爸随后就去，但一直等到午后，我爸还没有去。我妈饥肠辘辘地回家，发现我爸正陪我外公喝酒呢，还喝得面红耳赤，话都说不完整。等我外公回家，天都快黑了，农活自然也没干完。我妈气不打一处来，狠狠地骂我爸。我爸还是挺无辜的，原来我爸在去田间的路上遇见隔壁邻居，邻居跟他说："你丈人在长川坝呢。"我爸于是赶忙丢了农具去找人，还买了酒和熟食款待，我外公好酒，还喜欢慢酒，一瓶酒要喝大半天才能喝过瘾，当然，自己喝不爽快，要女婿陪着喝。这样我爸就从中午陪到了晚上，也不好意思说我妈还在田地里等着他。

我爸喜读书，却不善料理田间之事，20世纪80年代实行土地家庭联产承包责任制后，家里家外的全靠我妈操持。我妈每天忙得脚跟不着地，连炒盘热菜也没时间，印象中的所有下饭菜，譬如捏落苏、大头菜、榨菜等都是我妈自己腌的。平日里吃饭，我妈就煮个白米饭，蒸架上放个大碗，切点大头菜和番茄，连个鸡蛋羹也舍不得吃。我爸说："说吃苦耐劳，你妈必须是标杆。"

但我爸对农田的事情完全帮不上忙，倘若他在家，只会笑嘻嘻地买点肉丝，打两个蛋，给我们做肉丝跑蛋。

小时候我们都喜欢爸爸多一些，毕竟我爸从不苛责我们，做的菜也好吃。而我妈对我们特别严格，从学习成绩到言谈举止，都要达到规范，如果不达标，我妈就气哄哄地关起门来骂，骂得兴起，还会操起家伙什砸过来。我爸不敢当面护着我们，事后跟我妈商量，"打孩子打屁股就可以，不能打脸，伤自尊的"。

然而爸妈逐渐年迈后，我妈变得特别宽容，我爸则开始学会各种抬杠。譬如我说等发了工资买花衣服去，我妈说："年轻的时候该穿就穿，等老了穿啥也不好看。"我爸说："别忘了我们农民勤劳简朴的本质。"我跟他们说休息日不要一早打我电话，我要睡懒觉，我妈说："累了一周是要好好休息。"我爸说："你只是睡在城里的乡下人而已，你看田野里都是早起的人。"

有时候我听着会生气，但再听就忍不住笑了，这些话应该是我妈经常对我爸说的，我妈在我爸面前永远保持这样的本色，什么都喜欢说"不"，然后看着我爸失措的样子暗自得意。

或许这便是最好的爱情，彼此适应、彼此改造、彼此依赖，你中有我，我中有你，最后你变成了我，我变成了你。如此平淡、温暖而又理想。

时光与爱不负你

我妈撇撇嘴说："亏你们小时候都喜欢你爸，不就烧菜好吃嘛，烧菜好吃谁不会，多放点油呗。"

四

我爸有个特点，在我妈面前各种宽容大度，但倘若我妈不在身边，他就活成了我妈。我妈看他各种不顺眼，我爸对我亦是怎么看都不太合意的样子。

这点我小时候就领教过了。读小学时，有一次不知道我爸怎么惹了我妈，我妈就一声不吭地躺在床上，太阳升老高了也不起床给我和妹妹做饭。我想了想，我妈最喜欢吃桑果了，就领着我妹妹去外婆家附近的桑园里兴高采烈地给我妈摘了一篮子桑果。结果我爸回家，知道我居然没有在家陪我妈，而是摘桑果去了，拎起篮子就把桑果全倒进了东面的小河，还瞪着眼睛骂我们姐妹俩不懂事。真是搞笑了，他自己惹的祸还莫名责怪到我们身上。这是我第一次领教到我爸也有不讲理的时候。

后来我慢慢地发现，其实对我爸，根本不需要讲道理、讲规矩，因为我妈就是他的道理他的规矩。

我家装修房子，我妈人在广州，却每天打电话对我爸各种指挥。譬如她命令："老家具不能丢掉，我要用的。"我爸就老老实实地全部做到。在屋子西面搭个杂物间把老橱柜存进去，我妈喜欢的衣柜，放客厅里不合适，他就趁我不在家，叫来我姑妈，两个人吭哧吭哧全搬到了阁楼。我回家一看，几万块的实木楼梯，被磕坏好几处，我爸毫不在意："跟你妈的家具比起来，磕坏点楼梯有什么？"我猜要是我妈认为把楼梯全部拆了才舒坦，他也会一丝不苟地全照做。

我在院子里种花，我爸各种扫兴："鲜花会死的，不如买塑料花，可以长盛不衰。"我关照我爸隔两天浇水，他拒绝："我干不来这种活，你还是早点拔了种蔬菜。"繁花竞妍的春天，我回家一瞅，我的花儿已是恹恹的样子，我爸狡辩："我给你的花浇过水了，是它们自己不想活了。"但我忽然发现车库里的几盆芦荟，叶子舒展曼妙，翠绿得几近透明。那是我妈种的，我爸便当婴儿悉心呵护，不管是下雨天还是大晴天，我爸爸都会小心翼翼地把芦荟捧进屋，怕晒着淋着。

我揶揄他："老爸，像你这样怕老婆也真是没辙了。"

我爸挺着胸脯说："我才不怕她，我是个男人，胸襟宽阔而已。"

我妈骂他："你真的要笨死了。"

我爸真诚地回答："家里有你聪明就可以了。再说我不笨点怎么显示你的聪明呢！"

当然，有时候我妈也会犯错误，譬如炒菜不放盐，譬如去个菜场，结果遇见个熟人聊天聊到来不及做饭。倘若是我爸这么做，我妈肯定要不依不饶的，于是我赶紧使用"离间计"："老爸，赶紧抓住机会反击呀。"

我爸毫不在意："人无完人嘛，就不要苛责了。"

五

我妈是对生活方式很有自己原则的人。比如她不喜欢别人到她碗里舀东西吃；比如就算条件再艰苦，她也从不吃我和妹妹吃剩的饭菜；比如她的东西要自己打理，不让别人触碰；比如和陌生人在一个空间，她会保持很远的距离，觉得陌生人身上有气息。

总之生活里我们常会被我妈各种嫌弃，我爸常形容我妈："任劳不任怨。"我妈回我爸一个白眼，"跟你这种木头有啥好说的"。

但我爷爷奶奶的晚年大都是我妈在照料，虽然请了阿姨住家照看，但我妈还是一日三趟去看望，隔三岔五给奶奶做炒腰花，遇见爷爷奶奶换下来的衣物，我妈顺手就拿去洗了，一点也没有嫌弃的意思。

我爸兄妹四人感情笃厚，他们相互惦念相互关心，闲时一起走过湖南、广州、内蒙古等地，这么多年来从来没有红过脸。不能不说我妈作为长嫂，有她的真诚与宽容。

最永恒的幸福是平凡，最长久的拥有是珍惜。我妈心思细腻、生活简朴，我爸粗心大意、知足常乐，仿佛是完全不同类型的人，但意料之外又情理之中地他们都在幸福着，他们彼此信任、彼此关照，却又不失时机地斗气，生活鸡零狗碎，又充盈着普通人家的爱与温情。

作为女人，我是羡慕我妈的。我爸虽然只是普通男人，但他努力用宽阔的胸怀尽自己所能包容着我妈，让我妈一直在温暖的港湾里自由生活。

这般，爱情风调雨顺，婚姻波澜不惊。

我爸不在的时候，我妈也会满足地笑说："其实你爸真的很好！"

时　光

许是年纪慢慢大了，我开始害怕等待。

跟朋友约吃饭约喝茶，总会再三确定时间，然后才可以安心做其他的事情。不然就会忐忑，怕错过了时间。是的，时间。

初冬的下午，坐在明晃晃的日光里，伸手想遮住照在脸颊上的光，却发现手掌在太阳的照耀下近乎透明，而一缕缕金黄的阳光从指缝里漏下来，夹杂着五彩的尘埃，徐徐而又匆匆地弥漫过来，无可抵挡。

说徐徐，是因为尘埃在光线里有时候缓慢地移动，有时候又几乎不动，悬浮在那里仿佛思考着什么。说匆匆，是因我似乎听到了时间的滴答声。那一缕光，悄悄从房间的一隅移到另一隅。然后一天就要过去，一秋也要过去，并且，它们再不回来。

有朋友在微信上说："院子里柿子树叶红了，他若不理，它便会随风而去；他若不留，便辜负了它来尘世的情谊。他于是与时间抢着，在它红透的那一刻夹入他的书间。"

我从心底掠过一丝慌乱，原来，都已经到了与时间抢夺尘世间美好的时候了。如此，我便懂了自己，为何会慢慢开始害怕等待。

我一定已经度过我生命的二分之一了，而且是更蓬勃灿烂的那二分之一。

仿若我已爬到了山顶，不管是一路疾驰还是跌跌撞撞，那都不重要了。我已经攀越过了山顶，正在俯视着山下，怀揣各种复杂的情绪。

周末回秦山陪伴我爸。这些年，我爸妈轮流去广州给我妹妹带孩子，带完了妮妮带恰恰，我妈总归去得多一些，因此家里时常只留着我爸。

我炒着简单的蔬菜，我爸在一旁插不上手，便把两只手拱在胸前，不停地揉搓，没话找话地跟我闲聊。不知道从什么时候起，我们都在努力地与对方说话，说些家长里短，却不约而同地不做任何评论。因为我们都知道了彼此已经不在一个频道，他有他这个年纪的经验和见解，我有我不同的立场，说多了会脸红脖子粗。他说："听你的，你做主。"言外之意，他自己已经做不了主了。

最近想到要建房子，我问他："旋转楼梯好还是普通迂回楼梯好？要不要建一个阳光房来养养花草晒晒衣物？"我给他看下载的一些房屋图纸，问他哪一个更好一些，他都含糊地答着"嗯、哦"之类的字，说："你看着办，我没有意见。"

也有无限感慨的时候。我爸说，当初我和你妈建这三层楼，也是用足了劲，我本想着我们辛苦一点，起码你这辈子就不用再建房了，哪知道还是要重新造过。他这样说的时候，我的心里便有些酸楚，那年造房子，爸把我和妹妹安置在爷爷的小院子里，他和妈挤在原本养猪的小房子里，我甚至记不清房子是怎样建成的，只晓得新造的三层楼的房子宽敞得可以在里面翻跟斗。

小时候最喜欢跟我爸比身高，平时也没觉得他很高大，可是我一站过去，我爸挺直了腰，我就只能到我爸心口的位置。现在嫌秋雨清冷的我爸，正佝着身子，一只手插在衣兜一只手插在裤兜，我悄悄走过去，我爸的胸口显然已经容不下穿着高跟鞋的我。

我转头，眼泪已经轻轻溢出。世上哪有什么岁月静好，只不过有人替你负重前行。

我想重建一幢房，其实也就是想着趁现在，不是很老的时候，给我女儿筑个温暖的窝。当然，要比现在的更结实更时尚。如我爸当年一般的心意，我铆足了劲，女儿这一代就不用再为建房辛劳了。而她倘若累了倦了，也随时可以回来梳理她的心情。我想我更是在筑建一个港湾，这里没有风吹雨打，只有明媚阳光。

女儿正如同我彼时的年纪，自以为已经长大却依然懵懂。她撒娇说："我要一个超大的浴缸。"她的爸立刻回复她："你想要的我们都会努力给。"

是的，她没有问我们为了建房，跑了多少趟设计院。她也没有问，重建一幢别墅会花多少钱。这些她都没有概念。而她的爸爸会在半夜里醒来，为她房间的门到底朝哪边开合适而沉吟至天明。

我跟女儿的关系，似乎比我跟我妈的关系好一些。

以前的很多年里，我妈对我说话的语气都是命令式的，我的生活主题是不断接受指令然后完成它，哪怕跌滚摔爬。

我是她的女儿，她用无可替代的母爱来包围我，她深切地爱着我，因此她希望我用她的方式过她认为的幸福生活。直到有一天，我觉得这样的爱温暖却遥远。

所以我对女儿，便滋生了一分纵容。我尝试着去走近她，去理解她那一颗想要去遨游的心，我赞美她鼓励她，给予一切的支持。虽然我也依旧可以感受到，她用一根无形的线把我划归在这一边，如同我曾经给我妈画的那条分界线。但我沾沾自喜她总归是愿意把她生活的部分与我共享，哪怕是牢骚。

初冬穿过我指缝漏进来的这一缕阳光，在地板上清晰地划了一道印痕。

我忽然想起了我的妈妈，我跟她母女那么久，从未与她有过更多亲昵的举止，她总是忙忙碌碌，留给我急匆匆的脚步与急匆匆的背影。我没有主动去抱她亲亲她，或许是因没有合适的时机，也或许是因我们之间隔着时光，而不只是隔着一条横线。

20世纪50年代初的妈，与20世纪70年代的我，隔着二十多年的光阴。那个时代的妈，不善表达爱，只是努力想把她认为的好生活给予我。

宛如那年建的三层楼，其实当时并不富裕，但我爸妈只是想把劳累自己扛了，让他们肩膀下的我可以风轻云淡一些。

我与20世纪90年代末的女儿，同样隔着二十多年的时光。我自以为比我妈懂一些教育，却依然也是跨不过时光的距离，我站在我妈当年站的位置，同样想着把那条更宽阔的大路指点给她，即便她嗤之以鼻。恍如当年的我！

镜子里发现一张慢慢老去的脸，皱纹开始肆无忌惮，白发如同田间的蒲草，偷偷挣出来一根，隔几天，又一根。

但终于，那一丝惊恐亦在慢慢淡去。

害怕等待，就不要去等待，慢慢成为自己想成为的那个人，我想建一幢自己想要的房子，有露台和天窗，向暖生香。

去嘉兴做客

1989年，我结束了中考，成绩不好不坏。

说不好是因为拿到的成绩离上中专还差一截，说不坏是因我这么吊儿郎当地读书，上课看小说，凭小聪明还能考上高中，也算差强人意。

但我家人不满意，他们觉得我还可以站得再高一些，于是一番波折后我拿到了嘉兴卫校的代培名额。

8月底，我妈背着布袋，又拎上两个鼓囊囊的网格大尼龙袋，架势颇为浩荡地带我登上了开往嘉兴的客车。

我们是去拜访邻居有法公公一家的。有法公公的儿子山叔叔早年以优秀的成绩跳出农门安家嘉兴，并把父母也接去了城市。我能顺利拿到嘉兴卫校的敲门砖，自然有山叔叔鼎力相助的缘故。

客车很长，由两节车厢拼成，中间部分用黑色软塑胶连接，放了两张相对的座椅，仿如绿皮火车一般。更巧妙的是长客车一转弯，椅子就带着人一起旋转，还吱呀吱呀响。我喜欢这种坐游乐椅似的感觉，赶紧抢了位置坐下来。

两节的长客车不是第一次坐，嘉兴却是第一次去。

嘉兴是什么样的呢？应该在遥远的地方，而且有点神秘吧。听说那里有南湖的红船，以及学校附近繁华的中山路。

我扭着头好奇地望着窗外，风从窗外吹进来，不那么热，但还有些黏，在皮肤上逗留着不肯离去。一枝蒲公英被风吹散了，花絮随着微风慢慢摇进车窗，悄悄逗留在后座乘客的发梢上，半透明的，带着雀跃。我出神地看着这片花絮，想到自己也即将自由飞翔，偷偷地欢笑。

公交车摇摇晃晃地从柏油路弯进了一条碎石子小道，车厢内顿时颠簸了起来，大家不由自主地跟着摇头晃脑。再看窗外，明显有了乡村的痕迹，路两旁是碧绿的水杉树，以及微微染黄的稻田。偶尔路过村庄，有新新旧旧的民房，错落有致。

我点着窗外说："这里是石泉。"

萍跟我说过，她的外婆家在石泉，在往西再往西的地方。但后面有人温和地说："这里是新丰，去嘉兴不经过石泉的。"我回转身，看见一双笑盈盈的眼睛在镜片后面闪烁，顿时羞红了脸，只敢看着脚下不再乱动了。

脚边的尼龙袋里装着只大红冠的公鸡，有双亮晶晶的眼睛，它跟我一样第一次去嘉兴，但它不晓得为何去嘉兴，因此一路不安地"咯咯"乱叫，还憋不住拉了好几次屎，弄脏了尼龙袋，又把车厢里搞得臭烘烘的。我踢了它一脚，脸更红了。

晃了三个多小时，终于晕乎乎地抵达嘉兴汽车站，太阳已经西斜。有法公公在车站口迎接我们，他双手接过沉重的尼龙网兜往自行车后架上一放，指着对面的马路笑眯眯地对我说："北京有长安街，上海有南京路，我们嘉兴有中山路。一条中山路，半座嘉兴城，你可要记住这条路，以后你回家都得从这里回。"

跟着有法公公沿着宽阔的中山路往西走，又穿过一条弄堂，来到一座平房前，趣珍婆婆正蹲在那里剁鸡，见到我们，笑得合不拢嘴，直喊着"来了真好来了真好"。

晚饭吃的是咸菜炒鸡，我妈拿出一大包自家腌制的咸菜，配成这道绝妙的菜：咸菜里有鸡的香浓，鸡肉里有菜的咸鲜。趣珍婆婆说："这样子做菜呀，好吃又节省，现在我们弄堂里的阿姨们都会了呢。"我们搬了桌椅在院子里吃，夜晚的风挟裹着星光一缕一缕地吹过来，不燥不热，路灯在不远处散发着宁静的光芒。我几乎在瞬间爱上了这座城这个夜。

山叔叔晚点也过来了，他接我去他的住处。

我忘了山叔叔住在哪个小区，只记得我坐在自行车后座上，好奇地仰望着这座明亮的城市，一间间屋子里的灯是明亮的，一盏盏路灯也是明亮的。再往前有个更璀璨的珍珠塔，山叔叔扭头告诉我："这是嘉兴电视台，再过去就到我家了。"

山叔叔从冰箱里切了块西瓜给我，我轻轻咬一口，有冰冷的甜意。我家也有冰箱，但是单门的，所有可以储藏的食物我妈都摞在里面，甚至还有邻居家寄放的过年宰的猪肉，基本上辨别不出有什么味道。我从不知道打开冰箱门可以闻到如此清香。

窗外很明亮，我完全没有睡意，睁着眼打量着四周。房间整洁有序，书桌和床头柜上叠满了《新民晚报》。嗯，报纸？我眼前一亮，爬起来开始翻读报纸。《新民晚报》有个版面都是豆腐干大的小文章，夹缝里好像还有笑话。我越看越兴奋，一不留神发现路灯熄了东方泛白了。

我把没来得及看的副刊版面都小心翼翼地撕下来藏进了书包，书包鼓鼓囊囊的。我想：我跟山叔叔说撕报纸的事，会不会被批评？可是不说的话，会不会算偷窃？想得正迷糊的时候，山叔叔来敲门喊我起床了。

这是我第一次去嘉兴，没顾上去南湖，但看到了宽阔的中山路，以及明亮的夜晚。我没有带像艺术品一样的南湖菱回家，却装了一书包的《新民晚报》副刊回家——这是个直到今天才敢说的秘密。

很多年后，才知道那个晚上山婶婶身体不好在医院，但山叔叔为了我这个邻居小女孩的学业，特地赶回来送通知书。

遗憾的是我最终没能接过祖父的衣钵选择做医生，也辜负了山叔叔的一片心意。当然这是后话，不说也罢。

时光与爱不负你

老师两三事

长川坝中学就在长丰路边，地势略低于马路。初一的时候，我因为在底楼，每天中午趴在桌子上数窗外来来回回的脚。

初一有位张老师，教历史，狭长的眼睛总是似笑非笑。那时候的老师对不认真听课的学生，喜欢用教鞭或者粉笔头来示警，张老师从来不会，他说话慢条斯理的，即使批评也是转着弯儿，用他的话说，是"讲给听得懂的人"听的。

有次我在历史课上昏昏欲睡，于是信手在空白纸上画了个人，瘦削的，头发长长绵绵。张老师恰巧从我座位边走过，伸手就把我的作品掳了去，等下了课，张老师把我叫去讲台边，举着画对照着笔画了几下，诚挚地问："画的是我？"

我怯怯地低下头，不晓得要面临怎样的风暴，毕竟我画的老师如此龇牙咧嘴粗鄙不堪。张老师极其认真地研究了半天，笑嘻嘻地说："画得不错，就是头发长了点。"他捋了捋头发，把画还给我，嘱咐："下次画好看点儿。"

这是我第一次遇见如此温情幽默的老师，无伤自尊。

初二遇见袁老师。那时候以为他快奔五了，很多年以后发现袁老师还不到五十。

袁老师极其普通，也极其朴素。有时候上着课，发现袁老师的两条裤腿卷得高高的，好像刚从田间拔了秧苗上岸来。

当然，袁老师与农民还是不同的，譬如他戴着厚厚的眼镜。有一年冬天他给我们念古文，念到动情处，忍不住摇头晃脑低吟浅唱，一抹阳光从窗外照进来，照在他的镜片上，扑朔迷离的。感觉袁老师忽然高深了起来。

袁老师的确是满腹才华，我读他在报纸上发表的文章，遣词造句颇有深意。很多年后的一天，我在老镇遇见袁老师，他亦是兴高采烈，邀请我去他家做客，送我一本他著作的《风情南北湖》。这书极其精妙，既有历史的内涵又有文化的底蕴，我反反复复读了几遍，成了我之后热衷做乡土课程的起源。

但学生时代的我们并不懂得如何去欣赏"朱自清般"的袁老师，反倒因为袁老师的儒雅而大胆放肆，他的温言软语经常淹没在我们粗野的打闹声中。偶尔袁老师也生气，书本往讲台上重重一扣，咬牙切齿道："朽木不可雕！"他的眼睛在镜片后面冒着热腾腾的气，他的中山装要被一起一伏的胸膛撑破，我们顿时噤口不言，觉得袁老师要开始长篇大论地痛诉了。可袁老师又以怒其不争的口吻叹息了一声："朽木不可雕！"摇了摇头又继续往下讲课了。

上课最用力的是顾老师。顾老师教的是洋气的英语，可乍看上去，他土得要掉下渣来：明明穿的是西装，却要么松垮垮，要么皱巴巴，颜色也是灰暗的，感觉是从哪个角落里拽出来的。

然而顾老师的激情，是从他的每个细胞里蹦出来的。他声音有些沙哑，但说出来的每个单词，每个句子，重得像一颗颗石头砸进石灰坑，咚咚咚地溅起火热的水泡。有时顾老师在隔壁班上课，激昂的声音不知不觉就随风钻进了我们耳朵，以至于我们不得不学会"分心术"，一只耳朵听本班的课，一只耳朵听顾老师的英语。

课外的顾老师依然有使不完的劲，他从三个班里各挑选了十个同学组成了英语班，在放学后给我们加课。伙伴们在操场上你追我赶，我坐在窗口，一会儿被同学的笑声吸引过去，一会儿又被顾老师铿锵有力的声音拉回来。来来回回的拉锯战中，我终于在完形填空中搞明白了"in、on、to"，顺利考到高中。

初三开学的时候，我们嗅到了长川坝中学的春天。新入职的年轻老师们青春四溢，校园一夜间绿意盎然。

男老师们在课后穿着运动短裤和同学们抢篮球，他们奔跑着，汗珠从他们身上大颗大颗地滚落。他们捧着书本和粉笔沿着长长的走廊去讲课，忽然跳起来做个扣篮的动作，再四平八稳故作老成地跨入教室。

女同学的目光聚焦在穿碎花连衣裙的女老师身上，选出最漂亮的李老师，她微笑的时候两个狭长的酒窝会迫不及待地跳出来。

秋天开运动会，李老师娉娉婷婷地在操场上走来走去，走几步便轻轻甩一下碧波荡漾的长发，我们的眼睛跟着她从这边到那端，再从那边转到这端。心里的爱慕和欢喜，粘在一起久久化不开。

江老师是美的词典，她戴着素雅的发箍，衣服款式是我们从来没有想象过的，裙子的领口袖口缀着精致的花边，如公主一般。我们偷偷数江老师有多少新衣服，但好像从来没有数对过，我们又假装不经意地从江老师班外走过，听她轻轻柔柔的声音，如微风微微拂过。

有天我们发现比小虎队成员还帅的杜老师下班时，自行车后座上横坐着江老师。出校门的时候，杜老师站起来，弓起身踩了几脚，自行车便如离弦的箭，轻轻松松射了出去，而江老师扬起的脸上写满了爱情的模样。

年轻老师没有被安排教初三，但初中的最后一年，校园有了他们，我们仿佛脱去了厚重的盔甲，开始萌生对美的憧憬……

时光荏苒，深深浅浅的岁月从指缝间悄悄溜走，带不走的是懵懂的初中时光，以及那些被时光包裹着的温暖。

岁月静美。

世界上最好的祖母

朋友看着天气预报说："周六周日好天气。"

我脱口而出："可以去扫墓了。"

朋友哧哧笑，大约是觉得我的回答有点不太聪明。但我这个回答是极其认真的，我要回去给我祖母扫墓。

这么写着"祖母"两字，我又开始难过了。

"祖母"这样的称呼，总是又亲热又温暖，她白皙的脸庞、瘦弱的身躯仿佛触手可及。而"祖母"终究已离我们而去，慢慢成了遥不可及的回忆。

祖母离开我们已经十五年了。我有些拿不准这个数字，遂掰着手指又数了一遍，没算错，2008年的除夕夜，我祖母与烂漫烟花一起消失在我们的视野里。

很遗憾在最后的时刻，我没有陪伴在她身边，没有看到她眼神里的眷恋，我只知道，祖母留给我们的思念，从此深远得没有尽头。

我祖母是世界上最大度的邻居。她在宋亭廊生活几十年，从未和左邻右舍拌过嘴红过脸，有些人不能说坏，但总有一丝侵占的小心思。屋东边的路眼见得越来越窄，西面的自留地也越来越小，祖母心知肚明，却未曾去和邻居们争论。她说："吃亏就是占便宜。"这句话有时候挺憨的，但想想，却也是真理。那些年里，谁见到我祖母都要喊一声"菊孃孃"。

长大一些的时候，舅婆经常给我讲故事，讲我祖母年轻时候的事。祖母是穿过旗袍念过私塾的，我因此猜测，见过元宝的人，自然不会在铜钱上去计较太多。这不仅是大度，也是一种气质。

我祖母也是世界上最温柔的妻子与最柔和的母亲。记忆的长廊里，从没有祖父母争吵的时候，祖母总是在默默等待祖父的归来。祖父是名医，把"救死扶伤"当成毕生的信念，忙得脚不沾地，有时是值夜，有时是出诊，有时候刚到家就被病人请走，甚至常在午夜被急促的敲门声唤走。从中华人民共和国成立前到改革开放，时代赋予了他们种种我不敢想象的曲折，但祖母从未有过抱怨，她的大半生都在翘首盼望中度过。

祖母养育了三儿一女。我爸是老大，求学时代遇见"文革"，没有继续读书，因此祖母总是充满愧疚，并把这种愧疚延续到我爸娶妻生娃。

看见儿子劳作辛苦，祖母自然无比心疼，但她从小家境优渥，不会拔秧种田，也不会像其他母亲那样善于帮儿子打理家务。因此她的愧疚要么体现在力所能及的劳作上，譬如见我妈淘米，她就赶紧跑去灶下烧火；要么体现在万般忍耐上，譬如我爸妈因为琐事拌嘴，她轻轻退避，不敢有半句偏袒。有时候我妈熄灭不了怒火，还会把火殃及祖母那里，我祖母就微倾着头，任凭我妈数落，从不反驳，好像做错事情的全是她。

但祖母从未因此在村里说过我妈的半句不是。她总是秀气地微笑着，听别人说家里长家里短，说儿媳的种种不如意，然后满足地说："我儿媳妇漂亮又聪明，我儿子真是有福气呢。"

幸而我妈的熊熊烈火总是来得猛去得也快，一会儿时间，我妈又开始到处喊"妈！妈！"，祖母笑眯眯地应答，仿佛什么事情都没有发生。下雨天不用做农活，祖母常会邀我妈逛百货店，她们挽着手如同亲母女。

懂事后，无论什么事我都会挡在祖母前，舍不得让她受一丁点的委屈，偶尔也不行。因为我祖母还是世界上最暖的祖母。

我的童年因为有了祖母，才会充满阳光，安宁且幸福。祖母喜欢牵着我的手去坝廊，吃馄饨，吃杨洪蛋糕，还去供销社找我舅公玩，舅公那里有糖和橄榄，我的小口袋被塞得满满的。

祖母也给我讲故事：孟姜女哭长城、武松打虎、孙悟空大闹天宫……神奇的故事从祖母的温言软语里慢慢传送给我。

上幼儿园的时候，别人家的孩子都是自己跑回家，祖母则每天算准时间来接我，别人家的孩子身上泥滚泥，我的白衬衫蓝裤子永远干干净净。我也埋怨祖母："伙伴们会跳绳会牛皮筋，我什么也不会。"祖母就从舅公那里买来牛皮筋，一头拴树上，一头拴她腿上，好像也挺好玩的。

等上小学和初中了，祖母还是每天到坝廊，等我上完一节课，她就笃笃敲两下窗户，递进一个肉包子来。我在全体同学羡慕的眼光中啊呜啊呜吃掉半个包子，等下节课结束，继续在羡慕的眼光中啊呜啊呜吃掉剩下的半个包子。

那时候我跟祖母说："等我赚钱了，带你去北京，坐飞机去。"

可我并没有兑现对祖母的承诺，哪里都没有带她去玩，甚至没有给她做过一餐饭。曾经我给自己找的理由是祖母有保姆给她做饭，如今我再想，真是无比懊恼：保姆做的饭，怎可及我亲手炒的一盘菜？

祖母在病床上的大半年，我居然很少回家，即便回了家，也是不耐烦的时候居多。祖母依旧以极大的包容来接纳我，无论我怎样蛮不讲理，祖母依旧选择微笑倾听，并把好吃的水果都留给我。

思念有时候是暖，有时候是疼。祖母安息在六里牛桥，那里是我祖父的老家，于祖母而言人生地不熟。我不知道我的祖母在那里会不会被欺负，遇见委屈的时候是不是还会一味忍耐。但我已经很久没有梦见祖母，我想她真的已经成为别人家的亲人了。我如此希望又害怕。

前些天小叔来家，年前因身体小恙，小叔清瘦了许多。我怔怔地看着他，忽然说："叔叔，你越来越像奶奶了，连笑容都一样。"小叔微微笑着，干净而含蓄："那自然像，亲儿子嘛。"

如此依旧心疼，却也释然：生命既延续，祖母且安好！

259

祖父的酒杯

隔些时候，父亲就会躲在阁楼上整理旧物。有祖父的雕花床，祖母的樟木箱，以及一张精致的梳妆台。父亲抚着桌子回忆，这还是他和祖父两人一起去绍兴买的呢。我忽然想起，问父亲："祖父的银酒杯还在吗？"父亲想了想，疑惑地说："很多年前，好像是有这么个杯子的。"

祖父不太抽烟，却甚爱饮酒。无论是骄阳似火的酷日或是寒风侵肌的冬夜，晚餐的桌子上从来都少不了祖父的一杯酒。

而祖父喝酒也极具仪式感。一个高脚的银杯子，不大，最多装一两八钱酒。他端起酒杯，眯着眼睛，滋溜一声嘬到口里，抿些许，咽下，再发出"啊"的感叹声，仿佛顿时心满意足。我盯着他完成这个环节，好奇得不得了，我实在太想知道银杯里装的是什么琼浆玉液，可以让祖父如此称心快意。有次趁祖父倒了酒，又不在桌前，我沿着桌子悄悄蹭过去，伸头滋溜喝了一大口，哎呀妈呀，又辣又呛，我咳了好几声，又灌了一大杯子水才缓过来。

祖父在厨房伸头看见这一幕，也不戳穿，以后他给自己倒酒的时候，都笑眯眯地转头问我："你要不要来一杯？"

祖父喝酒，对下酒菜的要求也是很高的。譬如一定要炒花生米，要荷包蛋，还要有个肉菜搭配。然后他抿一口酒，夹几颗花生，惬意非凡的样子。但鸡腿鸭腿，最终总会出现在我的碗里，倘若我不吃，祖父就笑骂："笨虫，这可是好东西。"

也有的时候，太阳还没有落山，祖母还在煮菜，可祖父已经等不及了。他在院子的葡萄架下支开桌子，一盘凉菜，一个酒杯，就自得其乐地开始喝酒了。喝掉半两，祖父便打开了话匣子，给我讲他经历的一些故事，虽然这些故事听到后来，我都可以打断他并且接着绘声绘色讲述下去了，但他还是乐此不疲，继续一遍一遍地讲我给听。这样描述，好像祖父是酒鬼，事实上祖父很克制，喝酒他只喝这一杯。

只不过祖父的这杯一两八钱的酒，要从天色微亮喝到星月交辉。他一小口一小口地呷，仿佛不舍得一口气喝完它，却又从来没有添过酒。永远就这一杯，不多也不少。

有次，姑父来做客，与祖父对饮。姑父喝了一杯又一杯，祖父的杯子端起又放下。姑父瞅着祖父的杯子快见底了，又一次举起酒瓶要给祖父斟酒，祖父依然用手捂着杯口表示拒绝。姑父喝多了酒，斗胆说："爸，你的酒量不如我。"祖父不悦，回答："喝酒喝的是性情，如你这般喝醉的酒量，我是不认可的。"

祖父说："喝酒大家都喜欢，但要控制得住，那才是喝得有名堂。"

嗯，记忆中的确未曾见过祖父喝醉的样子。无论是在家独酌还是宾客满座，他总能把自己控制在一两八钱的量里。

但祖父告诉我，他一次喝过三两酒，还是一口干了的。

那一年，六里堰有几个共产党员，被国民党抓住严刑拷打。后来被赎出，但已经是奄奄一息，同伴们把他们藏在溆浦吴越王庙旁边的桑园地里。然后，趁着黑夜来敲我家的门，恳求祖父前去救治。

祖父是这一代最有名望的医生，并且刚刚婉拒了国民政府委任他为溆浦镇长的邀约。共产党员急促的敲门声把他从梦中惊醒，得知缘由后他迟疑了一会儿。他说，他上有年迈父母下有嗷嗷待哺的儿女，他不想得罪国民党，但医者仁心，又不能见死不救。就在这迟疑的时间里，他打开酒瓶，并破天荒地没有把酒倒在银高脚杯里，而是倒在了碗里，满满一碗。他仰头一口干了，说了两个字："快走！"

祖父在桑园地里见到被打得皮开肉绽的共产党员，看到了他们明亮而坚定的眼神。他们握着祖父的手，嘴里说不出声音，但我祖父从他们的手臂上感知到了从未有过的力量。祖父说他会一直记得他们的名字。

从那一天起，每晚祖父都会摸黑去桑园地里给他们治病。有时候祖父会划船，顺着蜿蜒的河流撑着篙，汗水干了又湿。有时候祖父会从小路跑去，一不小心踏到棺材板，踏起一团萤火。跑了几步回头看，又分不清哪些是星星。

祖父说，他为那晚犹豫中喝下的三两酒感到羞愧。后来，一直到治愈这些共产党员，其间数月他再也没有碰过一滴酒。

祖父是因为那晚的羞愧，而决意从此只饮一两八钱酒，也可能是因为身为医者，担忧喝酒误事。他没说，我也不得而知。

祖父活到九十五岁，忽然脑梗被送医院救治。而之前的那个晚上，他就着花生米，笑眯眯地独饮了一两八钱酒，没有祖母亲手煮的菜，但他依旧很满意的样子。

窗外细雨纷霏，我伸出手，让雨濡湿我的指尖，于是又开始思念我的祖父。

如果祖父还在，我一定会回家煮上他爱吃的红烧肉，我会给他炒一大盘松脆的花生米，撒上细细的盐，我会取出他的酒杯，细细满满地倒上那一两八钱酒，我会坐在他面前，听他讲那些我已经可以背诵的故事，我再也不会打断他了。

我的祖父姚胜云先生

一

我的祖父于1916年正月出生在六里牛桥的一个普通家庭。

祖父九岁那年，我的曾祖父姚关春才送他到附近的一位私塾先生那里去读书，祖父先后师从五位私塾先生，十六岁正式结束学业。1935年，约二十岁的祖父到上海吴士伦开的新民医院里学医，从此与医学结下不解之缘。至1937年，祖父又在他干爸、漱浦文化老人吴侠虎先生的介绍下到硖石著名老中医王和伯先生门下学中医。

祖父文化不高，学中医有一定困难，便从抄处方开始钻研，不管寒冬酷暑，祖父每天自学各种医案到深夜，扎进医海里无法自拔。

祖父特别勤奋好学，深得王和伯先生喜欢，王和伯先生常在人前赞扬他："虽然文化底子薄，但勤奋肯学，比人家学得快、学得好。"先生还评价他："为人忠厚、办事牢靠、必成大器。"

二

当时正值日寇侵华，硖石镇上住着日本兵，乡下有日伪的和平军，以及国民党，社会秩序十分混乱，先生名气大，出门下乡看病诸多不便，就经常派我祖父出诊。祖父很珍惜每次出诊的机会，辨症施治，大胆用药，很多疑难病症在他手里药到病除。

受到先生的影响，以及有感于救治过程中的所见所思，自抗日战争期间到中华人民共和国成立前夕，祖父都和一批共产党的地下工作者保持密切来往。

后来祖父给我讲的故事中，我记得最牢的片段也是此。

六里偃活跃着一批地下工作者：祝其根、陆辛耕、吴永林等。他们受到国民党的迫害，四处躲避，我祖父常在夜深人静时偷偷摇着小船去给他们治病。共产党员吴永林被国民党抓去严刑拷打得遍体鳞伤，后经人秘密以八十石大米从国民党手里赎出来，被藏到吴越王庙旁一户人家的桑园里，祖父不顾自己的生命危险，多次免费给他看病，直至痊愈。

祖父跟随了王和伯先生约七年，二十八岁时王和伯先生授予他"碛石王和伯门人姚胜云医师"匾牌，准予他结业回故乡独立开业行医。从此祖父便在六里九芝堂药店设置三、六、九逢期坐堂诊疗。

时值流感盛行，但祖父并不满足于治疗感冒以及一般疾病，而是在乡间寻找久医无效的疑难病症。

当地有三名严重的肝腹水病人，他们踏遍了上海、杭州、嘉兴寻找名医，前后治疗了八个多月，均没有疗效。听说六里新来了个王和伯的学生，抱着试试看的心态来求诊。药店老板劝说："名医都治不好，你就不要接诊了，免得坏了名声。"但我祖父下定决心要攻克难关——他认真研究了病例，觉得这些病人得病已久，身体十分虚弱，如果单纯地用泻药，只会使病人身体越来越虚。经过认真研究，反复思考，决定先用人参提气拔力，再用泻药去腹水，补充用药疏肝理气、活血化瘀，经过一段时间的治疗，三个病人的情况果然大有好转。

还有另一个故事：邻村有妇女生产后大出血，产婆宣布已死亡，恰巧我祖父路过这户人家，进去查看后却判定这名产妇只是晕死，于是叫人从棺材里把产妇抬出来，用上益母草等止血草药并下针，将产妇救了过来。

疑难杂症的治愈，使得祖父在六里、澉浦、长川坝、通元一带名声大振，人气高涨，求诊者纷至沓来。

海盐是水网地带，陆地交通十分不便利。祖父为了出诊方便，专门做了一艘手摇小船作为交通工具。祖父每日除了门诊，下了班就背着药箱摇着船去出诊，有时候实在太累，还在船上睡着了。

当时社会治安很乱，经常有散兵游勇拦路抢劫，还有地痞流氓趁火打劫，甚至有强盗绑架勒索。但只要有患者家属来求，我祖父从不会拒绝，无论白天黑夜，落雨天晴，立即出门。

有时祖父也走陆路，他跟我描述：每每出完诊，天就黑了。因为着急回家，祖父就翻山，或者从田间抄近路跑回家，于是经常会踩到棺材板，嘎吱嘎吱响，松开脚快步往前走，磷火就从棺材里钻出来，追着他跑。

三

1952年10月，祖父积极响应"组织起来走集体化道路"的号召，联合我的叔公姚德云先生，以及当地名医冯培军、马金荣等先生在丰山成立联合诊所。

那时我祖父年富力强，日夜带着同事分析医案，钻研医技，医治了当地不少的疑难杂症和危重病人，加上良好的医德医风，丰山联合诊所名声大振，成为海盐南片地区重症病人首选的看病之处。他们还针对当地农村常见的脱力病，改良了民间流行的丰山脱力草煮红枣单方，以产于海盐当地山上的"脱力草"为主药，开发了复方脱力方药。脱力药疗效显著，以至于上海奉贤、嘉兴王店、海宁硖石等地的药店都乘船来采购，甚至海外华侨也常来购买。丰山联合诊所自身有个中药房"丰山药店"，诊所的兴起、丰山脱力药的开发，使丰山药店的繁盛延至今日。

1961年，组织上又派我祖父在长川坝公社联合诊所任主任。当时公社联合诊所一无所有，祖父不畏困难，租借李兴发家半座房子当诊所，带领同事们艰苦奋斗，凭着高超的医术、良好的信誉赢得了患者信任，医疗业务越来越兴旺。后来我祖父又自力更生积攒资金，在1962年盖起了有十八间房子的新医院，医疗条件大大改善，也为后来的长川坝卫生院（后又称秦山卫生院）的发展奠定了良好基础。

春天是脑膜炎、麻疹等流行病高发季节，我祖父更是夜以继日地背着药箱四处奔波。他游走于乡村之间，遇见恶劣天气时，是非常不安全的，但祖父坚守职业精神，为了及时给病人治病，从不顾及自身的安危，直到1991年祖父以七十五岁高龄离开医院，始终坚持如一。

那些年他风雨无阻地跑遍了整个长川坝和附近几个公社。

1958年10月到1959年4月，海盐当地麻疹暴发，祖父没日没夜，数月顾不上归家，门诊、出诊连轴转，先后诊治了两千多名病孩，书写了无一例死亡的神话。

1971年，乙型脑炎又开始肆虐，患者近五千人，时任长川坝卫生院院长的祖父，义不容辞地再次披挂上阵，上班坐诊，下班入户看急诊，很多个深夜他刚刚入睡，又被患者家属急促的叫门声请走，他用精湛的中医药术，再次挽救了无数的生命。

很多年里，长川坝医院的业务收入中，几乎有一半是我祖父看病所得。祖父给我讲过很多故事，但他从来不提这些事，我都是后来陆陆续续听他的同事们说的。

祖父的可贵之处还不仅于此，无论穷富，他对待病人一视同仁。从中华人民共和国成立前的贫困人家，到现在的外来务工人员，祖父尽量给予免费治疗，祖父在六十多年的行医生涯中，为人免费看病的次数，已经无法计算。

六里的贫困村民徐富荣得了伤寒病，无处医治，久病不愈，已处于昏迷状态。祖父到他家里去的时候，发现他已经家徒四壁，为了抢救病人，祖父不仅免费问诊，还开出了犀牛角、至宝丹等名贵药材，并自己做担保让他们去抓药。经过几次治疗，徐富荣终于起死回生，但他的药费还是还不起，最终由我祖父代还了。

1979年祖父光荣退休，但县卫生局和医院领导续聘他在医院工作，因为慕名前来求医的病人一直络绎不绝。记忆中祖父吃中饭从来没有准点，在他从医的几十年里，中午几乎没能吃上一口新鲜的饭。他的饭都是热了又热，有时热饭都来不及，因为下午的病人又开始排队了。

这一续聘就是十二年，直到1991年才离职回家休息。但仍然有不少远道而来的病人找到家中看病，祖父依旧一丝不苟地为病人义务看病，直到离世。

祖父真正做到了活到老学到老，到了晚年还会为一张方子辗转反侧，沉吟思考；祖父也善于吸收新鲜事物，他是中医，却从不排斥西医，致力于中西结合的研究。

2009年5月，我回家看望祖父，见他坐在堂屋的八仙桌前，认真地研读着医学书，那天祖父穿着一套常穿的淡蓝色中山装，这套衣服已经穿了很多年，上面有很多香烟烫的小洞洞。这一幕，永远地留在了我的脑海里。

四

祖父在外充满了神奇色彩，但面对温婉的祖母，却是百般的儒雅与柔情，甚至连大声说话也未曾有过。

1955年的时候，祖父祖母带我爸和姑姑照了一张全家福，至今还完好地保存着：祖父戴着鸭舌帽，穿着中山装，胸前别着两支钢笔，显得绅士而有风度；祖母怀抱着姑姑，大襟的布袄，两根长长的辫子垂在胸前，从容而美丽；爸站在祖父、祖母中间，穿着呢做的衣服，微斜着头，狡黠而调皮；姑姑则戴着毛茸茸的兔子帽，眼睛睁得滴溜圆，漂亮而可爱。这照片满满地写着祖父母的幸福生活。

祖父一生不打牌不赌博，只偏爱美食。不善家务的祖母便甘愿为祖父洗手做羹，馄饨、粽子、八宝鸭、红烧蹄髈……每一道都堪称经典，以至于我们无法再超越。祖父一生历经太多坎坷，但不管祖父是名中医，还是蒙冤下放，祖母都无怨无悔地等着祖父归来。

很多个深夜，家里的门被患者家属拍响，祖父去看诊，祖母在家里担惊受怕；也有时候，祖父看诊未归，门却再次被叩响，祖母就披衣下床，耐心陪着患者家属一起等祖父归来。祖母从来没有因此生出怨言，彼此的相依相偎超越了世间所有的磨难。

晚年时祖父的身体状况其实一直不如祖母，但每次都在病危中坚强地挺了过来。或许他在潜意识中，不愿意留祖母一个人在世间，他知道祖母更需要他的照顾。2009年春节，祖母离去，祖父亦在次年初秋追随而去。

祖父一生简朴，很少舍得为自己添置新衣。他节省每一个铜板把孩子们抚养大，送出去念书，或是使其学一门手艺。儿辈们一个个成家立业，他又操心孙辈们的生活。祖父喜爱每一个孙子、孙女，力所能及地关爱我们，给予我们最美好的评价。

我小的时候，总喜欢跑去祖父的医院，病人时常将门诊室围得水泄不通，但祖父还会抽空炫耀："看我这孙女，聪明得很。"我便得意，觉得自己真是聪明。等到我女儿出生，家里来客，祖父照例炫耀："看我这曾孙女，聪明得很。"想起小时候祖父对我的评价，才明白祖父的浓浓爱意。

祖父七十五岁离开医院以后和祖母曾住在牛桥老家，我每次去看他们，都会买些祖父喜欢的甜点，也总会换回来更多的美食，祖母说祖父一直给我备着。

再后来祖父母又回秦山住，我便有了和祖父纯粹的相处时光，听他讲故事，看阳光照在他身上，那是祖父最清闲的时光。祖父偶尔也帮人家看病，开一张处方要踌躇很久，写字的手也有些抖，但依然是那样认真与温和，并且不肯收人家钱。

在海盐，祖父是个受人敬仰的传奇人物，大家见了他，都会尊称一声"姚先生"。

祖父从医六十多年，治愈的病人成千上万，有些人家三代人得到过他的救治——他完全担得起这个称呼。

而祖父，也是我心目中永远的"先生"。

时光与爱不负你

倔老头儿

许久没有想起我外公，他走的时间太久了。他甚至没有留给我一张照片，以至于我想起外公的时候，首先想到的是他清瘦颀长的身影，还有一身浅蓝深蓝的布衣。

近日爱上在《鬓边不是海棠红》里听京剧，咿咿呀呀的音律里，很快便想到了我外公。尽管有时候快记不起他的模样，但我依然会想起所有跟他有关的事情。

我不知道为何想起外公，我就觉得那应该是个倔老头儿。但具体哪里倔，仿佛又没有很好的依据去说明，因为他对我，从来是和颜悦色、百依百顺的。

冬天的早晨，我窝在被窝里不肯起床。外公一遍一遍地来唤我起床，他不对我生气，而是从院子到房间，一路高高低低地学着公鸡叫："咯咯喔，太阳照屁股喽！"外公有语言天赋，鸡鸣狗吠学得惟妙惟肖。有时候我一觉醒来，会先闭着眼睛辨别一下，是真的天亮了，还是外公在逗我玩。

外公家的院子里，养满了鸡鸭鹅。打开厨房的门，经常会发现鸡跳在灶台上，昂首挺胸地踱着方步。外公也不急，发出悠扬的赶鸡声——哦去！喊几声见鸡岿然不动，就咬牙切齿地说："这么喜欢灶台，就把你炖了。"他是玩真的，到了吃饭时分，那只鸡就会出现在饭桌上，或者白切，或者红烧。当然，他这么任性，其实是因为我和妹妹在外公家。他总是掐着日子，算到我们放假便让舅舅来接。

在外公家的日子，我们大口咬着鸡腿，他喝着小酒吃头吃爪吃杂碎。他说："我最不爱吃鸡肉了。"有时是一大盆红烧肉，我们吃猪皮和瘦肉，他吃我们挑剩下的、最肥腻的那部分。他说："这个好，还省得我嚼了。"

暑假里的外公家是我永远的乐园。我和隔壁小伙伴们去田间、去桥洞撒欢，每天脏得野人一样。等到我饿了渴了，满头大汗跑回去，家里总是弥漫着咿呀的京腔。外公倚靠在竹椅上，自在自得地摇着蒲扇，一壶浓酽的茶透着独特的香气。那个黑灰色半导体经常会不听话，唱着唱着就窒息了，外公就慢条斯理地拿起来往地上轻轻一磕，曲儿就又乖乖往下唱了。

外公听见我奔跑的脚步声，就起身笑眯眯地去院子里给我摘黄瓜。他挑嫩的摘，一个手掌的长度，顶着花带着刺，咬一口满满的清香，夹着淡淡的涩。

外公世界里的爱，向来很简单。他只爱我妈、我舅，然后是我们姐妹俩，后来增加了我表弟。除此之外，对他来说都可以忽略，包括我外婆。

他家西墙根有棵桃子树，根深叶茂。一到夏末，长满毛茸茸的桃子，是可以手掰脱核的那种，青绿色的桃肉裹着猩红色的桃核。这样一棵让人垂涎欲滴的树，一不留神就探到墙外去了。于是桃子快熟的时候，这一片就成了外公坚守的阵地，他听京剧的地方从厅内换到了树下，还时不时咳嗽一声。

我们嬉笑追逐着跑过墙角，总有伙伴会停下来，怔怔望着探出头的即将成熟的桃子。然而每每来不及行动，就会听见外公的咳嗽声，于是伙伴们又四散跑去了。没有人敢跟我回去向外公讨要一个桃子。桃子们在京剧和咳嗽声里健全地长到成熟，外公拿篮子小心翼翼地装满，分送给邻居们。

外公常说，我送可以，但你偷就不行。这是一句好话，但他是虎着脸说的。

看起来外公最疼的是我妈。每每做了好吃的，他都会使唤外婆挑最好的送来。他还总骄傲地在人前赞美我妈："我生的女儿，那可是宋塘桥最美丽最聪明最能干的姑娘。"你看，别人家赞美自家的孩子，最多是数一数二，可他心中的我妈只有数一，没有数二。由此，外公宠着我妈，连我妈要自己挑对象哪怕熬成大龄青年也应允。然而他却不肯让我妈多读书，才上了几年小学，就硬让她辍学跟我外婆务农去了。外公认为读书都是无用的，姑娘家学会织布插秧才是生存之本。气得我妈很多年以后还怨他："这个重男轻女的倔老头。"

再后来我舅体检合格要去当兵，他又拦着死活不让我舅去部队。他嚷嚷说："好丁不打铁，好男不当兵。"他非让我舅去学木匠，觉得有手艺活就饿不死。后来我舅干活累了，也怨他："这个自以为是的倔老头。"

从记事起，外公的身体就一直不太好。他一走路，气就很急，喉咙里像住着一只风箱，呼啦呼啦的。

外公还经常胃疼。我看到他吃胃药，一个白底蓝字的纸质圆筒，他倒一大把，放进嘴巴里，皱着眉头咬得咯嘣咯嘣响。熬不住的时候，外公去找我祖父看病。我祖父开了药方，叮嘱了忌口的食物，要他务必遵医嘱。

可他转身，又喝上了白酒。我妈嗔怪他，他头一昂："哼，医生的话不可全信。"我妈说："那你干吗来看病？"他理直气壮地说："因为吃了药，所以又可以喝酒了呀。"

外公的酒摊一摆起来，是不管白天黑夜的。有时他会从中午喝到屋外黑咕隆咚。爸妈挽留不住他过夜，便准备送他。外公才不要人送，他喝多了酒嗓门也大："送个屁啊，又没有鬼！有鬼我也不怕，鬼打不过我的。"外公打开大门，风一样地走了。

总之在我的记忆里，外公是很特立独行的。他用他的方式生活，从不顾忌别人的眼光。有一段时间，我生活得比较难，无措时，想到的是我外公，我想如果他在，他一定会说："各家关起门来过各自的日子，别人的想法关你屁事啊。"

外公陪伴了我整个童年，但我没有陪伴外公老去。再大一些的时候，我不愿意跟外婆睡了，总是匆匆而去，又匆匆而归。等我再大一些，懂得要回报外公对我的疼爱时。他却在一个初夏的上午急匆匆地走了，什么话也没给我们留下。那年，他六十六岁。

但时至今日，每当我吃到新鲜的黄瓜，依旧会记起外公的黄瓜棚，以及有他的暑假。偶尔听到京剧声，亦会想起外公的那把竹椅，以及他着一身蓝色布衣，嚯嚯地喝茶的样子。

时光与爱不负你

澈浦中学的旧时光

中考之后，我被录取到澈浦中学。

或许那并不是家人期望中的高中，但我却悄然放弃了嘉兴卫校的代培。在开学个把月后，我一个人骑着自行车去澈浦中学报到了。

是年少的不经世事，抑或是对高考充满期待，如今那些都成了模糊的往事。总之我一个人骑着自行车沿着老沪杭公路抵达澈浦后，人生就开始新的征程。

澈浦中学创办于1956年，彼时是民办性质的中学，1963年左右的秋天，我父亲曾来澈浦求学，但因家庭成分问题，在一年后迫不得已回家做了农民。而我是1989年来澈浦求学的，之间隔了二十六年的年华，那时候澈浦中学已经搬入南大街陈家大宅。

一

接待我的老师姓朱，叫朱宏磐（或者字不是这么写的）。高高瘦瘦，大约五十岁的样子，戴着厚厚的眼镜。朱老师是上海人，讲话的时候冒出浓浓的上海口音，他认真地看了我的录取通知书，温和地说："成绩还可以，如果你愿意来澈浦中学读书，我很欢迎。"就这么简单，我原本忐忑的心一下子安宁了下来。

当时的人和事，单纯得让人无比怀念，我没有带被褥和洗漱用品，甚至没有带大米和菜票，但我就这么留了下来。过了两天，我妈找来，带我去买齐了住校的用具，也买了菜票给朱老师。

朱老师是班主任，也是我的数学老师。他知道我喜欢语文，作文写得好，但是语文课代表已经有了，他就安排我去学校图书馆，每周两次图书馆开放的时候，我就公鸡一样昂着头去轮值。我和一位女中年老师在柜台里，同学们在柜台外，他们需要哪本书，我就取了放在柜台上，彼时我一定是满脸的高傲，因为想要借书的同学很多，而我总会把书先递到与我交好或者熟识的同学手里。那些时光，如今想起来，却是有些浮躁，因为我的成绩很快一落千丈。

朱老师把我叫到办公室里，拿出我的数学卷，语重心长地跟我谈心，希望我可以努力学习，不偏科，争取可以在会考中拿到A。朱老师把温暖的手掌摁在我肩头，说："我当时一口答应你留下来，除了你的中考成绩，还觉得你是个有灵性的孩子，希望你不要让我失望。"

可惜过完年，朱老师就回上海了，据说是身体原因。那时候我多么稚嫩，不懂得生死别离，也不晓得这么一别离，我就再也没有见过朱老师。

朱老师之后的班主任，是高老师，一名体育老师。

高老师是当时溆浦中学里最严厉的老师，我们从来没有见过高老师的笑脸。后来看电影，有位日本影星叫"高仓健"——我就惊呼："这不是我们的高老师吗？"高老师一脸的冷峻，走到哪里都是"全世界就剩我一个人"的孤僻样。但高老师肯定不觉得孤独，因为他有很多事情要做。

清晨天刚蒙蒙亮，他就在楼下训练他体育组的学生，我们通常不是被学校的广播声唤醒，而是在他有节奏的号令声"一二三四、二二三四"中睁开蒙眬的眼睛。等到校园广播响起，高老师就开始在楼下催促我们去跑步，他是我们的班主任，因此他第一个催的肯定是："402寝室的同学们，请抓紧时间下来晨练。"洪亮的声音瞬间盖住校园广播里温柔的歌声："不要问我从哪里来，我的故乡在远方。"如果过了他预计的时间我们还没有下楼，高老师就会拿着话筒对着我们寝室继续高声催促，吓得我们立马一个个滚下去。

等晚上整幢宿舍楼都熄灯了，高老师还站在楼下。这时候他的眼睛是孙悟空的火眼金睛，他的耳朵像猎豹般灵敏，但凡哪个寝室有人偷偷使用蜡烛手电筒，或者在黑夜里吃瓜子聊天，他都能准确而中气十足地报出寝室号。我们寝室依然是他最严格要求的那个，一不留神，就会被点名，"402寝室的同学们，可以睡觉了"。

他的普通话里带着独特的音调，以至于每次我们寝室的同学走过，都会有其他同学模仿着高老师的音调说"402寝室的同学们"，真的很让人羞涩。

仿佛没有同学喜欢高老师，我们经常会在教学楼和寝室之间的弄堂里遇见他，但远远地我们就躲开了。高老师喊住我们："躲什么，嗯？以为我没有看见？我是老花眼，越远看得越清楚！"

有一次我在弄堂遇见高老师，来不及躲，只好硬着头皮走进去，高老师忽然问我："五官端正的五官是哪五官？"我怔住，不作声，他哼了一声说："你祖父不是名医嘛，你居然连五官都不知道！回去问问你祖父，下周来告诉我！"虽然下周高老师遇见我，并没有再问我五官的事情，但从此以后但凡有机会让我提问，我必定要问："五官端正的五官是哪五官？"

彼时高老师带的体育组是在全省有名气的，我不知道在他手里送出多少优秀的学生，跑步的、跳远的、跳高的……全国各地的名校都有他的得意门生。体育组的同学们因此成了我们心中的明星，我们总是一边讨厌高老师，一边又渴望加入他的体育组成为他真正的学生。

高老师一年四季都穿着运动服，夏天是长袖套头运动服，好像从来不怕热，冬天在套头运动服上加一件不加绒的开衫运动服，好像从来不怕冷。遗憾的是我参加工作不久，就听说高老师患了重疾，当时我完全不相信，我觉得跺下脚就会把土地踩出一个坑的高老师，肯定是会活到一百岁的。

接替朱老师上语文课的是李三明老师。

李老师长得文弱，走路的时候脊背总是微微拱起，头轻轻向前倾，仿佛这样才能让他站得更稳妥。乍一看，并不像个高中老师。

每逢春秋季节，李老师喜欢穿一件蓝色的中山装，有时候会别两支钢笔，这么一装扮，就挺像知识分子了。李老师的性格也与其他老师不同，他非常宽容，每天笑容满面地讲课。你们听与不听，他都笑呵呵的，李老师说都长这么大了，命运掌握在你们自己手中。

我们就挺喜欢这样的老师，上语文课可以让思绪随便飞扬，也可以看小说，轻轻聊天。反正李老师依然会抑扬顿挫地讲他的课，大家都沉浸在自己的世界里，皆大欢喜。所以我觉得李老师的笑是真诚的，发自内心的。

其实李老师就给我上了几个月的课，李老师来我们班之前的语文课是张校长亲自带的，而暑假过后，我就离开了澉浦中学。因此我认为李老师是万万不会记得我的。

在离开澉浦中学很多年以后，有次我坐公交车去海盐，刚上车就发现后排坐着李老师，其实我还在犹豫这是不是教过我的老师，他居然就笑着叫出了我的名字，也依然是咧着嘴透着由衷的欢喜。那一刻我真的很震撼，也很感动，原来我们都存在于李老师的心底，不管是听课的还是调皮的，哪怕只做了李老师几个月的学生，也依然可以被他惦记。

印象深刻的莫过于我们的物理老师——沈慧君老师。

沈老师也是上海人。澉浦中学是个卧虎藏龙的地方，老师们的学问都很高，之所以来澉浦，大部分是因为知青下乡，后来陆陆续续回城了一部分，也有老师依然留在这个貌似普通的古镇上。

白白胖胖的沈老师便是其中一位。她同样戴着厚镜片的眼镜，配着齐耳短发，说着一口带翘舌音的普通话，知识与文化的气息在她身上游走。沈老师还不是一般的知识分子，在她眼里，高中物理真是简单得如同小学里的"1+1=2"。沈老师看着我们的眼神清澈而无奈，她搞不懂我们为什么连这么简单的题目也不会做，而我们看沈老师的眼神懵懂而茫然，同样搞不懂为何这些熟悉的中文拼凑在一起就成了天书一样神秘而不可即。

沈老师为此很烦恼，她用了很多教学方法。譬如她在上课的时候躲在教室外面，往上丢一个粉笔头进来，问我们看到了什么，我们异口同声地说："粉笔。"她说："不，这就是抛物线。"沈老师捡起粉笔，继续扔成弧线，"看到了吗？这是抛物线"。然后在黑板上一笔一画地写出抛物线的有关公式，喜气洋洋地说："现在明白了吗？"我们一起摇头，大声回答："不！明！白！"

有次物理考试，我考了三十七分，班里第三，这是最令我骄傲的一场物理考试，从此，便再也没有抵达过这个高度。

我们没有考证过沈老师离开澉浦中学后去了哪里，有同学说她回上海了，听说沈老师原来是复旦大学毕业的，教普高的学生让她的学问发霉了，所以她必须回去晒晒了。而我坚信沈老师是去造太空船了，毕竟她那么厉害。

与沈老师一起离开的还有她的一双儿女，当时姐姐十一岁，弟弟九岁，都在澉浦中学高三理科班。而那一年，我十六岁，念高一。

教历史的朱国良老师也是超级厉害的。

朱老师是地道的澉浦人，我后来到澉浦之后经常会在长山河畔遇见他，他总是一个人慢悠悠地沿着墙角步行，有时候是由南往北，有时候是由北向南。

教我们历史的时候我觉得他大概五十多岁，过了三十年我遇见朱老师，觉得他六十多岁。原来男人的年龄也是个谜。

影响我对朱老师的年龄判断的，除了他那头呈褐灰色并有点卷曲的头发外，还有他的布鞋，以及他整个看穿历史的悠闲气质。

上课铃声响起来的时候，朱老师慢慢踱进来，脸上不喜不悲，手里捏着一本书一支粉笔。即便这样，这本仅有的教科书往往也只是装饰品，因为朱老师通常不会翻开书本，而是直接嘱咐："请翻到第××

页，今天我们讲的是……"然后整堂历史课，朱老师都在讲故事，从公元前讲到公元后，从课本前几页讲到后几页，他穿梭在历史里，眼里放着光芒，直到下课铃响，才意犹未尽地停止。朱老师从不拖课，也从不提问，这点也很让我们喜欢。

因此在我所有科目的成绩中，唯一能让我保持不"挂红灯笼"的，也只有历史了。

教英语的张红英老师是蛮有味道的女子。虽然她也戴眼镜，但她年轻、苗条，一口娇滴滴的英文，带着溆浦的气息。

张老师喜欢穿复纤布料的花衬衫，束在裙子或者裤子里。她背对着我们在黑板上写字的时候，衣服跟着她写字的节奏微微颤动；她正对着我们讲课的时候，风又悄悄从窗外吹进来，她的头发和衣服一起飘动。嗯，真的很好看。

我不知道张老师是喜欢我还是不喜欢我，总之几乎每节课张老师都会叫到我的名字，而且大多是在我猫着腰从课桌的洞洞里看小说，或者看着窗外的蝴蝶发呆的时候。当我窘迫地站在那里的时候，她的脸跟她身上的花色一样黑，也不理我，甚至下课了她走了，也没有提醒我坐下。

偶尔有一次，她看着我的眼神是柔和的，带着笑意的。我就很激动，于是整堂课都很认真，那天我还发现她的复纤衬衫的花色是粉红的，映得她的脸也是粉嫩的。所以我不知道那天她一直冲我笑，是因为我认真听课，还是她穿了新衣服的缘故。

张老师后来也离开了溆浦中学，去了金融系统。我很是遗憾，毕竟她好听又软糯的英语，真的太让我神往了。

与张红英老师一起去金融系统的，还有教数学的潘雪明老师。

其实我一直觉得潘老师不应该转行去金融系统，而是应该去北电或者上戏。潘老师长得太有偶像剧里男一号的气质了：浓密的头发，白净中带有一点阳刚的痕迹，宽边眼镜后面的眼睛很大很有神。

见到潘老师以后，若再有人说"貌似潘安"，我必定要想起潘老师。

时光与爱不负你

原来他们是同根同宗，也难怪了。

没有"男神"的高中生活是不完美的，我心中的"男神"是潘老师这样的，当然，这也是我心目中"读书人"的样子。

潘老师怎么教的数学我竟然一点印象也没有了，就记得潘老师微微的笑容，白衬衫黑裤子，整洁而有风度。

教化学的朱老师和教政治的李老师是一对。朱老师长得很有异域感，高高的鼻梁，微凹的眼眶，我们偷偷在后面叫他"拉瓦锡"，以至于我们后来聊起化学老师，得想很久才能想起来他的名字。

政治老师很可爱，微胖，双眼皮嵌在圆脸上，给我们的感觉很舒服，属于"靠近你温暖我"的那一款。李老师有件粉红色的夹克衫，上下各有两个口袋，她穿这件衣服的时候很多。我也有同款的一件蓝色夹克，我也很喜欢。因此我觉得我跟李老师有一种心照不宣的审美。

如果说张红英老师是冷色系，有着凛冽的眼神，那李老师就是暖色系的，她眼睛里的温暖让我们的心悄悄融化，让我们的脸上忍不住漾起笑容。

有天看到李老师在校园里牵着她的孩子散步，她的目光一直在小小的孩子身上。那时候我就想，做李老师的孩子一定很幸福。

朱老师和李老师在校园里没有肩并肩，更没有手拉手。他们在课间或者在教室相遇，也没有嫣然一笑，但我们就是知道，他们是一对儿。

虽然班主任是体育老师高老师，但我们的体育课却不是高老师教的，而是顾猛柱老师教的。

那年的顾老师刚从学生蜕变为老师，说话的时候都不敢正眼瞧我们，如果偶尔一抬眼恰巧对上学生的眼神，顾老师的脸便顿时红得像一块布。

顾老师也穿运动服，但他跟隔壁班也在上体育课的赵建华老师一样：要么裤子是红色的，加了两条竖白边；要么运动衣是红色的，手臂侧面也是两条竖白边。

有时候我们女同学会借口肚子疼，跑回我们的"402寝室"。顾老师对我们很温和，随便找个借口请假，他都会很认真地答允。我们欢天喜地地挤在窗前，远远望着操场，两个不断跳跃的红点如同两束火把，照亮了我们的青春。

赵建华老师如今还留在澉浦中学做老师，这点很让我敬佩。岁月对他很是友善，他依然很年轻，充溢着光辉，除了曾经像小虎队里的霹雳虎的发型在慢慢变得稀薄，赵老师还是以前的赵老师。

在澉浦中学，除了教我们高中部的老师，还有初中部的老师。高中部的老师部分是来自上海的知青，也有部分是年纪较长的老师，但初中部的老师却很多是刚从师范毕业不久的青年教师，因此初中部的笑声明显比高中部多。

初中部在我们楼上，因此我们可以听到他们传来的欢乐，哪怕是奔跑的脚步，也明显轻快跳跃一些。课间如果去厕所，便可以看见他们一个个倚在栏杆和露天楼梯上，他们嬉笑打闹，教室已经完全装不下沸腾的他们。也因此，我们看到了风华正茂的姜建林老师忙碌地穿梭其中。

姜老师教初三，但他遇见我们，也经常笑眯眯地打招呼。

我们完全察觉不出来，其实姜老师是个破案高手。澉浦的女孩子情感比较丰富，也容易滋生点莺莺草草的事儿来，姜老师不声不响，又总能精准地找到每一条蛛丝马迹，并把它们"扼杀"在摇篮里。初三的男孩女孩们在阳光里笑，在风里雨里哭，在操场上闲逛，在弄堂里发呆，正各种恣意的时候，只要听见"姜老师来了！"便跟听见号令一般，瞬间都溜走了。

彼时澉浦中学校长是张社强老师，刚从通元中学调过来，"扼杀"两字其实是从张校长那里复制来的。

张校长管理学生很严格，他也笑，但是他的笑背后有一种严肃。偶尔路上遇见张校长，我们如老鼠般贴着路边的墙壁走，迎着张校长的笑，我们也不敢回笑，利索地喊一声"校长好"，便又尾巴着火似的跑成一溜烟。

281

♦

大操场上开晨会，张校长用他语文老师的用词，以及抑扬顿挫的声调说："有些同学，总是喜欢在夕阳西下的时候，一对对，徘徊在小河边的桑树林里。"

张校长把"夕阳西下""一对对""徘徊""桑树林"这些字咬得特别重，我们低垂着头，吃吃笑。张校长还说："我们要努力学习，把这种不成熟的情感扼杀在萌芽中。"

而我们觉得，扼杀在萌芽中太残忍，所以自作主张地改成了"扼杀在摇篮里"。

现在想起来真是太有意思了，一场生动的师生联赛。还有，我很纳闷，桑树林里怎么徘徊呀？那里有毛毛虫，还有蛇……但是直至现在我们同学见面，却还总要认真问候一句："在桑树林里徘徊的你还好吗？'摇篮'里的也还好吗？"

张校长曾经带过我们班的语文课，在朱老师和李老师之间。张校长上课的时候没有很严厉，他念古文，到动情之处，不禁音调起伏，神情动容。

当然校长给我们上课，同学们都很乖，毕竟都是高中生了嘛。也因此那几节课是我听得最认真的课。

二

1989年6月，我到溆浦中学的考点参加中考。

懒得在路上来回折腾，便写信给我在溆浦中学读书的表姐建英姐姐，麻烦她收留我三个晚上。其实之前跟建英姐姐交往也不算很多，但是关键时刻，我知道姐姐会同意。

我的建英姐姐之前大概只想着中考管我三天，未料在三个月后，又管了我一年。我猜她一定偷偷后悔过，这是后话。

总之，1989年国庆过后的第一周，我成了溆浦中学的高一新生。溆浦中学有四幢独立的楼房，简单而有序地排着队。

最南面的一排是宿舍楼，男生在一楼二楼，女生在三楼四楼。它游离在学校围墙之外，又与学校只隔了大概两米多宽的弄堂，宿舍楼的楼梯对着学校的南门，从宿舍下来，跳几步就到了校园里，甚是惬意。

宿舍楼的东面是食堂，简简单单的一间平房，正对着门的是两个大蒸笼，我们的饭盒都在里面，双层叠放着。往里走是卖菜的窗口，不过高一那年我基本没买过菜，反正高三的排在前面，我也抢不过，等好容易排上队了一看，菜盘子里卖得只剩下肥肉以及菜棒子。试过几次之后，便放弃，觉得不如自己带菜来得简便。

溆浦中学的食堂是需要自己蒸饭的，这点很不好。经常是到了饭点，饿得前胸贴后背，好不容易听到下课铃声，连滚带爬地去食堂，找了半天，咦，没有我的饭盒？再一想，早晨没有淘米蒸饭。

于是我沮丧地往回走，这时候会遇见我的建英姐姐，她掀开饭盒，把一小半的饭和菜分到盒盖上给我吃。有时候也会遇见建英姐姐的同学，他也会喊住我，分出部分来给我吃。吃人的嘴短，从此我就喊他哥哥，一直喊到今天。

也有吃得欢快的时候，我妈提前一周把肉腌好炒好，这样不容易坏，可以吃一周。蒸饭的时候我夹两块盐炒肉和米一起放在饭盒里蒸，有土豆和芋艿的时候也洗干净放点下去。等到第三堂课的时候，我的思绪就已经飞到了食堂。迫不及待地飞奔过去的时候，一下子就闻到了香，并精准地找到了上面弯弯扭扭做着记号的饭盒。

别人的饭盒上都刻着自己的姓，而我画了一个苹果，仔细看，却像梨，也像草莓。

没有肉蒸的时候，我索性不蒸饭了。我吃油煎饼。

我们班就在学校大门口，出门斜对面是一家早餐铺，有包子馒头油煎饼，我最喜欢吃油煎饼，香得要醉人。

早晨我会一口气买三个油煎饼，先大口吃掉一个，等第二节下课，再吃掉一个，等中午第四节课结束，吃最后一个。

那是胃口最好的岁月：蒸饭的时候满满一饭盒，可以吃光；油煎饼吃过四个——吃完第三个，觉得还没有饱。和402的伙伴们拍照的时候，我一席黑装，短发，脸圆得也像张油煎饼。在溆浦中学的那年，也是体能最好的时候，我被高老师的晨练提点得跑八百米大气都不带喘的。

宿舍与学校围墙之间的弄堂是开放的，往东走，出去是南大街，地上铺着青石板，雨天过后的石板泛着洁净的瓷光，亮晶晶的可以照出人脸。如果往西走，是条小河，在微风里碧波荡漾，再过去，便是张校长强调的桑树林。

桑树林其实很小，完全躲不下人。所以我们又怀疑张校长所说的河与桑树林不是这一片，而是西城河边的"桑树林"。

我放了学，喜欢往东跑。南大街的两边都是古建筑，木质的楼房，窗棂低矮。

每天早晨和放学的时候，学校的广播都会响起来，印象最深的是齐豫的《橄榄树》，歌声如诉如泣："不要问我从哪里来，我的故乡在远方……"那个时候女同学们都喜欢三毛的《梦里花落知多少》，梦想着自由快乐的生活。

我从歌声中穿出去，踩着三点五元买来的仿皮高跟鞋，笃笃笃地踩在青石板路上，微风吹拂过我的脸，一切都是美好的。

南大街除了木质的楼房、青石板路，还有几家店。紧挨着学校南围墙的是一个学长开的小铺子，卖各种卡通的明信片、风铃，柜台上的玻璃罐子里有椰子糖，一毛钱三颗。

学长很年轻，他对我们的态度是很矛盾的，既想吸引我们过去，又有些藐视我们。所以有时候他笑嘻嘻地跟我们讲学校里我们不知道的笑话，有时候冷冷地把几颗椰子糖丢出来。

我觉得这家小铺子困不住他，他是长"羽毛"的人，浑身散发着商人的气息。果然，听说他后来做轻纺发家，成老总了。

学校斜对面除了早餐店，还有一个理发店，理发师叫阿三。他自然是有大名的，但大家都叫他阿三，他的店里总是座无虚席，男生放学了都往他店里挤，也不全是理发，就是单纯地喜欢挤着。

我从没有去过阿三店里，但是后来到澉浦工作，有天走过阿三的店，他居然认出了我，笑嘻嘻地跟我打招呼，虽然不知道我叫什么名字，但知道我曾经在这里读书。

阿三的理发店两旁，各有一家小杂货铺，也卖零食。但我们更喜欢南边的一家，他家的咸饼干特别好吃，饼干是方形的，上面整齐划一地布着很多小孔，轻轻咬一口，脆脆的，香香的，有一缕咸，还有一缕虾米的味道。

包成三角形的葵瓜子则是五香味的，颗颗都带着浓浓的茴香味道，吃完很久，吐出来的气还是香的。大三角的葵瓜子两毛钱，小三角的一毛钱，我平时都是买一毛钱的，每天吃每天买。

有次不晓得我犯了啥错误，吃过晚饭建英姐姐来找我谈心。她带我到店里买了两毛钱的咸饼干，两毛钱的葵瓜子，然后我们一边聊天一边沿着青石板路往南走，走到青石板的尽头，有座桥，再往回折返。

具体聊什么我忘记了，总之是走到学校大门的时候，姐姐把手里的饼干和瓜子都给了我。这让我很开心，接下来的很多天，我故意从建英姐姐的教室门口走过，从她的寝室门口晃过，但姐姐没有来得及再把我叫出去谈心，她就毕业了。

除了宿舍楼，校园里还有三幢楼。

前面的楼是高二年级和初中低段，我们在中间一幢楼，底楼从东往西分别是高一（2）班、高一（1）班、高三（2）班、高三（1）班。二楼如上所说，是初中部。

高一和高三之间是广播室，一半的教室大小。每天早晚的《橄榄树》《大海啊故乡》便是从这里启动的。我对广播室很是觊觎，可惜一直到离开都没有机会进去表现一把。1992年，我的妹妹也考来了澉浦中学，然后就顺顺当当地进广播室做了主持人。这也是后话。

在我们这幢楼和高二之间，是澉浦中学的大门。门侧简简单单地竖着块白底的木牌子，上面用黑字写着"海盐县澉浦中学"，简朴而不失文化气息。大门由镂空的铁艺做成，几处已生锈，显得有些斑驳。如果贪玩到过了晚自习的时间，可以从这里偷偷爬进来。整个高一，我只爬过一次，大约是在长山河玩得忘记了时间。

一次，够了。不多，但终于是体验过翻校门的乐趣了，据说没有爬过校门的高中生活是不完美的。

奇怪的是，我并没有心惊胆战地爬校门的记忆，只有兴高采烈的欢喜。有同学回忆，看门的是姓方的老人，只要不出格，他从不为难学生。

第三幢楼的楼上是图书室、教师办公室和物理实验楼，楼下是体育器械室和化学室。图书室就是我曾昂首挺胸"站台"的地方，每周开放两次，图书室有个专职管理员，是位中年女教师，微卷的头发，看到我就笑嘻嘻地说，"快进来快进来"，像慈爱的母亲呼唤自己的孩子。那么多年过去了，我竟然还可以回忆起她的样子。

三幢先后有序的楼房都是苏式建筑，白墙黑瓦，充溢着江南的气息。房子西面是操场，以煤渣铺地，走起来沙沙作响。操场上几乎没有空着的时候，体育组的同学在那里跑步、跳高跳远，操场靠南边是个篮球架，一群男生挤在那里抢篮板，就像挤在阿三理发店里，嘈杂又欢乐。

操场对着我们宿舍楼的楼梯。有人在操场上跑着，眼睛不断瞟向宿舍的窗户；有人在宿舍窗帘后面躲着，眼睛却盯着操场上奔跑的人影，充满青春年少的秘密和欢喜。

操场再往西，靠着西围墙的是三间旧房子，是平房。南边两间据说曾经是教师宿舍，但到我们这届的时候，老师们都搬走了，房子空在那里，我偷偷扒着门缝看了一眼，高高的人字顶，荒芜着，让人感觉有些害怕。

第三间是我们的厕所，南边部分是男生厕所，北边部分是女生厕所。我们喜欢跑来这里，这里是个秘密基地，也是交换悄悄话的地方。

三

溆浦中学1992届高一有两个班，我在高一（2）班。

当我一个人骑着自行车从长川坝到溆浦的时候，便注定了与高一（2）班的同学有了不解之缘。

402寝室有八位女生。寝室南门北窗，我在窗边的下铺，靠东。很快我就在墙上贴满了自己抄的歌词，以及席慕蓉的诗：如何让你遇见我/在我最美丽的时刻/为这/我已在佛前求了五百年……

忘了上铺是谁，只记得我南边是芬，我和她换过衣服穿，也套过彼此的鞋子，我等她一起去食堂，她等我一起去卫生间，我们走路还喜欢手牵手哼着歌儿。

有次我们一群同学去她家玩，普普通通的农家院子，墙壁上的镜框里，挂着一张军人英武的照片，芬骄傲地说："这是我舅舅。"那副娇憨的神态，便是我想起她的样子。

芬的上铺，是巧，人如其名，长得娇俏可爱，白白净净。巧的爸妈是核电站工人，住在县城，每到周日返校，她都会带好些零食来，记忆最深的便是爆米花，等到夜自习结束，巧便打开装爆米花的塑料袋，每人分一把。这时候宿舍的灯就熄了，白花花的爆米花在掌心，月亮在窗外，我们一颗一颗舔着吃，又脆又香，让人难以忘怀。

到了周六，我们又一窝蜂地涌到巧的家，两室一厅的房子又干净又宽敞，沙发上铺着洁白的纱布，原来电视里看到过的城里人的家真是这样的。

和巧一起来溆浦中学求学的，是萍，也是"核电家属"。萍平时话不多，笑得也腼腆，可惜毕业后应该是回了老家，再少相见。

床铺的对面，好像是煜。煜是我初中的同学，后又成了高中同学，现在我们也时常相见，见证了彼此一路走来的岁月。

煜的上铺，是阿汤。阿汤圆圆的脸圆圆的眼睛，长得娇滴滴的，

时光与爱不负你

溆浦话说得也娇滴滴，那时候阿汤喜欢穿一件玫红色的镂空马海毛上衣，如此就显得更娇滴滴的了。

老马是我们班理科最好的女生，那么难的物理题，我还没有读懂题目呢，她已经和男生们讨论得风生水起。老马的家在山脚下，春耕的时候我们不急着回家，却跑去她家种田，十余人在周六午后骑着自行车，叮铃叮铃去她家，欢天喜地的样子，倒像是去春游。浩浩荡荡的学生瞬间就把田地占满了，惊得老马的父母半天回不过神来。不晓得老马家的田是怎么耕的，我一脚踏进去，便没到了大腿，吓得大声惊叫，后来忘了是怎么把田种好的，但晚上一群人在老马家吃饭，像大人般地吹牛，蚊子在我们身边飞舞，被我们的笑声惊得手忙脚乱的情景，依然历历在目。

同样住山脚下的还有琴，但与老马家的山脚下完全不同。老马家在丰山，说是山脚下，其实与山差了一个田野的距离，琴家在南木山下，开门便是漫山遍野的杨梅树与橘子，饮着山间的溪水长大的琴娴静寡言，总喜欢一个人安静地待着，半分都不似山里人。

我们班文科最好的女生虹也藏在402寝室，我读了一年高中就急急逃离溆浦中学去念幼师，很大原因是遇见了虹。

彼时我们读高中不易，即便只是考到普通高中，也曾是年级里前三分之一的成绩，而我读初中，玩的时间比学的时间多，因此颇为沾沾自喜，觉得自己是天资聪明。读到高中，物理且不论，但觉得可以在文科上拔个头筹。

虹长得纤巧文弱，说话声音也是细声细气，像从琼瑶小说里跑出来的女主，让女生都忍不住心生欢喜。平日里我们寝室的同学都一起晨练，一起熄灯，并未见她比我们多用功几分，可成绩一出来，她就将我打回了原形。历史会考前最后一次，我努力背诵各种年表，想着好歹超越虹一次，结果依然如昨。考大学无望，又有虹的"金箍棒"高高举起，转考幼师似乎是当时最好的选择。

我离开溆浦中学离开402寝室后，玉来了，因此402依旧是八人组合。读书的时候和玉没有交集，却总是从溆浦中学里飞来的信笺上听说这个有着长辫子大胸脯的小女孩，带着浓郁的川味。后来见到玉本人，也经常玩在一起，没有半分的陌生感。

溆浦中学后来的事儿，我大多是听阿步说的。我是高一转走的，阿步是高二转走的，这个精灵古怪的女孩，每日叽叽喳喳的，像只可爱的小麻雀。她跟着邓老师学琴，读完高二便考去了杭州艺校。后来我在一次看演出时看见阿步，偌大的舞台，她在一束灯下自如地弹着古筝，真是太惹人爱了。

梅是我们班女生中最漂亮的，白肤大眼，笑起来像极了林青霞。她也跟邓老师学琴，后来和阿步一起考上了杭州艺校，并留在了杭州某剧团，我在溆浦工作，她趁回家的时候特地来看我，时隔多年，依旧美得耀眼。

阿步和梅是同桌，她们喜欢在上课的时候偷偷吃从学长的小店里买来的鱼片，但她们一吃，隔壁就腥了，阿步就把鱼片递给邻座的我和亚，让我们一起吃。我们一边偷着吃，一边偷着笑，也经常被教英语的张红英老师捉出来凶。

元旦学校要文艺会演，忘了文艺委员是阿步，还是梅，她们约我一起跳舞，应该还有霞和亚，都是溆浦本镇人。我们排练了类似于迪斯科的那种舞蹈，用牛仔裤，黑夹克，装扮了我们整个很酷的冬天。

文艺演出中，我们班还有一个节目是芳的二胡独奏《赛马》。当时的溆浦中学有两张金名片，一张是高老师的体育，一张是邓老师的音乐。我们班的班长芳也是邓老师的学生，她拉的二胡《赛马》，出神入化到让我钦羡不已。白皙文静的芳温婉大气，很有大家闺秀的风范，我经常去她家玩，晚了还留宿。

芳家是平房，但是整洁干净，院子里是有序的果树与碎石子小径，房间里一架钢琴醒目地摆在正对着门的位置。20世纪80年代末到20世纪90年代初，家里居然有钢琴，真的太让人震惊了，我听着芳弹琴，都不敢触摸琴键。从屋子里出来的门框上，芳的母亲还细心地装上了纱门，总之就是充满浓郁的民国气息，让我至今难以忘怀。

芳后来考去了浙师大，被分配在海宁做一名音乐老师。我从未见过芳生气的样子，哪怕是面对最调皮的男生，所以也总是猜想，芳现在肯定也是最温柔的音乐老师。

我还去同桌亚家留过宿，高中生活真的是风一样的自在。亚家是一幢老式的楼房，木楼梯木地板，房子南间北间，我走迷宫一样跟着亚进房间，地板在脚下咚咚响。第二天早早地，亚的父亲在门外喊："阿妹，出来吃饭了。"等我们收拾好出门，亚的父亲已在院子里的芭蕉树下放了张椿凳，上面有粥有馒头有油条。一样的早饭，却在芭蕉树下吃，清晨的太阳还不是很炙热，风吹来也是徐徐的清爽，很让人愉悦。

漱浦人的生活理念与品质，真的很让我喜欢与向往。即便我来自长川坝的镇头，从小也算是在集镇上长大，但与漱浦人的生活相比，真的太粗劣了。我们住楼房，可是没有装修，我们有院子，但是堆满了杂物，我们也吃油条大饼，却不会在树下慢条斯理地吃。

因此我断定，之后我逐渐形成对生活品质的追求与这一年的高中生涯是分不开的。有时候，读书真的只是一小部分，更重要的是它同时给予我们的友情、欢乐与忧伤，以及所感所悟。

说漱浦中学的旧时光，那必定离不开刚的欢声笑语，仿若高中没有遇见他，那必定是不完美的高中。我不晓得他哪来的好心态，不管考试是好是差，都没有关系，反正每天乐呵呵，走路都是跳的，时不时故意惊吓你一下。彼时班里的男生女生都喜欢跟刚在一起，他像个磁场一般，一干人浩浩荡荡去南北湖，或者去同学家，领头的总是他，老师一抓一个准也不是什么稀罕事了。

刚也永远是我们大哥一般的存在，等我妹妹读高一，我们的高一（2）班已经成了高三（2）班。有段时间我妹妹的自行车被偷了，他就每个星期送我妹妹回家，又来接我妹妹去学校，直到我妹妹重新买了新的自行车。仿佛一切理所当然。

最顽强的是峰，读高二的时候，峰在操场上蹦跳着练习背越式跳高，却没有掉落在体操垫上，摔坏了脊椎，从此只能坐在轮椅上。但我从没有见过峰沮丧的样子，他虽然清瘦，却精神，那是我后来见过的峰。高一的峰，调皮得像只猴子，在那个周末我们去老马家种田，他带着同学，一路吹着欢快的口哨。

敏总是温和的，我觉得他应该是医生，或者小学教师。他对每个同学都充满善意，温润而谨慎，给人舒适的安全感。明和敏一样，不多语，却总是微微笑着，我们仨一起从初中走到高中，偶尔相约一起吃饭，就如每天在一起的熟稔，但若一年不得见，也没有关系，我们互不打扰，但永远扎根在心里。

嘎是我们的男班长——我们居然有两个班长。嘎是阿步给取的名字，他们是从初中走到高中的同学，嘎其实还像个孩子，永远笑嘻嘻，你若盯着他看，他就不好意思地眨眨眼，再眨眨眼，后来就眨得不受控制了。

我去溆浦工作，嘎打电话来，说刚下夜班，要不要一起去吃羊肉面，我立马就快步赶去了，嘎在桌前，一杯老白烧一碗羊肉，一口老白烧一口羊肉，酒喝得吱吱响，没有了半分读书时候的青涩。我恶作剧般地盯着他看，嘎居然红了脸，眨眨眼，又眨眨眼，跟高中时候一样可爱。

不受控制的是亮，他不晓得哪来的自信，走路都是横着的，我猜大概是他在体育组的缘故，运动会我们班只能靠他拿分，他跑步跳远都是好手。朱老师安排他坐在我的不远处，但我很少回头去看他。后来发现他其实是蛮聪明的男孩子，从来不认真听课，跟老马讨论起物理题目来却也头头是道；也发现他是很善良的男孩子，经常会买椰子糖分给我们女同学吃，但我没有吃，理由还是不敢。他高考落榜后留在溆浦中学当代课老师，正好教到我妹妹，他很认真地写了信，托我妹妹带给我，我没有回信，依旧不敢，虽然他从没有对我发过脾气。

后来亮放弃高考去当兵，又考了军校留在上海。我女儿去台湾读书的时候，他带我走了浦东机场的内部通道，直接把女儿送上飞机，高中的朦胧慢慢消失，沉淀的是一份真诚的友情。

那年的高一（2）班，有四个男孩子，自作主张把名字改成了"正杰、仁杰、俊杰、子杰"，还堂而皇之改在作业本上，被朱老师询问时，他们排成一行，挺着胸脯说："因为我们是'正人君子'组合。"

高二的时候，伟来了。和大辫子玉一样，我们虽然"华丽丽"地错过当同班同学的缘分，却在后来的同学聚会上相识，成了彼此可以交心的朋友。伟温润如玉，又不乏成都男孩的率真，在我人生的最低谷，是伟默默陪伴在我身边，容忍了我所有的坏脾气，还带我吃遍了海盐所有的川菜馆。后来伟离开了海盐，我们再没有相见，然后城北路上那些一起吃过的店也都慢慢消失了，唯有想起来的暖，一直在温暖我。

因为经常不记得蒸饭，我吃过建英姐姐的饭，也吃过顾哥哥的饭。哥哥读高三，是建英姐姐的同学，黑色的西装外挂着白色的围巾，蓬松的头发堆在头顶，笑起来像极了三浦友和。

他见我一个人失落地从食堂出来，喊我一起吃他蒸的饭，我不知道他自己吃饱了没有，反正我自从吃了他的饭，就喊他哥哥。他也就很像哥哥的样子，去同学家玩总带着我。

我唯一一次翻墙入校，便是跟着他玩过了时间——那晚月黑风高，他的同学先翻上墙，他努力把我托上去，等我翻过了墙，他再迅速跳下来，拉着我逃离现场。后来每次看电视剧里类似的围墙翻越，都会想起曾经一气呵成的夜里，青春年少的叛逆。

这个风一般的少年，也有细腻的时候。周六我若是在学校逗留得晚了，他会催促我，然后沿着老沪杭公路送我回家；某天我在桑葚林旁的河边洗衣服，他恰巧路过，停下来认真地看着我洗，也有看不过去的时候，索性裤腿一卷下来帮我洗了。

哥哥和亮一起去当兵，一起留在上海。很多年过去了，他依然是他，笑起来眼睛眯成一条缝，很像三浦友和。

402西边的寝室是401，高一（1）班的，在对美懵懂又向往的时候，香教会了我们怎么穿得更好看，抹什么会香喷喷的。她的举手投足，充满了女子的魅力，我于是忽然意识到，我也是个女孩子，也是爱美的。

401寝室的君和红，和我是初中的同学，那个年代读高中的女同学不多，因此也常惺惺相惜。最厉害的是群，她家住在长川坝和溆浦之间，因此选择了通读，每天风里来雨里去，当我们相继踏上工作岗位，她依然坚持挑灯夜读，最终完美地挤过了"独木桥"。

402东边是403寝室，住着高二的女生，记忆最深的是英和梅，两人都个子高高的，脖子上挂着钥匙，眉目含笑，满脸藏不住的阳光，见我们为英语愁眉苦脸，她们随随便便就可以背诵一大段，于是成了我心中明晃晃的女神。

四

1991年的暑假过后，我妹妹也考上了溆浦高中。住校一周回来的头件事情就是告诉我："从宿舍到教学楼之间的那个弄堂，东西两端都封住了。"

嗯，就是弄堂东面再不能抵达南大街，西边也不能再去桑树林了，自然，也再不能翻墙进宿舍了。

我妹妹这届大约属于溆浦中学的最后两届高中生了，我不在溆浦中学的日子里，据说她"混"得风生水起，不仅当了校园广播的主持人，还一不留神成了"校花"。

1994年她高中毕业去当兵，1995年秋季，溆浦中学高中停办了。于是我妹妹荣幸地成了溆浦中学高中部最后的神话。

到了2008年9月，我调来溆浦幼儿园做园长，经常需要去溆浦小学开党支部会议。我有时候沿着长山河往南，从曾经的电影院绕到老文化站，再沿着南大街到溆浦小学；有时候沿着长山河往北，在村落寻着

时光与爱不负你

小道往西走，再绕到小学。

一步一步的脚印里，落满回忆里的我以及我们曾经的青涩年华。

而彼时澉浦中学已经搬去了新大楼，之前的澉浦中学后来也改建成了澉浦小学。学校斜对面的店铺丝毫没有了曾经的印记，仿佛只是电影里一个已被剪辑掉的画面，青石板路也成了水泥路，再不会有清脆的脚步声，下雨的时候，也不再有清亮的光泽。只有门还是那个门，曾经的样子依稀还在。

我每次都会在门口站很久，我仿佛听见了《不要问我从哪里来》，看到了嬉闹与奔跑，也闻到了咸肉蒸芋艿的香。只有对面的三三理发店依然在，三三从窗里探出头跟我打招呼。

走进校园，南边的宿舍楼没有了，教学楼也只保留了一幢，并在之前的第三幢楼那里新建了有转角楼梯的教学楼，以淡蓝与白色的瓷砖镶贴，曾经的江南风味不再浓郁。

2011年，澉浦小学也搬迁至澉浦中学北侧的两幢楼（行知楼、思源楼），空下来的整个校园被夷为平地，用石头垒了半墙，种植了花草树木，成了路边的风景。

2018年春节，我妹妹回家探亲，两人随意开着车，却不小心来到了南大街。我们在曾经的澉浦中学地基上用脚一步步丈量：这里是教学楼，这里是操场，这里是食堂……南大街的澉浦中学，终究是永久地存封在了我们的记忆里。